ジョージ・スタイナー

私の書かなかった本

伊藤　誓
磯山甚一　訳
大島由紀夫

みすず書房

MY UNWRITTEN BOOKS

by

George Steiner

First published by New Directions, 2008

私の書かなかった本▒目次

友人以上の――アミナダブ・ダイクマンとヌッチオ・オーディンに

以下の七つの章のひとつひとつが、書きたかったが書けなかった一冊の本について語っている。これらの章はその理由を説明しようとしている。

書かれざる書物は空虚以上のものである。成し終えた仕事に、皮肉で悲しげな動きまわる影のように付きまとうのだ。書かれざる書物とは生きられたであろう人生のひとつ、できたであろう旅のひとつなのだ。否定は決定因子になりうると哲学は教えてくれる。否定は可能性の否定以上のものである。欠如は、われわれが正確に予言したり、判断したりはできない結果をもたらす。重要だったかもしれないのは書かれざる書物なのだ。それはよりよく失敗することを可能にしたかもしれないからだ。あるいはそうでなかったかもしれない。

――GS〔ジョージ・スタイナー〕　二〇〇六年九月　ケンブリッジ

中国趣味について　CHINOISERIE

一九七〇年代の終わりごろだったか、学者批評家のフランク・カーモード教授から、彼の編集している「現代の巨匠たち」シリーズ[1]に何か一冊書かないかと頼まれたとき、私はジョゼフ・ニーダムの名を挙げた。生物学者でも中国研究者でもない私は、化学や東洋学の訓練を受けたわけでもないので、その資格に欠けていること、私の提案が不遜であることは歴然としていた。しかし私は、ニーダムの遠大な事業と万華鏡のような人物に前からずっと魅せられていた。ライプニッツ以後、あれほどまでに学問に秀でた、包括的な精神と目的の持ち主が他にあっただろうか。私が心に抱いていたのは、その人と仕事の両者に対する、おそらくは無責任なアプローチであっただろう。

それより以前、ロンドンで『エコノミスト』誌の編集委員メンバーのひとりとして新たに加わったころ、穴倉のようなセント・パンクラス市民ホールで開催された市民集会を取材する役目を私が仰せつかったことがあった。この集会は朝鮮戦争に英米が介入したことに対する抗議を表明するため開かれた。大勢の人々が壇上に群がっていた。著名な左翼政治評論家で共産主義シンパの議長がジョゼフ・ニーダムを紹介した。堂々とした体軀の白髪の人物が立ち上がった。その人は自分がケンブリッジ大学の微生物学研究ウィリアム・ダン記念リーダー〔准教授〕であること、中国と北朝鮮両国の情勢について確認をまかされたオブザーバー〔監視者〕であることをみずから述べた。彼は自分が経験を積んだ国際的地位のある科学者として、経験的ならびに実験的証拠にほとんど神聖冒すべからざる重要性を付与することを強調した。続けて彼は聴衆に向けて空の砲弾筒を掲げて見せ、その気味の悪い物体が、アメリカ砲兵隊が細菌戦争に踏み切ったことの動かしがたい証拠であると聴衆に断言した。ニーダムと中国の疫学者たちはその事実を何度も確認したという。議長が、トルーマン大統領に宛てて強い不快感を表明する電報を打つことについて、集まった人々に賛同を求めた。しかし議長はまた、もし来場している人でニーダム博士の発見の信憑性に疑問を持つ人がいれば、誰でもその意見を述べて不同意を表明するように求めた。その場合には、ホワイトハウスに向けたメッセージは全会一致ではなくなるであろうと言った。

たとえばファシストの大会ならばあり得たかもしれない、肌で感じるような威圧はなかった。議長の申し出はイギリス式フェアプレー精神が最高に発揮されたものであった。私は、ニーダムが勘違いしているか、あるいはプロパガンダを目的に嘘をついているか、どちらかだと確信した。しかし私は黙って動かずに席についていた。恐れからではなく、自分を注目の的にしてしまいかねないと思うと困惑で身体がこわばっていたのだった。かくして「全会一致」の抗議は発送され、報道機関に伝えられた。嫌悪感に打ちひしがれ、沈痛な面持ちで私は大会を後にした。自分はなんと度胸も勇気（ドイツ語でいうツィヴィールクラージェ〔市民としての勇気〕）もないのかと。この出来事は半世紀以上も前のことなのに、私の心にずっと重くのしかかってきただけではなく、国家社会主義であれ、スターリニズムであれ、マッカーシズムであれ、全体主義的恐喝に恐れをなしてしまう人々に対する私の態度全体をずっと規定してきた。相手がたとえ無政府主義の悪党であれ、毛沢東主義者であれ、ファシストであれ違いはない。その夜以来、自分がいかに卑屈になりうるかを知ったのである。

カーモードは私の（不遜な）計画に関してニーダムに打診をした。驚いたことに、ニーダムは即座に応じてくれ私を呼び出した。私はキーズ・コレッジ[2]にあるマスター〔学寮長〕の研究室にニーダムを訪ねた。その部屋は膨大な数の書籍、抜刷り、校正を待っているゲラ刷り、多くの中国骨董品で雑然としていた。もし私の記憶に誤りがなければ、部屋の隅にはマスター用の礼服と、彼がケンブリッジの外で非国教徒の会衆の司式をし説教する際に着用するガウンがあった（彼の身近な知り合いだけに知られた彼の使命であり、きわめて複雑で独特の教会一致運動が原動力であった）。私がすぐに気づいたことは、ニーダムが「現代の巨匠たち」の一角に名を連ねる見込みに明らかに興奮していることであった。彼の「老いて輝く両眼」は実際のところ「陽気」で、イェイツが称賛した東洋の賢者たちの眼をしていた。彼の喜ぶさまが部屋を明るくした。私は自分の能力不足を詳しく述べ、彼の包括的かつ神秘的な領域に素人の私が侵入することを詫びようと試みた。ニーダムは即座にそれを一蹴した。自分が情報を与え、あなたの記述をお助けしましょう、なんなら時間のかかるインタビューも受けましょう、と。その計画は二人で即刻にでも始めることにしましょうと言った。

そこで私は彼に細菌戦に関する彼の証言、米国の細菌兵器が朝鮮戦争で用いられたとする証言について尋ねた。私としては、この告発の際に彼が事実を述べたと信じているかどうかを確認しておかなければ、いかに不十分なものにせよ、彼の仕事の紹介を引き受ける筋道が立たない、そう感じていた。

科学的客観性の主張に依然として変わりはないか、と。ひんやりした空気が部屋を覆った。ジョゼフ・ニーダムの苛立ちと怒りは明白であった。その怒りに包まれた虚言癖が、なおさら明白だった。彼の直接の答えはついになかった。訓練を受けた耳の持ち主は、クリスタルグラスの縁《ふち》にそって指をすべらせれば、それだけで微小な傷の存在に気づくそうである。私は間違いなくニーダムの声にその傷を聞き分けた。それを私は目の前の姿に感じ取った。その瞬間から、われわれが相互に信頼を抱きうる実現可能性は失われた。われわれは二度と会うことはなかった。

私はその小さな書物を著すことは決してなかった。しかしそうしたいという願望はずっと私から離れなかった。

私の知るかぎりでは、ニーダムのオペラ・オムニア〔全仕事〕を網羅する文献目録の決定版はない。講演、記事、論文、書籍の目録は優に三百を超える。その領域の広さは恐るべきものがある。そこに含まれているものには、王立協会が誇る会員が公にした生命化学、生物学、比較形態学、結晶学の専門的著作がある。さらには、古代から今日までの自然科学の歴史に関する研究の膨大な数の論文や概括があり、科学器械と技術に関する膨大な理論的、応用的研究がある。ニーダムはバーナルと同じように——二人は守備範囲がそこそこ似ている——社会における科学の地位について、抑制のない科学の進歩がもたらす危険、イデオロギーや、金銭を目的に科学を利用することの危険について、熱心に執筆活動をした。見張り人の声、説教師の声は大きく響いた。

とりわけニーダムは東洋と西洋のあいだに知的ならびに政治的な関係を育むことの必要性を論じた。

「水が海を覆うように、すべての国の人々を含む世界協同の共和国」が緊急に必要だと彼は説いた。数々の著述を通して科学哲学の歴史と内容の説明に取り組んだが、とりわけ関心があったのは、ダーウィンの進化モデルがひとつ、「生気論」がもうひとつであった。熱力学と生命化学に類推がありうるかもしれないことに取りつかれた。コールリッジに引けをとらない感受性をそなえたニーダムは、有機と無機を切り離そうとするいかなる独断にも異議を申し立てた。彼は現実を、物質と精神が相互にからまり合う生命ある全体として経験していたようだ。（ケンブリッジにはいったい何があるのだろうか、イーストアングリアの平坦地、あのしばしば灰色の水に浸される定住地に、事物の全体を俯瞰する視野に恵まれた人物を世紀を問わず育んだとは。）ニーダムは科学と宗教が引き起こした、紛糾はしていても豊かな創造性に満ちた葛藤に繰り返し言及する。彼はそこに生じる弁証法を社会主義と共産社会の理想として検証する。そこに関連づけて論じられるのが、イスラム教、仏教のすべての宗派、キリスト教、そして懐疑論の歴史、肯定的世俗主義の歴史である。念入りな構成の「光学ガラスの限界」に関する論文と組みあわせて、「時間と空間における世界精神の諸相」および「人間とその状況」をめぐる瞑想が再刊される（これもまたコールリッジ的組み合わせ）。ニーダムはペンネームを用いて、クロムウェル時代に出現した急進派の運命と教義を劇的に表現した歴史小説を発表したことがあった。彼の科学者仲間の多くはそれに気づきもしなかった。しかしこの（コールリッジの混交表現を用いるなら）「オムニウム・ガテールム〔雑多な寄せ集め〕」とみえる目録でさえも、『中国の科学と文明』に費やされた途方もない労力に比べると、にわかに色褪せてみえる。この大事業の起源は古く一九三七年に遡り、ジョゼフ・ニーダムがこの世を去った一九九五年三月以後もずっと続いているのである。

しかし、いかなる文献目録を作成しても、ニーダムの知覚の万事万端に通じた濃密さを伝えることはできない。詩心がいたるところに充満している。テシモンドやブレイク、デイ＝ルイスやゲーテ、ラテン語讃美歌やオーデンにとどまらず、東洋の歌人や賢者たちの名が見える。宗教的経験の心理学を例示するために、聖テレジア、ノリッジのジュリアンだけでなく、バニヤン、ウィリアム・ジェイムズが登場する。ニーダムはまた引用の名手でもある。トマス・ブラウンの「直観のひらめき」から引いた引用文が、代謝や不可逆性に関するシュレーディンガーとマックス・プランクの分析を飾る。専門語使用に関しても、ニーダムにはいわく言い難い独特の詩学がある。イスラム科学史家サイード・フサイン・ナドルが、サンティラーナと組み合わされる。それは、近代を特徴づけ、ガリレオ以後の西洋を支配したという、例の「自然の聖性剥奪」に言及するためである。「人間の廃止」、「キリスト教に残された土地のキリスト教徒生息者」を詠ったC・S・ルイスのかたわらに、孔子の教育ヒューマニズムが並立する。

マルクス、マルクス主義的分析、エンゲルスの自然の弁証法は、いたるところに浸透している。ニーダムは、マルクス主義的信条、ときにはスターリン主義的信条さえのぞかせるホールデーン、ブラケット、バーナルと並び称される錚々たるイギリス科学者のひとりとして知られる。資本主義的秩序を襲う不況、露骨な社会的不正義、ヨーロッパにおけるファシズムとナチズムの潮流、スペインにおけるフランコの勝利、これらを目の当たりにしてニーダムはソビエト連邦に対する熱狂を抱くようになった。さらに、根本的懸念が問題となった。理論科学と応用科学の分野は幾何級数的に伸びる輝かしい局面を迎えたので、科学の発展があれば、個人生活と社会生活はすべての相ですぐにも修正されると考えられた。しかし、科学の進歩に一般人の理解が追いつかず、科学に精通した高級官僚に政治意識が追いつかず、そこにはおどろくべき乖離が生まれた。バーナルやニーダムにとって、科学が知的、経済的、政治的な諸勢力全体とダイナミックな相互作用を持つのは、レーニン主義やスターリン主義のなかで進化している共産主義制度においてのみであると思われた。あの殺人的愚挙であったルイセンコの植物生物学でさえ、ユートピアへの途上では容認されねばならなかった。ドイツ観念論哲学、イギリス政治経済学、フランス革命、これら三重の解放と合理主義の、霊感によって行き着いた到達点、それがマルクス主義のように見えた。

ニーダムを特異な存在にしているのは、そのシンクレティズム〔異種混交思想〕である。弁証法的唯物論は、「スペンサーがきわめて入念に記述した進化論的発展そのものに基づいている」。「マルクス主義は、新儒教の有機体論からライプニッツおよびヘーゲルを経由することで、キリスト教的基盤のみならず中国的基盤をもつ」ことが明らかである、とニーダムは断言する。こう述べると、メシア的ユダヤ主義というマルクスに誰もが認める明らかな脈動が無視されたことが目を引く。これは、マルクスの怒れる天才と黙示録的レトリックにおいて中心的役割を果たすユダヤ主義であるからだ。これはニーダムの貪欲な感受性において（めったにない）盲点を暗示するであろうか。いかなる場合にも、人間の歴史のマルクス主義的な読解がニーダムの揺らぐことなき信条を支えているのである。「武器による反動がいかに強かろうとも、進歩する人類はいつでも勝利を勝ち得る力を見出してきたし、人間精神の達成を保持し発展させる力を見出してきた」。この信念こそが、諸科学を進展させる論理を生んだのであった。だがその信念は、急進的政治思想や、詩に雄弁に表現される予言的な「未来性」に劣らぬ拠りどころを与えた。ニーダムにとって、コペルニクス、ケプラー、ダーウィンと同じくらいに、ブレイクとシェリーが重要である。死してなお影響力の大きい人々の声が、ニーダムのページを賑わす。詩人、哲学者、神学者、経済学と社会学の理論家、理論科学者と応用科学者、建築家やエンジニアらの声である。彼が付する脚注は、精神の歴史のスンマ〔大全〕である。かつてライプニッツやフンボルトについてそうしたように、ジョゼフ・ニーダムについても、「何か読んでいないもの、読んで記憶に残っていないものが彼にあるのだろうか」と問うことができる。

どれほどそれに似つかわしくない文脈であろうと――銃身の冶金学、蕎麦の発明、鉱山の換気における示差圧力計用角型器具のデザインなど――、ニーダムの基準は美という基準、効率美という基準であった。彼が追求したのは、対称性であり、調和のとれた均斉であり、論理的優先事項と構造的変異のあいだに起こる相互作用である。この追求の結果として、彼の感性は中国的理想の追求に強く惹かれ、調和的な道教の力学に魅了された。彼が一九六一年に魯桂珍〔一九〇四―九一〕と共同で発表した「雪の結晶観察の初期観察事例」に関する論文を考えてみればよい。

他の多くの事例と同様に、この分野で観察が最初に始まったのは西洋の古典古代ではなく、紛れもなく東アジアであるとニーダムは断言する。その観察は中国における太陽の光輪および幻日〔太陽に似て見える輝いた点が太陽と同じ高さの両側に現れる現象〕の研究に関連して行われた。かくて、雪片の結晶に六辺形の規則的形状を洞察した中国の研究は、アルベルトゥス・マグヌスの誤った推測よりも一千年以上も先んじた。西洋においてやっと真実が認識されたのは、ヨハネス・ケプラーが一六一一年にラテン語の短い論文を発表してからであった。惑星軌道の調和のとれた関係に関するケプラーの大発見は、その新ピタゴラス派的な要素からして、中国的感受性にこそ親和性がある。

中国古典のテクストにおいて、六という数字は「水」の元素の象徴的相関数である。雪片の結晶の六角構造は、早くも紀元前一三五年に韓嬰によって記録された。ここがニーダムらしいところなのだが、中国の観察者はいかなる種類のレンズを用いて、どの程度の拡大が可能であったのかと自問する。六つの突起を有する雪の花と、ある種の鉱物の小面を関連づけたのは、「おそらく中国史上最高の」哲学者賢人朱熹であった。ここで名前のあがった鉱物は透明石膏、すなわち、石膏または硫酸カルシウムを成分とする半透明の六角結晶である。ニーダムではおなじみのとおり、ブレイクの言う「微小な細部の聖性」が外に向かって光り輝く。透明石膏と雪片とを結びつけたのは「きわめて興味深い。なぜなら、その発想は後になって生み出される人工降雨のための雲の種まき過程を予兆させるからである」。

そこからジョゼフ・ニーダムの仕事と日々を支配することになる疑問、いや彼の心に取り付くことになる疑問が生まれる。中国人はすでに西洋よりもはるかに先んじてこれらのめざましい経験的理解と学際的認識を達成したにもかかわらず、そこからどうしてもっと先に進まなかったのか。織り込まれたパターンの、これら比類ないすぐれた観察者たちや製作者たちは、現象を「自然の事実」として受け止め、それらの現象を「象徴的相関数の秘数学に従って」説明し、それで満足したのであった。ヨーロッパでは、デカルトの出現以後、そして、一六六五年にロバート・フックの『ミクログラフィア』[3]で微視的表記法が発表されてからの進歩は速かった。かくて、ウィリアム・スコアズビー〔一七八九—一八五七〕による雪の結晶の整然とした形態分類にたどり着くのは、いわば不可避の成り行きであった。分類が達成されたのは、彼が一八二〇年直前に北極旅行を達成した後のことであった。なぜこのような相違が生まれたのだろう。この疑問に答えようとすれば、ニーダムは途方もない英雄的な労力を費やすことになるだろう。中国人は、拡大視に必要な手段はすでに備えていた。しかし彼らはその先には進まないと決めた。それでも、すべての雪片の結晶が六角形の対称性をそなえることに関し中国人が非常に早く先駆的な知識を獲得したことは、「当然の称賛を受けるべきである」。いささか古風な、ほとんど告別の儀式に似たこうした物言いは、まさにニーダムらしさにあふれている。

あるいは、一九五一年にロンドンで行われたニーダムのホブハウス記念講演を考えてみてもいいだろう。講演のトピックは、「人間の法と自然法」に関するものであった。ローマ法に規定されている「レクス・レガーレ〔法の法〕」および「ユス・ゲンティウム〔万民法〕」をもって大潮のような議論が始まる。やがてそれはバビロニアに伝わる創造の叙事詩における天の法の譬えを取り上げ、「人間界以外に法が存在することの最も明確な言明」を考察する。その言明は、ピタゴラスの教えを讃えるオウィディウスの頌詩に見出されると言う。ここで用いられるのがドライデンの霊妙な英訳であるのは、まことにニーダムらしい。法学者のウルピアヌス〔一七〇?—二二八〕からユスティニアヌス皇帝〔四八三—五六五〕に引き継がれて解釈を受けた法哲学の系譜は、孟子による解釈として提示された孔子の教えと独創性あふれる比較に導かれる。ケプラー、デカルト、ボイルの業績が暗示するのは、最終的には超人格的で超理性的な神格により定められる自然法という範疇である。それがニュートンの『プリンピキア』〔一六八七年〕において到達点に達し、宇宙は神の支配下にあるとみなす宇宙論が生まれた。他方で中国思想は、「法」を「ホワイトヘッド流の有機体的意味」で概念化するという。序列化された諸規範と法の諸様式が自然の全体に浸透する。しかしそれら規範や様式の本質は解読不可能であり、「法内容」を持たない。これでは、ニーダムも認めるとおり、近代科学の進展に参入するためには明確な難点がある。しかしかえってそのことで、ヨーロッパの魔女裁判や諸動物に下された重大な宣告に明白に見てとれる非人間性やヒステリーを免れた。続いてニーダムの概説はマッハ〔一八三八―一九一六。オーストリアの物理学者〕、エディントン〔一八八二―一九四四。イギリスの天体物理学者〕へと進み、さらには科学法則の経験的地位および存在論的地位に関する今日の理論へと向かう。結びとなる疑問は、混じり気ないニーダムである。「ケプラーのような人物をのちに生み出すことになる特性をそなえた文化では、卵を温める雌鶏を法的根拠により訴追するような精神状態が必要だったのだろうか？」

こんなプレシ〔要約〕ではニーダムの至芸の説明力を伝えることにはならない。厳密な専門的表現があるかと思えば、やがて水平に見通しが広がる。アイロニーがまばゆく輝く。それでいて、バッソ・プロフンド〔荘重な低音域〕となっているのは、怒りを含んだ悲しみである。絶えることのない人間の残酷と不合理、信条や文化の違いに寛容な相互協同を禁じてきた近視症状に対する悲しみである。私はすでにニーダムが付した脚注によって生み出される広大な多島海のことに触れた。それらの脚注は本文の語りに対する対位旋律的な位置づけにある。独自の連続性をそなえ、議論を前進させたり、あるいは後退させたり、ときにはさらなる制限や異議の暗示により議論を逆転させることもある。ニーダムは、精通するバートンやブラウンや十七世紀の聖職者たちの荘重な修辞表現を模したある種バロック的包括的文体を用いて、そこに「ブレイン・チャント〔単旋聖歌〕」らしさと近代の科学論文の直截性を組み合わせる。彼の文体に唯一比肩しうるのは、おそらく、ダーシー・ウェントワース・トムソン〔一八六〇—一九四八。イギリスの生物学者・古典学者〕の名著『生命のかたち』〔一九一七年〕であろう（そこでは、化学発生学におけるニーダムの研究成果が一度ならず引用されている）。動物の斑の形態、鯨とカメの成長様式について書かれたトムソンの一節を読んでいただこう。「牡蠣、ウニ、カニの卵の成長と成熟に対する影響と同様に、成長に対する月の影響はより一層興味深く曖昧である。そのような月の影響があること自体は古代エジプト時代にも信じられた。今日ではそれが確認され証明される場合もあるが、その影響力がどのように行使されるかはまったく不明である」。この声音はまさに、ニーダムのものであってもいいくらいではないか。

三十巻に及ぶ『中国の科学と文明』が育つことになる種子が蒔かれたのは一九三七年であり、その当時、ニーダムは胚の発達を専門に研究する生化学者であった。政治面では、当時スペインで戦う戦闘的左翼の側に彼の共感があることは知られていた。魯桂珍がその頃ケンブリッジに姿を現わした。ニーダムは一九八九年になって、最初の妻で筋肉生化学の分野で著名な研究者であったドロシー・ニーダム〔一八九六—一九八七〕が亡くなって二年後、彼女と結婚することになる。この魯桂珍とともに、さらに二人の中国人の生化学者がやってきた。「私は彼らの精神が私自身によく似ていることがわかった」。この一致によって、中国でなぜ近代科学が「離陸」しなかったか、という疑問が浮かび上がった。ニーダムは三十七歳になるまで中国の漢字を一文字たりとも知らなかったが、中国語に取り組んで、きわめて流暢に話すまでになった。古典ギリシャ語やラテン語を含め、すでに多くの多大な労力を要する言語に精通していた多忙な理論科学者にして実験科学者による達成として、それは仰天すべきものであった。引き続いて行われた中国訪問と中国の学者たちのケンブリッジ詣では、ニーダムのいくぶん伝説的な地位を確立した。

戦時下の中国で科学顧問として仕事をする間隙をぬって、ニーダムは急速に魅力的課題となりつつあったものを一巻本にまとめようと思いたった。ところが一九四八年までには、早くも七巻分の概略を仕上げてしまった。これらは物理学と機械工学における中国の貢献から始まって、中国の薬草学、航海術、生理学的練丹術まであらゆる範囲に及ぶはずであった。まもなく、『中国の科学と文明』の提案は、国際的にも知られるようになったとおり十部構成という途方もない数にふくらんだ（いくつかは二巻本であった）。これでもすでに多岐にわたる青写真が、やがて新しい材料と疑問の過剰に悩まされることになった。ニーダムは自分の手で十八巻の執筆を意図し、いくつかの分冊を同時に進行することにしたが、仕事にかかり切りでも概算で六十年間を要すると見積もられ、さらに予備研究と書誌作成の途方もない作業が加わることになった。文字通り数百にも及ぶ資料の多くが隠されたままその特定が困難であり、徹底した調査が必要だった。ニーダムが実際に第一巻の執筆を始めたとき彼はすでに四十七歳であった。彼の途方もない多産な生涯も、彼の計算では仕事をすべて成し遂げるために必要とされる百七歳には届かなかった。九十四歳で亡くなる二日前にも依然として彼は、『中国の科学と文明』に取り組んでいた。グレゴリー・ブルーによる文献目録には三百八十五篇の出版物の記載があり、そのなかには百五十篇以上の科学論文が含まれ、かなり多くの論文が十分な長さと革新的な意義を有する。『中国の科学と文明』の執筆過程においても豊穣さが途絶えることはなかった。ニーダムの守備範囲の広さ、果実の多さは、ヴォルテール、ゲーテに匹敵する。しかもゲーテと同じように、彼はその大作を生みつつある間にも公的、政治的、学問的方面において活発な活動を続けた。

ニーダムは一九四九年以後、専門分化した小項目ごとに共同執筆者たちのチームに任せた。執筆者の数は増えていった。続く数年のあいだに、全部ではないがほとんどが中国から補完された十五人の専門家たちによって、いずれも大冊の十六巻が完成されるはずであった。老いゆく博士とその若き補完要員のあいだにある種の隙間が生じ始めるのは避けられなかった。イデオロギーと技術面で亀裂が生まれた。それら亀裂の一部は根本を揺るがす恐れさえあるものだった。科学的世界観に関連して中国語という（単一でない）言語の特性が及ぼす制約と中国語の「深層構造」に関わるものであった。同僚のなかには、西洋的意味の「科学」という概念そのものが中国の状況にぴったり当てはまるのだろうか、という疑問を抱く者もあった。ニーダムは彼の研究チームと、厳密で筋の通った議論を尽くすことがいちばんフェアだと考えた。K・G・ロビンソンが指摘するとおり、科学史と社会学において地震級の地殻変動になるかもしれない情勢であり、ニーダムの唱える「世界科学」の根本理念がひっくり返るほどの波乱だったのである。そのため第七巻には、それまでを要約して回顧し、方法論を述べる項目が含まれることになった。ケンブリッジに設立されてその百科事典的企画の中心的存在であったニーダム研究所の内部にさえ、軋轢が生じる場面もあったのである。計画に含まれていた項目の多数が放棄されねばならなかった。ニーダムはパーキンソン病と闘いながら、最も近しい人々にしか十分に理解されないなかで、彼の知見と信念の学問的集大成として結論的言明にたどり着こうと奮闘した。この困難な課題を彼は生きて完成するには到らなかった。しかし、第七巻第二部に収められた諸論文はかなりそれに近いところにたどり着いた。それらの論文に動揺は一切ない。観察、科学的分析、哲学的教義、社会思想が織り成す広大な風景を眼下におさめつつ、最後の機会をとらえて鷹が悠々と飛翔している。それともニーダムの好んだ中国の竜爪が、と言うべきか。

ケンブリッジ大学出版局の版面デザイナーと印刷植字工に当然の敬意を払いたいところだが、それに必要な能力が私にないのが残念である。ここにあるのはそれ自体でサーガ〔長編冒険譚〕と呼べるものである。他の印刷業者や出版社がニーダムの要求を満たすことはできなかっただろう、と専門家は証言する。多くのページで半ダースほどの言語や種々のアルファベットが代数記号や化学記号と一緒に出現する。視覚効果だけでも神秘的な魔術を思わせる。中国の漢字が増殖する。つぎつぎと出現する脚注の内容は、封蝋の化学や、ニムロデのバビロンで行われた赤ガラスの吹き込み成形から、アッシリアで作られた酸化鉛混成物に及ぶ。今度はこれらの脚注が、十世紀後半のヘラクレイトスと十一世紀後半のテオフィルスという二人の西洋人修道士による技術に関連する論文に読者の注意を向ける。古典ギリシャ語文字があり、アラビア語と朝鮮語からの転写があり、それらの行列には博識が漂う。一巻ごとに十以上の言語をまたぐ書誌と索引が付される。地図、星図、幾何学図式、統計表、中国の遺跡写真、中国芸術の再現図が数多くある。ロシア語の原典が参照される。同様に、インド数学や中世錬金術への参照が典拠とされる。いくつもの世界のそれぞれがさらにいくつもの世界を含み、それぞれが命を与えられて錯綜する。ラッセルとホワイトヘッドの『プリンキピア・マテマティカ』三巻と並び、『中国の科学と文明』において、活版術、割付け、出版の歴史を飾る最高峰のひとつが具現化された。両者ともにケンブリッジ大学出版局から起こり、ともにコンピュータ時代の前に属することは注目しておく価値がある。

ニーダムが、中国人による先例と見なせるものを差し出すときはなんともうれしそうだ。よく知られているものには、火薬、紙の製法、移動活字を用いた印刷、時計の脱進機構〔回転速度を一定に保つ装置〕、磁石式羅針盤、磁器、鐙および水車の発明がある。しかし七ページ以上にも及ぶこの目録には、それほど華やかではない革新や発見もまた含まれる。すなわち、そろばん、扇風機、折りたたみ傘、爆竹、折りたたみ椅子、灸（いくぶん神秘的なアイテム）、歯ブラシ、釣竿のリール、風向計など、その数は何十にも及んでいる。中国の観測天文学、星図、冶金学、船尾の舵のような航海術、衛生学、予防薬などは、西洋よりも何世紀も、もしかしたら何千年紀も先んじるものであった。中国の解剖学、地図作成法、そして運搬のための馬の首当てなどもそうである。西洋が思いつくずっと以前に、中国人は鋳造工場で蝶番のあるピストンを用い、穀物をふるいにかけるために機械式往復機関を用いていた。高い教育を受けた官僚を選抜し昇進させる試験制度〔科挙のこと〕は、ヨーロッパでそれに匹敵する新人補充と資格付与の制度を一千年以上も先取りしていた。それらの官僚たちが、農業、製造工業、鉱業と採石、中華帝国の広大な範囲と地方の細部に及ぶ陸路と水路の商業を取り仕切った。中国の蒸気機関はジェイムズ・ワットよりも何世紀もさかのぼったころすでに蒸気を吐いていた、とニーダムは断言する。中国の天文学者は紀元前一四〇〇年という遠い過去にすでに新星や超新星を発見した。かてて加えて、精妙この上ない形而上学的ならびに宇宙論的な理論構築が行われた。われわれの宇宙とそこでの人間の位置について、首尾一貫して安定した見解を表現するためのものであった。これは、西洋の文化が本質においていまだに未発達にとどまり非合理性を脱し切れない時期のことであった。

だが「突破口を開いた」のは西洋人だった。中国人を含むわれわれ人間が公私ともに近代生活を送る今日のような世界秩序が生み出されたのは、西洋の科学と技術および西洋の物理学と工学が生まれて以後のことであった。ガリレオとケプラーから続く道筋は、ニュートン、ダーウィン、アーネスト・ラザフォード〔一八七一―一九三七。原子物理学の父〕と、アインシュタインへと順調に引き継がれた。そこに居ならぶ偉人たちに、ひとりたりとも中国人の名は見あたらない。西洋の自然理解と自然支配の理念の説明者の役割を引き受けたのは、デカルトの合理主義、カントの批判哲学、ヘーゲルとマルクスの書いた歴史シナリオであった。中国の科学が黎明期にはまばゆく輝いたのに、そのうち活動停止状態に陥り、やがていわば「不可抗力」によって、西洋起源のモデルと実践に取り込まれたかのような印象を与える。なぜこのような不可解な不連続が起きたのであろうか。いったい何がこの「大脳の活動停止」（決して脳死ではないことは確かである）を説明するのであろうか。この謎に取り付かれたニーダムは繰り返し中国人の同僚や共同研究者に質問を浴びせたが、自分自身への問いかけが最も執拗であった。「固定観念」などという生易しいものではなく、評論や、学術論文や、次々と増殖して多次元化する内容の本の執筆に駆り立てられた。ニーダムは生来の感受性からして博識家で、すべての知識と理論を自分の領域に取り込み、絶え間なく活動を続ける政治的・知的なアブのような人物であるが、気がついたら中心点に釘付けになっていた。どのような不運に見舞われたのか。もしもそれが運命だとすれば、中国の科学と技術が当初の優越によってそなえた目覚しい強さが萎えてしまったのはどう説明可能なのか。

「思考の海原を縫って航行する」ことは、いかなる冒険物語にも負けない壮絶な闘いである。ニーダムは見出したあらゆる理論モデルおよび解釈モデルを相手に戦いを挑む。一時は、カール・ウィットフォーゲル〔一八九六―一九八六。中国研究者〕が唱えた「東洋の専制政治」パラダイムに類似するマルクス主義的傾向の分析が最終結論のように見えたことがあった。中国の歴史と社会を構成する諸要素が進展した結果として「官僚主義的封建制」に陥った、というのである。当初はこの制度が自然探究、自然哲学、技術器具の発達を奨励し、社会的利益をもたらした。ところが近代的資本主義の勃興、および資本主義と結びつく科学の興隆にとって、その制度はやがて抑止効果として働いた。とくに注目すべきは競争資本の投下が抑止されたことである。対照的にヨーロッパでは、封建制度の衰退に伴って新しい商業秩序が生まれた。かくして、すぐれた合理性と社会的正義があったのはむしろ中国の中世であったが、一方の西洋はルネッサンス運動のあいだに、理論科学と応用科学の両方において幾何級数的に増大する推進力を発達させた。この支配衝動は絶対主義支配下でさえも、また宗教的検閲と向き合いながらでさえも花開くことができただろう。要するに、社会主義とは、中国中世の官僚主義体制の殻のなかに閉じ込められた非支配的正義の精神のことだったのだろう。しかし、中国文明が過去に一時代を画したとすれば、抑止の原因となったまさにその要素こそが、これからの未来にとって計り知れないくらい貴重なものとなるかもしれない。中国のエートスは、とニーダムは考えた、慎みのない利益追求や企業行動に伴う搾取に対する中国の不信は「おそらく科学者が世界で協力しあう社会のあり方と一致する部分が大きいかもしれない」と。そこにこそニーダムは人類の未来があると思い描いた。欧米の大量消費資本主義ではとうてい達成不可能な未来がある、と。その診断は首尾一貫したものではあったが、ニーダムには満足できなかった（中国人の同僚にしてもそうだった）。

彼はさらに深部を見つめる必要があると感じた。ヨーロッパの歴史的感受性、哲学的感受性は、古代ギリシャの天才の独創的な驚くべき「奇蹟」に対する信頼によって実質的に定義することができる。フッサールと、限定修正付きでハイデガーが、この原理に新しい活力を与えた。古典ギリシャ思想の長所は、客観的事実の追求に特権的地位を与え、科学的議論における基準として分析と論理に特権的地位を与えたこと、数学の現象学的優位性を直覚したことであった。この境界を超えた文明は他になかった。アリストテレスのような人物、ユークリッドのような人物が他にどこにいるか。ジョゼフ・ニーダムには、この明白なヨーロッパ中心主義の命題は認めがたいであろう。しかし彼はメンタリティ〔心的傾向〕――より正確にはフランス語のマンタリテ〔心性〕――のコントラストと思われるものを吟味するようになった。それはきわめて根本的な相違なので、社会的または経済的な偶然性よりもずっと重要であった。ベーコンは自然現象から実験的証拠を摘出することを求めた。この指示のなかにニーダムは、基底にある拷問と類似したものと所有の暴力の宿命を感じ取った。他方、中国の有機体論は、人間を人間自身よりもずっと大きな共鳴的調和のなかに位置づけようとした。なにごとも「強要」されない、解剖など受けつけない調和である。この姿勢はワーズワースの詩の言葉「かしこく心をゆだねて」を借りて翻訳すればもっとも適切に言い表せるであろう。西洋の科学と産業には自然の支配という観念が内在し、その観念は世界の協和と調和という中国的意識には無縁のものであった。この仮説からニーダムはきわめて怪しげな種類の命題へ導かれた。

彼にとって、毛沢東の中国で政治の専制的優先事項は「人間的道徳価値」を意味した。毛沢東主義の指令では、そのような価値の適用を「椅子にすわり、畑に出て、店内の床に立ち、事務所や会議の机で隣にいる、兄弟姉妹の健康と福祉」に対して確保することであった。このクエーカー的牧歌を成り立たせるために、毛沢東がその人民に押し付けた文化大革命の残虐の証拠、および狂気じみた飢餓と悲惨の証拠は無視する、いや否定するとさえ決意したのであった。ニーダムはそれらの事実の十分な報告を受けていたにもかかわらず、である。それと同時にまた、中国の社会史全体を通じて流れ、動物の生命や障害者の扱いで特に著しい明白な残酷性の性向も同様に無視され否定された。関連の質問を受けると、ニーダムはその質問をはぐらかすか、かえって相手を糾弾した。もう一度言わせてもらうが、朝鮮戦争における細菌使用の告発で明らかになったあの盲目性と自己欺瞞である。ニーダムが数多くの彼の同僚や友人たちと袂を分かったのも避けがたく、彼はさらにシナ学の領域へ引き籠る結果となった。

自らのライフワークに再考を加えたニーダムは、自分が決して確かな結論、いわんや決定的な結論に達していないことを認めた。どんな要素が関係するか、彼の調査研究が網羅的であるにもかかわらず、あまりにも多様過ぎ、複雑過ぎた。彼ほどの広い視野をもってしても、それらの要素をまとめあげ、立証に資する地位を与えることはできなかった。彼は集めた証拠に再検討を加えた。中国はヨーロッパのような啓蒙主義もブルジョワ産業革命も経験しなかった。自由解放に向かう——とは限らない曖昧さはあったが——そのような運動の兆候があると、宇宙論的に補強された敬服すべき中央官僚体制と社会的家族的拘束の安定性（惰性というべきか）がその運動に戦いを挑んだ。ニーダムは中国的意識のなかに重商主義的理想への根本的な異議申し立てを見てとった。その異議ゆえに今度は「数学的に管理される」経済活動の発達が阻害された。彼はユークリッドやアルキメデスが出現しなかったならば、西洋がその科学的方法論を生み出すことはなかっただろうと認める。あるいは、もしも十四世紀の黒死病が人口統計学的および経済学的にあのような結末をもたらさなかったならば、ブルジョワ階級が発生する手がかりもなかっただろう、と。「これらの疑問は刺激的であり、ときには新たな思考を呼び覚ますが、その先に最終的な回答はない」。この威厳のある後書きからは、敗北に付きものの誠実さがにじみ出ている。さらに、ジョゼフ・ニーダムにとって重要だったのは、結局のところ、科学的技術的協力で発展を図る地球規模の組織網の設立であった。再び覚醒した中国は、その組織網のなかでかならずや華々しい主役を果たすであろうと期待された。ニーダムは「アメリカ化」と自由企業制にはびこる荒廃には異論があっただろうが、グローバル化と地球規模の通信網のそなえるめざましい様相は歓迎したであろう。

中国風儀式（と同時にブラウニングの「文法学者の葬儀」）を髣髴とさせる告別式において、ニーダムの棺《ひつぎ》は彼が学寮長の地位にあったコレッジ内のキーズ・コートの周囲に沿って運ばれた。フェローが二人ずつ並んで棺の後に続き「名誉の門」へと歩を進めた。「ヌンク・ディミッティス〔離別〕」。それは、比類ない仕事、当然とはいえ壮麗な規模で未完のまま残された仕事への、敬意と称讃をともなっていた。

私がこの巨人から何かを引き継ぐことを試みる能力に欠けることを改めて強調しておきたい。従って私のアプローチは恐らく「不正な」ものになるだろう。

ニーダムの仕事にもっとも適切な比較ができるものがあるとしたら、それは科学と技術の百科全書的な他の歴史書ではない。プルーストの『失われた時を求めて』である。(3)『中国の科学と文明』と『失われた時を求めて』はどちらも、回想行為、近代的思考、想像力、制作形式による全体的な再構成行為としても第一級のものであると私は信じている。両者は「時間の構築物」の最も包括的な二つの例である。どちらも、途方もなく錯雑して入り組んだ過去を甦らせる。忘却による歪曲や不正義から過去を生き返らせる。意識の考古学者として、これほどの勤勉さは他に例がない。実感される生活へ両者が呼び戻す何百人という人物、彼らのいる都会と田舎の背景、両者が明らかにする公私の自然的諸力の無数の相互作用が現実へと生き返る。どんな歴史書や文学書の物語にも劣らずわれわれの想像力にとって実体的で触知可能な内面の帝国へと生き返る。(『失われた時を求めて』と『中国の科学と文明』の両者にダンテの『神曲』を加えて「三角形を作る」ことも可能である。)プルーストとニーダムは、緻密にしてしかも濃密な、内部が相互に参照しあって結び合う時間の叙事詩を構築した。この秩序だった堅固さ、内部反響の堆積、「結晶」構造を、抽象的に定義することは困難である。ダンテについて述べた〔オシップ・〕マンデリシュタームの言がもっとも適切であろう。しかし、プルーストの世界であれ、またはニーダムの世界であれ、どこから入り込もうと、その世界内関係と対位法的手法の内部論理は即座に知覚可能である。

復活による多岐にわたる収穫があった後で、得られた穀物は一粒、一束にいたるまでそれぞれ「その土地特有の住まいと名称」を与えられ、周囲に充溢する環境と相互作用をする活力と広がりをもった網状組織を与えられる。そのテクストはまさに、中国がみずからをそうであると考えたもの、すなわち「中華帝国」となる。さらに両者において、ニーダムのつづれ織りと同様にプルーストのモザイク模様でも、認識と参照の仕組みは制作の過程からいわば有機的に出現した（どちらの大作も、それほどの規模に膨らみ、それほどの労力を要することになろうとは予期不可能であった）。すべての真剣な芸術と文学は、それ自らの意匠を生み出すことを目標とする。それ自身の原点へ向かって螺旋を描いて舞い戻ろうと試みる。『失われた時を求めて』では、この戦略は明白であり、それが作品の主題であることもまったく明白である。『中国の科学と文明』にささげられた長い年月において、様式化の進展過程、特徴的な色調の仕上げ過程は、もっと漸進的（協調的になる全体）であったが、しかし劣らず力強いものであった。「ニーダム効果」は巻を追うごとに深まって行く。

無数に開かれた門のどれでもよい、ひとつの門をくぐり抜けてその建物のなかに入ってみよう。そうすれば、整えられた調和、調和した相互関係の感覚が手に取るように伝わるであろう。沈括《しんかつ》〔一〇三〇—九四〕が大陸性遅滞つまり高潮の起こる理論上の時間と、ある特定の場所において高潮が起こる実際の時間の恒常的なずれの程度を明確に定義して計算したのは一〇八六年のことである。銭塘江の堤沿いに建っていた浙江亭の壁には潮汐表が刻印されている。ニーダムはこの記録と十三世紀のロンドンブリッジ潮汐表を比較するよう促す。それは現在大英博物館の手稿として閲覧できるはずである（Cotton MSS, Julius D.7）。徐青〔一〇九一—一一五三〕が朝鮮への皇帝使節派遣記に添える前文を書いたのが一一二四年九月であった。その前文は一一六七年に印刷に付され朝鮮に伝わった。そこには潮汐についての体系的情報が盛り込まれ、やがて中国における磁石式羅針盤の発達に関わる豊かな文脈で再び登場することになろう（ニーダム流論証の名人芸的見せ場のひとつ）。地中海の潮汐が弱いにもかかわらず、あるいはその弱さのせいで、月の影響を法則として記述した時期は中国よりも西洋が先んじた。ニーダムは公平さにも気を使うのである。最も初期の記述にはヘロドトスのものがある。「鄒衍《すうえん》〔紀元前三〇五―二〇四〕が周囲の海について述べている頃、マルセイユのピュテアス〔紀元前四世紀末のギリシャの航海者・地理学者〕は旧世界のもう一方の端においてイギリス海峡の潮汐を経験していた（紀元前三二〇年頃）。ちょうどこの頃にアレクサンドロス大王の船員たちもまたカラチ近辺でインダス川河口に到着した。」（この「パン撮影」のような記述がニーダムの手法の特徴である）。そこで彼らは潮の流れそのものだけでなく、「河口に起こるある種の潮津波」に驚かされた。彼の後に葛洪《かっこう》〔二八三―三四三〕も推測したことであるが、アリストテレスの弟子でメッシーナのディケアルコスという名の人物は、潮汐効果は実際のところ何らかのかたちで太陽の影響下で起こると推測した。広大な地理的空間で起こる同時性または近似的同時性を発見すると、それらがたとえ早計であっても、あるいは部分的に誤解であっても、ニーダムは夢中になる。

『中国の科学と文明』には、プルーストにおける夜会を髣髴とさせる登場人物の出入りがある。それらの人物は錯綜する筋の別の地点で再び登場する。キャストは膨大な数にのぼる。クラシストスのアンティゴナス、詩人のメイン・シェン、カルデア人ソレウコス、落下閎の同時代人アパメアのポセイドニオス〔紀元前一三五頃―五一〕。錬金術師、青銅の工作者、アフリカ沿岸に沿って広範囲の探検に従事した提督、農学者、中国官吏、山中の隠れ家で暮らす孤独な賢者。ベーダ・ヴェネラビリス〔尊敬すべきベーダ。六七三―七三五。イングランドの聖職者・歴史家・神学者〕がめざましい観察をしている。レオナルド・ダヴィンチでさえもが不首尾に終わっているのにである。気象学と陸水学がライトモチーフである。中国の気象学者はガリレオと違い、ケプラーの正確な直観を否認することはなかったであろう。ガリレオは根拠として、「月が地球上の出来事に影響を与えうる可能性はない――そのような見解は有機的自然主義の世界観全体に反することだったろう」と述べた。またわれわれは世界で二つしか例のない大きな潮津波または高潮のひとつが杭州に近い銭塘江で見られることを忘れてはならない（もう一つはアマゾン川の北河口である）。「潮津波が押し寄せるずっと前に雷鳴のような音が聞こえる。そしてそれが通過した後にはほとんど手の施しようのない強い流れに乗ってガラクタが上流へと流れていく」。それらの弾むような動きが精細な木版画に描かれて今日のわれわれに伝えられている。プルーストはわれわれを列車の旅へと誘い、それぞれが独特の詩情をたたえた地方の小さな村から村へと導いてくれる。西暦一四〇二年に中国で描かれた世界地図にニーダムが眼を凝らすと、そこには白く彩られた黄河の大きな湾曲がはっきりと確認できると同様、万里の長城の黒い鋸歯状の線も見える。新疆の大きな湖はロプノールを表したものであろう。中国がアラブと接触した頃には、探検家、地図製作者、言語学者らが関わっていた。世界は――ある部分は科学、ある部分は作り話――中国の絹絵に描かれた山々や隠者たちと同じように、霧に覆われた時間のかなたから出現する。西暦およそ一一五〇年頃、アブ・アブダラ・アルシャリフ・アルイドリシがシチリア王ルッジェーロ二世に世界地図を献呈した。そこに垣間見えるイスラムの地図でも、それと同時代の中国の地図でも、地球の彎曲は考慮されていない。アルイドリシにも、そのノルマン人パトロンたちにも、中国は依然として地図上に引かれたゴグとマゴグの壁の背後に広がる未知の世界であったが、インドと東インド地方の姿は見える。「アメーバ状の」ブリテン諸島の姿も。その左手の曖昧な方角にはラスランド島がある。ニーダムの想像力にほのかな火が付く。この形状はフェロー諸島を意図しているのかもしれない。いやそれは、荒れ狂う北大西洋上にあった謎のフリースランド島の原型であったかもしれない。中国の地図製作と土地探査はそこで発達した宗教にも反映し、その宇宙地理学にほとんど確認できないほどだが影響を与えている。一方で『神異経』には、その影響が浸透している（『霊的なものと奇妙なものの書』という意味で、『中国の科学と文明』に付してもいいくらいの題名）。宗教の教えによれば、崑崙山が地球の中心に位置する。その素材は伝説に基づくが、もとはと言えば虞聳《ぐしよう》が西暦に換算して二六五年頃にその『穹天論』（『天の広さに関する講話』）のなかで春分点歳差の過程を発見したことが起源となっている。その後の王充は日没が「平らな平原で観察者から遠ざかる人の運ぶ松明の光が視界から消えるのと同じことで」錯覚に過ぎないと論じた。高名な葛洪は錯覚説に反駁するだろう。プルーストならば相対性理論の隠喩利用を試みる。

あるいは道教における性愛の技巧の記述を考えてみよう。ニーダムが引き合いに出す典拠には、『神秘を説き明かす名人の書〔抱樸子〕』『純潔少女伝〔素女経〕』『翡翠宮の秘術〔玉房秘訣〕』が含まれるが、それらの一部は依然として「行商人の貸本として流通している」（小説を一冊書けそうな記述である）。中国の性愛学はもうおなじみである。「精液のエキスを保存するために」複雑な手続きが開発された。葛洪や采女のような才女たちが重要な教訓的役割を果たす。ニーダムは女性魔術師たちの集会の影響と教訓の臭跡を嗅ぎ取る。さまざまな性交持続法の記述には、道教流生理学における決定的に重要な教義が暗示される。脊髄は「下方に放射する栄養作用の点で黄河に譬えられる」。これらはすべて

『黄宮の翡翠書〔黄庭経〕』のなかで引喩を用いながらも精細に記述される。驚嘆すべきことに、これらの技巧には夫婦関係や私室の性愛における知恵はもちろん、公的儀式も取り上げられている。情報提供者と証人は、「数学者」の陳履安〔一九三七年生まれ。台湾の電気技術者・政治家〕である。新月または満月の光のなかで「竜のとぐろと虎のじゃれ合い」を模倣した儀礼の踊りが行われた。その踊りが終わった後には、達人たちが寺院の中庭に面した部屋で各種の性愛の儀式を執り行った。ニーダムの万華鏡のような記憶のなかには、西洋の遺産からそれに類するものが呼び起こされる。彼はロンギノスの『ダフニスとクロエ』に言及し、ルクレティウスがヴィーナスに献呈した大哲学詩に言及する。ちょうどプルーストの補遺や修正がそうだったように、脚注が触手のように伸びる。それらの脚注自体、それだけで博識を物語る記憶に残る小品である。

占星術が、「時間にあてはめ（horary）、天罰を占い（judicial）、誕生日の星相をもとに（genethliacal）」花開いた（ニーダムの用いるこれらの語彙目録もそれ自体がひとつの王国を形成する）。この擬似科学の規則に厳密に則って、毎日が吉日か凶日かの確認方法が決められた。この方策は決して中国特有ではない。バビロニアと古代エジプトの例もニーダムは取り上げる。古代ローマ暦で「ディエス・アエジプティアキ〔エジプト日〕」という表現はそこから由来する。ヘシオドスにもまたその考え方が見出せる。「つい最近まで地方の町で作られる暦はその日ごとに吉と凶を決めていた。中国学士院がそのような迷信に反駁して基本的な天文学的情報を伝えるために農事暦をみずから発行し始めたのはそれほど昔のことではない」。脚注に目を移すと、イエズス会宣教師の初期の支持者たちも、この深く染み付いた迷信を捨て去るのは難しかったことを教えてくれる。その迷信は、二十一世紀のマンハッタンの「ニューエイジ」の愛好者や花形のあいだで生き残り、ほのかに中国風の響きを発し続けている。ニーダムもそれを聞けば面白がったことであろう。

しばしば彼は初恋を振り返る。「偉大なヴィクトリア朝時代人ヘンリー・ドラモンドの思想を研究しつつ、私はそれらの考えが依然として新鮮であることを発見した。彼は分子レベルで粒子を結びつける物理的相互作用の社会的相似物として愛について考えた。実際、化学の歴史において、化学反応の最初の理解には性的類推が用いられた」。エロス、天体の影響、分子生物学——これらのすべてが、雪片の六角形シンメトリーの場合のように結びつく。

朱文字で実に美しく書かれた章題をもつ「練丹術の銀の時代」に掲載された王且の肖像画を見てみよう。彼は秘密嗜好のある男で、狐の唾液収集に凝り、催眠の術を心得ていた。しかし彼はもともと「分別のある冶金化学者」であって、金色銅や金めっき鉄などの合金を作ることができた。王且は注意深く振る舞い、道教の霊薬には手を染めずにいたが、帝国の迷宮内で上層の地位に就いて以後、その地位を守り続けるため、まやかしとカリスマ性に頼らざるをえなかった。一世紀後には『学識ある老人の館の覚書』の著者である陸羽が登場する。皇帝の意向では、ふさわしい高官が見出されれば、神聖な最高天を描写した黄金の曼荼羅を賜ることになっていた。その金属は魔術的技工を用いて練丹術加工が施された。戦争、飢饉、その他の災いを祓う魔除けの護符となった。「帝国犠牲宮」が関連する勅令を起草していたちょうどそのころ、黄河を越えて侵入した野蛮人〔女真族〕の攻撃を受けた。これは北宋王朝の弔いの鐘となる運命であった。（プルーストのパリに迫る砲弾のとどろきを参照。）儒教の謹厳さの影響下、練丹術の道教的儀式は「ばかげた魔術行為」とみなされて掃討された。しかしそれでも、「今日われわれが粉末冶金、ベリリウム合金、液体酸素鋼の技術を保有するのは」、その魔術師たちのおかげであり、検閲の眼を光らす常識の使徒たちの恩恵ではない。われわれはまた漂泊の詩人李少雲のような、魔術使いの女性練丹術師をも忘れてはいけない。

幾多柳絮風翻雪（幾多の柳絮、風に翻りて雪の如し）
無数桃花水浸霞（無数の桃花、水に浸りて霞の如し）

「ユダヤ人女性のマリア以来ずっと当初から女性が男性とともに科学の発達に参与してきたことがわかると実に心が奮い立つ」。そしてなんと興味深いことなのだろう、中国中世の煉丹術の達人たちも、アラビアとヨーロッパの錬金術師たちとちょうど同じように、ヘレニズム期の文書に（そして錬金術に魅せられていたゲーテにも）見出されるような謎めいた警句や格言的言葉を残そうとする嗜好があったとは。この後でニーダムは魔術から近代化学へ、そして一九六五年中国での活性インシュリンの合成にいたるまでの変遷を簡潔にまとめる。遡ること紀元前三世紀、秘密の書の伝達と不死の霊薬の探求から始まって以来、長く紆余曲折にみちた道はかくてここまでたどり着いた。

この全旅程を通じて、宗教的信条、哲学の学派、過去の中国のイデオロギーが関わる。ニーダムはそれぞれの特徴について順を追って述べていく。まず、宇宙の道徳的秩序とそれに対応する社会的正義を強調する儒教が述べられる。その汎神論的な体系は、エンペドクレスらソクラテス以前の哲学に由来するオルフェウス讃歌でおなじみの「神秘的な愛の狂詩」を想起させる体系である。儒教はとりわけ、引力と斥力の宇宙論的過程についての洞察を呈示する。しかしその教えに科学の発達を受け入れる余地はなく、伝統的技術のみにとどまった。その儒教に対立したのが道教であった。道教の「無責任な隠者たち」が、「この世界が生み出した神秘主義のうち、根底においては反科学主義でない唯一の神秘主義」を生み出した。道教の根源には古風な魔術とシャーマニズムがあったが、独特の総合を生み出して花開いた。「道教はたしかに宗教的であり詩的であった。しかしそれは同時に少なくとも同じ程度に魔術的、科学的、民主主義的であり、政治において革命的であった」。(ニーダムは自分自身に鏡を向けているのだろうか。) 道教は自然主義的有機体論を説き、ある種の「物質的不滅性」を志向する。関連する中国語はたぶん英語に翻訳不可能であろう。道教は、たとえどんなに「嫌悪すべきで不愉快なものであれ、一見してつまらないものであれ」、どんなものも科学的探究の領域から排除されないという認識を説く。しかしその教えが水と女性に象徴されているように、受容的で受動的であったため、中国の知性を実験科学から遠ざけたかもしれない。「事実の前に小さな子どものようにすわりなさい……どこであれ、どんな深みであれ、自然の導くところに謙虚に従いなさい。さもなくば何事も学ぶことはないであろう」。これはガリレオやデカルトの説く原理ではない。そこから大胆な仮説へと進む。ヨーロッパではヘブライ的一神論が支配的であった。自然現象に対する合理主義的な物の見方は、その一神論から生み出されたのであろうか。理性と論理に対する信頼を持たなかった道教は、そのような合理主義とは無縁であったのか。ヨブ記には挑戦的な懐疑がある。ヨブ記の、回答を求める尊大な要求である。「しかしそのような比較はすべて満足のゆくものではなく、さらなる思考をうながすたんなる示唆にとどまらざるをえない」。深い部分では、もしかしたら共鳴があるかもしれない、ヘブライにおけるユダヤ神殿の至聖所の空虚さと、昆明の近く黒龍潭に祭られた道教寺院の奥の院の空虚さとのあいだに。その奥の院には漢字で「万物之母」――「自然、すべてのものの母」と刻印された銘板が据えられている。

古代中国は哲学的構築物それ自体を育成した。そのなかに数えられる墨家の一派は科学的論理、科学、軍事技術に関心を抱いた。墨家の哲学は経験主義であったにもかかわらず、やがて超自然信仰に結びつく逆説が生じた。まさにそれと同じように、とニーダムは付け加えるのだが、十七世紀のヨーロッパでは科学的合理主義に随伴して魔術信仰があった。教義が断片でしか伝わらない「名家」の論理学者たちは、もっと価値評価が難しい。印象的なのは、「名家」の論理学者たちが提起した難問と二律背反が、ゼノンの議論としてよく知られるものに類似しているのである。時代的な偶然の一致もある。同様に注目する価値があるのは、「法家」すなわち法律尊重主義者たちである。その法律尊重主義者たちの試みは失敗に帰すことになるが、その後、中国法が「容易に論証可能な倫理原則と考えられたものを根拠にする慣習と断ち切れない結びつきをもち続けた」ことは、中国法にそなわる「特異な栄誉」である。「実定法の制定とその法典編纂の作業は絶対的最小限の範囲にとどめられた」とはいうものの、法典編纂と実定法に対するこのような嫌悪の情が「ひとつの要素となり、系統立った科学的思考の発達に適さない知的風土が中国に生み出された」のかもしれない。再度ニーダムは例の大問題に戻っていく。そしてまたもや、彼は論証可能な答えを見出すことはないだろう。

この「失敗」はしかし彼の偉業の地位を傷つけることにならない。それこそは、ローレンス・ピッケン〔一九〇九―二〇〇七。英国の生物学者・音楽学者〕が述べるとおり、「ひとりの人間がかつて試みた歴史的統合と知的伝達として、おそらく最も偉大な単独の行為」である。

私が提起したかった疑問はこうだ、『中国の科学と文明』は何かまた別のものではないのか？」

何千ページにも及ぶ歴史的分析的学識、それぞれが論文にも匹敵するほどの書誌目録、何百という統計表、グラフ、図表、地図、図式、挿絵が何かしらフィクションと同じものを作り上げていると私はほのめかしているのだろうか。この推量はそれほど頭のおかしいものではないかもしれないのである。私は中国で短期間ながら教壇に立ったことがある。著名な中国人学者たちにニーダムの途方もない仕事をどう思うか、尋ねたことがあった。彼らの反応はほとんど例外なく、礼儀正しく、敬虔でさえありながら同時にアイロニーにみちた微笑であった（中国的アイロニーには多くのニュアンスがある）。『中国の科学と文明』に対する称賛の念は深い。ほかにどうできようか。しかしそれにもまして大きいのは、中国の、西洋に先んじる科学技術の達成をニーダムが発見したこと、それに対する彼らの驚嘆である。それらすべてのことが、何と驚くべきこと、何と喜ばしいことであったか。

事実とフィクションのあいだの境界は微妙に流動的である。その二つの範疇の認識論的地位はこれまでいつも不安定であった。プルーストの『失われた時を求めて』にも歴史がみちみちている。ヘロドトスであれ、近代の「計量経済学」の物語の最も厳格なものであれ、事実とフィクションの組み合わせを正当化するのはスタイル〔文体〕である。ジョゼフ・ニーダムは例外的に確信あふれる、両者を統合に導く啓示をそなえていた。潮のように干満を繰り返す説得があり、詳細な説明があり、それらはいわばおのずと内部から凝集する。そこに生まれる洞察のエネルギーが、今度はさらなる証拠を引き寄せる。『中国の科学と文明』は資料収録の有機的開示ならびに内発的展開パターンの存在を証明している。ニーダムがつねに強調しているとおり、それはこの仕事に着手した当初には夢想だにしなかった規模の開示となり、展開となった。いったん口が開くと、そこから出た大きな流れは時間の羅針盤、空間の羅針盤を生み出し、その羅針盤は比類のない展望を開くとともに、展望に豊かさを与えた。しかし、その仕事の天才の本質は、資料収集のそれでも、目録づくりのそれでもない。そこから導かれる私のアマチュア的な直観は、読者の最良の反応は全体への同意であろうということである。これらバルザックが『人間喜劇』で、さらにプルーストがもっと切実に求めた、あの同意である。これら「概念の叙事詩」は、それ自身を粉砕しかねない斧を内部に生み出す。われわれに要請される反応は、『中国の科学と文明』を部分と眺望の寄せ集めにするのではなく、信頼を寄せること、生き生きとした威厳をもつひとつの建物と骨組みのなかで豊かな気安さを感じ取ることである。ニーダムは自分が発見したことが、すでに前からそこにあったことをあらかじめ承知していた。いわば、数学者や神秘論者と同じである。彼の過激な政治学に負けず劣らず、彼の生み出した「中国」においてユートピアは具体的であった。彼が物語をつくる際に、いかなる虚偽もなかった。それでも、彼が「それを生み出した」ことに間違いはない。たぶんこのことが、彼の知見の数々に対して中国人が抱く懐疑の、ニーダムの広大な地図が孤立しているように見える事実の、説明として役立つであろう。今日それをどのような人が読むのだろうか。それはどんな連続性を産み出したと言えるのか。

ここで根本的な逆説は、フィクションが歴史よりも「より真実」であるというアリストテレスの有名な命題のそれである。その命題は、フィクションがより鋭利な再現表象的一般性をそなえており、人間的な動機や経験に対してより深遠な洞察を示す、という意味であったように思われる。イギリス人が自分の過去について抱く意識と読解に、シェイクスピアの「歴史劇」が大きな影響を与える。公式の歴史は、トルストイの『戦争と平和』の真実に及ぶべくもない。問題になっているのは考古学ではなく「時代を越えた知性の記念碑」なのである。

『中国の科学と文明』は、だがしかし、もっと特殊なジャンルに属している。私の知るかぎり、適切にどういうものか同定されていないし、ましてや解明などなされていない。

そのジャンルとは、それ以前についてはともかく、バートンの『憂鬱の解剖』[5]（一六二一年）にまでさかのぼる。それはバロック的新種であり、詳細に及ぶ博学、神秘的学識、奥義に達する引証、ほとんど無政府状態の幻想の戯れが編み出す雑種である。衒学趣味が幅を利かせる。しかし寓意物語、象徴表現、夢物語的内容も頻出する。このジャンルに属するテクストを確認する紛れもない目印は、諸言語の混交、満ちあふれる表また表、数々の目録、分類癖である。知識――これが鍵である――は詳細を極め、凝縮され、ついには知識そのものが自律する。敷衍され、当面の話題をはるかに超える一大建造物が成立する。専門的知識が空想的可能性と混じり合う。学問研究が非常に情熱的で「自閉的」になり、怪物を生み出す。陽気な怪物と、恐ろしい怪物と。理想郷と悪夢が顕微鏡の下に照らし出される。図解を用いた同種のものとして、バロック的地図、植物事典、動物図などがある。アルチンボルドの絵においては、果物や花が人間の特徴をそなえる。航海術に秀でた探検者たちが、頭が三つある種族について報告する。亀の甲羅は緊急を要する知識のひとつになる。しかし威厳あるものが、この本自体の重さに圧倒されて、シュルレアリスティックになっている。『中国の科学と文明』の手本となった近代の事例を三つほど紹介させて頂こう。

Ａ・Ｅ・ハウスマン[6]の古典文献学者、テクスト批評家、校訂者としての名声に異論を唱える者はほとんどいなかった。下っ端の学者たちは自分の研究成果をハウスマンが論評するかもしれないと、恐れをなして公表を躊躇した。ハウスマンによる却下と酷評はスウィフトにも匹敵する辛辣さにみち、ありとあらゆる皮肉が並んだ。まもなくこれらの論評がそれ自体のスタイルを持ち始め、ハウスマンの詩そのものよりもさらに陰鬱で容赦のないものになった。ユウェナリス詩集の編者のひとりは惨めにも「決して見つからないものを探している。なぜならそんなものは存在しないからだ」と宣告された。プロペルティウスの新しい注釈書はキーワードを誤解しており、詩全体が「恥ずべき、愚かしい」ものになった。ポストゲイト博士のアイソポスに関する推測は「自信満々ゆえにかえって手に負えない。彼は間違ったほうから棒を握っているのに、すぐには手放さない」。マルティアリスに関してレオ氏とダウ氏が行った提案は「問題にならない。それはスエトニウスを無視した究極の暴論であり……韻律の点で誤用を犯している」。問題となる箇所がより微細に及ぶほど、より専門的になるほど、ハウスマンの非難はますます痛烈さを増した。この反比例関係が現実離れの強度を増していく。マニリウスの『アストロノミコン[7]〔天文譜〕』は、古代を専門とする科学史家が多少は興味を抱く程度の作品である。その詩的価値は高くない。しかしハウスマンはこのテクストに自分の学識のすべてを惜しまず注ぎ込んだ。これらの一巻一巻のすべてのページに付された注釈的説明と文献学的解説は、ラテン語で書かれており、マニリウスの活気に欠ける詩文をはるかに上回る。大方の想像として、誰にも読まれないことを承知のこの巨大な労苦は、ハウスマンの自己処罰の身振りらしいと考えられてきた。時にそれは眩暈を呼び起こすほどの効果を持つ。

ウラディーミル・ナボコフが「プロファヌム・ウルガス〔世俗的民衆〕」の無知と低俗に対して抱いた軽蔑心は、ハウスマンのそれに匹敵した。プーシキンの『エヴゲーニイ・オネーギン』は大長編ではない。それをナボコフが翻訳し――それ自体が疑問符のつく衒学趣味だが――注釈を加えると、分岐を重ねてついに四巻に及んだ。ここにも眩暈を覚えるほどの文献学的道具立てと歴史的注釈の開陳がある。プーシキンに見られるすべての引喩、フランス語と英語の原典から派生したものすべて、文法的および語彙的変化あるいはありうる謎のすべて、これらに長々と説明が加えられる。彼以前に出ていた注釈や翻訳は狼のごとき残忍な嘲笑の的となる。「作詩法に関する覚書」などは一編の論文にも匹敵する。ロシアの飲食物、家庭習慣、奴隷制、決闘の掟に関して、百科事典的な脱線（余談）が繰り広げられる。プーシキンの同時代人、当時の政治評論家とサロン、ロシア帝政期の検閲、フランスの放蕩者たちの性愛文学が威厳ある注目を浴びる。しかし、ナボコフの付した百六ページに及ぶ索引こそ、真にシュルレアリスティックな特徴かもしれない。その索引にどれだけ博学な名言と間違いが隠されているのか。たとえば「スターリン（かつてはターキー〔うぬぼれ屋〕）」の項目。著名な詩人のハウスマンと鱗翅目研究家であり天才小説家のナボコフ、二人が純粋な学問研究のなかに狂気の小鬼の存在を感じ取り、皮肉に弄んでいる。

ボルヘスの最も記憶に残る小説のいくつかに霊感を与えたのは、学問をめぐる神話、マンダリン〔清朝の官吏〕の学識から抜き出した不吉な寓話であった。「トゥロン・アクバル、オルビス・テルティウス」「ユダの異説三種」「アベロエスの探求」「アーレフ」、秘匿古写本、失われたアルファベット、カバラの迷宮、想像の語彙集と法典集が「バベルの図書館」でほこりをかぶりながら待っている。ボルヘスには不条理な分類や目録が多数あり、そこには古代中国に関連するものも含まれる。ニーダムと同じように、ボルヘスは事実のメールストロム〔大渦巻〕のなかに目を凝らしたのであった。できるなら、このジャンルをさらに調べて、『中国の科学と文明』という著作を理性の庭に棲息する一角獣の一頭として位置づけたいと私は思っていた。ジョゼフ・ニーダムは認めなかったであろうが。

（1）ここにいう「現代の巨匠たち」シリーズとは、フォンタナ社が刊行していたModern Mastersのことで、エドマンド・リーチらによる『レヴィ＝ストロース』、D・ワトソン『ハンナ・アレント』、A・マッキンタイア『マルクーゼ』、J・ミラー『マクルーハン』、J・バーンスタイン『アインシュタイン』、A・ストー『ユング』など多数の名著を生み出した。スタイナーは結局このシリーズに『ハイデガー』を書いた。なお、ニーダムについての一冊は今日まで出ていない。

（2）キーズ・コレッジは、ケンブリッジ大学の学寮のひとつ。一三四八年に、マスター一人と四人のフェローを構成員として、エドマンド・ゴンヴィルによって創設された。一五五七年に医師で教育者のジョン・キーズ博士が特許状を得て、それまでの権利が確認され、コレッジは拡大とともに第二の創設となり、以後は名称がゴンヴィル・アンド・キーズ・コレッジとなった。英語名Caiusを「キーズ」と読むのは、博士の姓がKees, Keys, Kayなどと綴っていたものを自分でラテン語化した表記のため。ニーダムが所属して以後の一九二六年改定の規則によって、マスター〔学寮長〕が一名とフェローで構成され、そのうち少なくとも一五名の有給のフェローと、六名の専門職フェローが所属することになった。

（3）『ミクログラフィア』はロバート・フック（一六三五―一七〇三）の主著。フックはオクスフォード大学で幾何学教授をつとめたイギリスの科学者。自然科学のほとんどあらゆる分野に業績を残した。『ミクログラフィア』は、顕微鏡を用いて感覚の拡大をうたい、動植物の微細構造が多数掲載される。万有引力をめぐってI・ニュートン（一六四二―一七二七）との優先権争いがあった。

（4）『失われた時を求めて』は、プルーストの自伝的要素を盛り込んだ作品。一九一三～二七年刊。全体は七編から成る。一九〇八年ごろから執筆されたものが『失われた時を求めて』を準備することになった。それはいったん完成し、第一編が刊行されたのが一九一三年であった。第一次世界大戦で出版は中断される。その間に多くの加筆が行われて、作品は大幅に膨張した。第二編『花咲く乙女たちのかげに』が戦後の一九一九年にゴンクール賞を獲得した。健康が衰えるなか、第四編までを出版し、第五編の校正刷りにとりかかっていた段階で力尽きる。全七巻の大作のうち、第五編以後は未定稿のまま死後出版された。

（5）ロバート・バートン（一五七七―一六四〇）は英国の聖職者、学者、著述家。一五九三年にオクスフォード大学に入り生涯そこを離れず、コレッジの図書館と新たに設置されたボドレー図書館で過ごした。一六一六年にはオクスフォードのセント・トマス区で教区牧師となった。主著は医学的著述として計画された『憂鬱の解剖』で、その正式のタイトルは、『憂鬱の解剖、その正体、すべての種類、原因、兆候、予後、各種治療法。主要三部、各部それぞれに数節、項目、下位項目をそろえ、デモクリトス二世が哲学、医学、歴史学的に開陳し、切り開く』。バートンは本来の医師ではなく、彼が書いたのは実際のところ憂鬱症――ジェイムズ朝時代に憂鬱症とみなされた心理状態――の心理学である。バートンは時間の大半を費やして学問に没頭し、彼の扱うテーマは人間の生活すべての領域を覆うほどに拡大した。身体的および精神的な安寧、社会的および政治的な力の作用、当時の天文学の発達とそれが自分のテーマにどう関わるかにまで及んだ。考えうるすべての典拠と意見が吟味を受けた――聖書、ギリシャ語とラテン語の古典、キリスト教の教父たち、ヨーロッパの学問伝統。全体を通じてユーモア、ペイソス、忍耐に満ちた書き方が貫かれ、作者がコモンセンスにあふれた精神の持ち主であることを伝える。博識あふれる書であり、ジェイムズ朝の知識のあり方を伝える。ジョンソン博士、スターン、ラム、コールリッジ、サウジー、キーツ、バイロンその他多数の文人の愛読書となった。

（6）A・E・ハウスマンは、イギリスの詩人、ケンブリッジ大学ラテン語正教授（一八五九―一九三六）。一八七七年オクスフォード大学に入学し、古典学を学んだが、八一年卒業試験に失敗して退学した。ロンドンに出て特許局に勤めるかたわら、ギリシャ、ラテン文学の論考を学術雑誌に発表して学会で名をなした。九二年にロンドン大学ユニバーシティ・コレッジのラテン語教授、一九一一年にはケンブリッジ大学ラテン語正教授。ラテン語学から古代占星術に至る豊富な学識を注ぎ込み、マニリウスの『アストロノミコン』校訂版を刊行した。校訂版がおもな業績である。彼は文学と古典学を峻別して、無味乾燥とみずから認めるテクスト校訂作業に労力を傾注した。この彼の姿勢は、学問上の不誠実さを指弾する時の筆の鋭さもあいまって評判を呼んだ。

(7)　マニリウスはローマの詩人（前一世紀後半―後一世紀前半）であるが、占星術の書『アストロノミコン』の作者という以外は何もわかっていない。その書は五巻が伝わっており、元はもっと多くの巻があったのか、未完成で残されたのかは確実でない。内容は、天の創造、十二宮図、星座のもとに生まれた人に与える影響である。これら五巻の書は、以下の三人の著名なラテン学者による版本がある。Joseph Justus Scaliger（1579）, Richard Bentley（1739）, Alfred Edward Housman（2d rev. ed. 1937）

妬みについて　INVIDIA

本名フランチェスコ・デッリ・スタビリ、もっと知られた名ではチェッコ・ダスコリ〔一二五七？―一三二七〕の著作を読む人は、今日ではあまりいないのではないか。彼の書いたもので伝わっているのは叙事詩『アチェルヴァ』の断片、占星術の論文二編、作者も由来も確かではないひと握りのソネットだけである。書かれている言語の理由だけでも、これらの痕跡のほとんどは一般読者には読めない。学者としてチェッコに関心を抱いて研究をする場合、問題のある古写本か欠陥のある版本を用いなければならない。しかしそれでも、ダスコリの難解でしばしば読者をいらいらさせる作品群に魅入られた人々がいた。それらは教会の検閲により厳しい禁止措置がとられ、多くの書が発見と同時に火中に投じられたほか、所有を隠した場合は宗教裁判の訴追対象になった。しかし十四世紀に成立した古写本が十四部ほど伝わっており、十五世紀のうちに少なくとも三十部が現われた。一四七三年に印刷された『アチェルヴァ』の初版本と考えられるものが残っており、一四七六年から一五五〇年のあいだに二十六回の版を重ねている。十六世紀のあいだに表立って出てくるテーマはチェッコの知的大胆さであり、断固として譲らない、後世の科学を予兆させる科学的誠実さである。それによって彼はジョルダーノ・ブルーノおよびガリレオの真の先駆者とされている。

〔フランチェスコ・〕デ・サンクティスの著した影響力の大きなイタリア文学史〔一八七〇—七一〕は、チェッコの詩に条件付きながらも称賛を表明している。チェッコは詩を用いて科学的仮説を論証し伝達しようと試み、厳密科学と想像力のあいだにルクレティウスの例にならって統合を達成しようと目論んだ、という。カルドゥッチ〔一八三五—一九〇七。詩人〕は『ダンテの波瀾にとんだ運命』（一八六六—六七年）のなかで、チェッコの悪意にみちた模倣から伝わる、『神曲』に対する妬みを糾弾した。しかし彼はダスコリの教訓的叙事詩に認識のひらめきと、そのスタイルが放つ輝きを認めている。現代の読解としては、一九七一年にアキッレ・タルターロが『イタリア文学』で示したように、チェッコの占星術関連論文が担った解説としての目的を強調する。タルターロはチェッコの執筆活動を二つの文脈のなかに位置づけた。トスカーナ語が言語と文学で覇権を握ったことに対する苛立ちの文脈がひとつ、そしてフィレンツェとヴェネツィア両極の名声にボローニャとマルケ地方が屈服したことによって起こった、言語と心理の両面に及ぶ不安の文脈である。一九六九年九月には、アスコリ＝ピチェーノにおいてチェッコを取り上げて研究セミナーが開催され、その会報が一九七六年に公刊された。この会報もまた、入手困難になっている。

これらの断片的な遺産よりもずっと多くを語るのはおそらく、彼に対する三つの言及であろう。まずペトラルカは称賛の言葉を贈っている。

Tu sei il grande Ascolan che il mondo allumi

per grazia del altissimo tuo ingegno ——
〔あなたは世界を啓蒙した偉大なアスコリの人、
その優れた才能の恩恵によって〕

ここでのallumiは「火をつける」を意味するため、戦慄すべき含みを有することになろう。二番目はレオナルド・ダヴィンチで、チェッコの半ば寓話的な動物物語集を活用している。そして、よく知られたゲーテの『ファウスト第二部』の第四幕がある。

Der Nekromant von Norcia, der Sabiner,
Ist dein getreuer, ehrenhafter Diener.
〔あのサビニ山中のノルチアに住む精霊術師は
陛下の忠実にして名誉ある僕《しもべ》でございます。(山下肇訳)〕

ニーダムの古代中国との関連ですでに見たように、ゲーテは錬金術に魅惑されていたが、別の箇所でチェッコの知的勇敢さに敬意を表したうえで、勇敢にも天国と地獄の双方に疑問をつきつけた人物として言及する。
ゲーテのノルチアとサビニ山中への言及は核心をついている。チェッコ・ダスコリの地域中心主義はどうしても見逃せないもので、それをはずせば研究は妥当性を欠いてしまう。イタリアのマルケ州地域では、十三世紀後半を通じて黙示録的期待が「アッテスタ・デレタ・ヌウォーヴァ〔新しい時代の期待〕」として根強く広まった。騒然としたこの地域にあって、人々の心は繰り返し、公式のエクレシア〔教会〕およびその聖職者組織に崩壊の危機が迫っている、という同じ暗示にとらえられた。これらの暗示の力が、キリスト教以前および反キリスト教的な古風な信仰や儀式によって決定的に助長された。異端の運動が盛り上がったのである。そのなかには、フランチェスコ修道会から分離したゼランティ派やスピリトゥアーリ運動が含まれた。隠者教皇ケレスティアヌス五世とその「大いなる拒絶〔辞任のこと〕」を信奉する者たちも一角を占めた。方言で語られる巫女の予言もまた広い地域に伝わり、終末論的解釈を受けた。それらの予言はまた、ヴェットーレ山や暗いピラート湖のように神秘的で霊的な場所と結びついてもいた。山懐には霊的な静寂が漂っていた。青白い岩山、洞窟、鬱蒼とした森、深さの知れない湖、これらが生み出す風景のなかの日々の生活には、白魔術と黒魔術、妖術、躁病的憑依と悪魔祓いの爆発的な感情の表出が隅々まで浸透していた。今日でも地域の民俗伝承と神との和解の儀式には、この気味の悪い遺産が痕跡として残り続けている。それと同時に、口語体の押韻詩も残り続けている。

Per l'anima de Cecco negromante
che in una notte fabrico lù ponte.
〔魔術師チェッコの霊よ、出でよ
一夜にして橋を架けるお方。〕

魔法使いが天使または悪魔の力を借りて一夜にして橋を架ける能力をもつ、というこのモチーフは、アルプス山系およびアルプス山系以南のヨーロッパを通じて広く見られる。マルケ地域のあらゆる四辻には、恐ろしい気配の辻であれ、幸運を招く辻であれ、マギア・ナトゥラーレ・エ・ディアボリカ〔自然と悪魔の魔法〕が交錯する。『一九六九年研究セミナー報告集』において、フェーボ・アレヴィがみごとな調査結果を披露した。

古文書が根気強く探索されたにもかかわらず（まだ希望はあるが）、フランチェスコ・スタビリの生涯と破滅に関して明確で疑問の余地のない部分はほとんど何も確認できていない。彼の誕生日と出生地も推測に基づいている。アンカラノの地で一二六九年出生とするのがもっとも可能性が高いように思われる。しかしわれわれの主要な拠り所であるジョヴァンニ・ヴィッラーニの『年代記』および古物研究家アンジェロ・コロッチが収集した資料では、大雑把な後追いの情報だけにとどまる。チェッコの唯一真正な肖像画であったと信じられるものは、一六九二年にラヴェンナで消失した。悪魔が持ち去ったのであろうか。チェッコの幼年時代や教育についても何も知られていない。教育は修道院が行っていた。どこかの時点でダスコリはラテン語と近世ラテン語をかなりの程度習得し、同時に古典語の詩歌と神話にも親しんだ。断片的な証拠により、彼がアスコリとサレルノに遊学したらしいことがわかる。サレルノは政治的には敗北したが、先端的学問の中心として名声がなかったわけではない。彼のクルスス〔旅行〕が、スコラ神学の宇宙論と神学論争の中心地であったパリに及んだかどうかもまた、まったく不確かである。（ところでダンテはパリを訪れたのだろうか、伝記作者の何人かはそう言っているが。)

まだ若い頃、事情は伝わっていないが、チェッコ・ダスコリは西洋のあらゆる大学のアルマ・マーテル〔母校〕であるボローニャ大学の占星学教授職に任じられた。今日まで伝わるごくわずかの事実はあまり意味をなさない。この人事は通常一三二二年とされているが、学生による投票があったように思われる。人気を得たチェッコの華麗な活動のせいで、彼の同僚たちと教会当局は余計な嫉妬心に燃えたようである。彼は一三二四年十二月十六日、「コーゼ・ヴァーネ・エ・コントラ・フェーデ〔虚栄と反信仰〕」を告白した廉で、ドミニコ修道会の宗教裁判官ランベルトゥス・デ・チンゴーロによって起訴される。チェッコはボローニャを去ることを余儀無くされた。彼は「学生の熱狂的な賛成によって」教授に再任されたと伝えられるが、われわれはそれについて何も知らない。一三二六年の五月下旬に再びダスコリの名前が記録に現れる。彼はそのとき宮廷占星術師兼侍医として、当時トスカーナの支配者であったカラブリア公カルロに仕えていた。公の庇護下にあったチェッコは自分が教会の検閲と迫害を受けない立場にあると考えたのであろう。哲学と科学の思索にふけり、予言をしたり、星占いをしたりしたが、およそ無防備であった。一三二七年七月に逮捕されたチェッコ——フランチェスコ・デッリ・スタビリ——は、九月十六日にフィレンツェのピンティの門と十字架の門のあいだで、全著作とともに焚刑に処せられた。その判決はブレッシャのヤコブ卿という名前をもつヴィカリウス公爵の職権で執行された。聖人伝によれば、彼は「私はそう述べた、私はそれを教えた、私はそれを信じている」と宣言して死に赴いたという。これは事後的にロマンティックな潤色がなされたのかもしれない。しかし彼の恐るべき運命はどう説明したらいいのか。

憶測には事欠かない。残された証拠に表れるスタビリは、高慢で、癇癪持ちで、横柄で、おそらく人迷惑な、自己顕示欲の強い人物であった。彼は次々と危険な敵をこしらえても無頓着であった。彼は大学と教会の公的な在職権に手が届くかどうか不確かな立場にありながらも、なお人目を引く存在であった。彼が頼みにしたのも、学生や不在諸侯の気まぐれな支援であった。いささか芝居じみた「ピロマンティ〔火占い師〕」、ジェオマンティ〔土占い師〕、ネグロマンティ〔精霊術師〕、イドロマンティ〔水占い師〕」すなわち「四大の魔術師」は、あまりにも多くの人々の気分を逆なでする結果を招いた。しかし異端の告発を正当化したのは何だったのだろうか。チェッコの裁判と死刑宣告に関する宗教裁判所の記録は、ローマ教皇庁の聖務所に保管され残っていることはおそらく確実であろう。学者たちはそう考えてきた。しかしそうだとしても、それらの記録は今日まで公開されなかったし、いわんや出版されることはなかった。われわれは『アチェルヴァ』からどんな手掛かりを取り出せるのか。

ダスコリ畢生のこの作品は、最適の中世史学者と科学史家が研究に着手しても、言語学的および解釈学的方面からほとんど手に負えない問題を抱え込むことになる。タイトルそのものの読みが定まらない。ラテン語の acervus に由来するのだろうか。だとすれば、共通点のない構成要素の集合とか、寄せ集めということになる。その用例は、キケロ、ウェルギリウス、クインティリアヌスから確認ができる。あるいは、ラテン語の acerbus に注目した方が適切だろうか。だとすれば「荒削りの」「未熟な」「不完全な」などを意味し、こちらのほうが少しはもっともらしい。そのような「荒さ」はスエトニウスやルクレティウスの文体に倣って表現できるだろうが、私にはマニリウスの『アストロノミコン』(ハウスマンを思い出させる)〔本書「中国趣味について」を参照〕との比較がいちばん真実味があるように見える。そもそもこのタイトルを誰が選んだのだろうか。この作品が悲劇的な未完成状態であることを暗に示唆しているのか。占星術と宇宙構造論を内容とするチェッコの叙事詩の言葉遣いには、特異な専門用語がみちあふれ、語源的に混交語が多い。それは、この著者または地方に特有な言葉遣いと言われてきた、やや口語風文体と方言で飾りつけが施されたピチェーナ語である。この作品の悲劇的生みの親にそなわっている雑種性と特異性向にふさわしい。同時に、当時のイタリアの言語状況では、地域それぞれが自己主張し、複数の言語が競争し合っていた。ほとんど未消化のままのラテン語由来の借用語や、プロヴァンス語、シチリア語、フランス語の影響が少しずつ『アチェルヴァ』というるつぼで混じり合う。しかしまた、シチリアとカラブリアで広く普及し、天文学の発達にとって重要な役割を果たしたアラビア語の響きもある。専門的でしばしば意図的に難解な語彙がある一方、中世医学、錬金術、予知術で用いられたパルランデ・タチェンド、すなわち「沈黙の言語」や、最も複雑なアレゴリー語法も混在する。チェッコの詩の第一部のみを掲載して一五〇一年に印刷された初期のラテン語版評釈が伝わっているが、かえって事態を悪化させているだけのように思われる。

　しかし疑問が残る。もし異端だとするなら、『アチェルヴァ』と二つの占星術論文からどんな異端を抽出できるのか。キリストが占星術の決定論に左右されたとチェッコが述べていると解釈できるのだろうか。一、二か所の文脈では、父たる神でさえ自然の成り行きと法則を変更できないと暗示される（アクィナスなら同意したであろう）。しかし別の箇所でダスコリは明確に自由意志を前提としている。チェッコが評釈したヨハネス・デ・サクロボスコ（英語名はホリウッドのジョン）〔一一九五頃—一二五六〕の著書『天球論』は影響力が大きく、ほとんど正典と認められていたが、その評釈の内容に何か異端的要素があるのか。チェッコの議論には、ファウスト的主題が見出せるのであろうか。すなわち、天界の天球層から悪意に満ちた悪魔的な行為者が放出され、魔術師はある種の魔術的状況下でそれらの行為者に自分の命令を実行するよう指令できる、と。ダスコリはニーダムが紹介した道教の賢者たちと同じように、「魔術的物質主義」、すなわち宇宙的文脈におかれた人間の身体に関し繰返し表明される実証主義を唱えたのか。「人間の身体は決して神性をもたない。」知性のみが勝利できる、勝利しなければならない、と。

Intendi e vedi con la menta a scienzia
Che mai l'eterna beata natura
Sena ragion non fece creatura.
〔科学の精神によって理解し、把握せよ
永遠の祝福された自然は決して
理性なくして造物せぬことを。〕

しかしチェッコの見解は、これら厳密なトマス・アクィナス的立場をとらず、むしろアリストテレス的基盤をそなえたにもかかわらず、合理的認識の限界を力説し、自然と超自然を分断する境界を重視する。〔リン・〕ソーンダイクがその中世の魔術と科学に関する権威ある歴史書〔『魔術と経験科学の歴史』〕で明らかにするとおり、チェッコの思弁にたとえばアルベルトゥス・マグヌス〔アクィナスの師〕のような著名な同時代人の思弁にまさるような非正統的なところは見当たらない。チェッコの死の報を受け取った教皇ヨハネス二十二世〔在位一三一六―三四〕は、チェッコは修道会同士の対立に巻き込まれて陥れられたとあからさまに暗示し、アヴィニオンの地から「少数派の者たちはペリパトス学派（真にアリストテレス的出自の哲学者たち）の最後の大御所を失った」と述べた。

宗教裁判所が厳しく追及し断罪した理由を説明するために、その他にどんな動機がありえただろうか。（一七〇七年までにイエズス会の学者がチェッコの占星術を称賛することになろう。）噂によれば、御大はキリストに星占いを施したらしい。そんな特技は冒瀆的であったろうが、何が問題なのか明確ではない。もっと下世話なことだが、ダスコリは雇い主であるカラブリア公カルロをひどく怒らせていたらしい。というのは、公の娘で未来のナポリ女王となるジョヴァンナ〔在位一三四三―八二で暗殺される〕の星占いを行って、彼女の不吉な運勢を大っぴらにしたからである（予言はいつでも危険な術であった）。これらすべてが事実だとしても、チェッコが初めはボローニャで、続いてフィレンツェで繰り返し迫害を受け、ついに刑死したことを十分に説明するわけではない。ソーンダイクの知見はまだ有効である。新しい証拠文書が見つかる時までは、問題の全体が曖昧なまま、神秘的でさえあり続ける。

しかしひとつ執拗な主題が、まさに最初から繰り返される。

L'invidia à me a dato sí de morse
Che m'a privato de tutto mio bene.

〔妬みは私に多大の圧力をかけた
それゆえ私からすべての善良を奪い去った。〕

インヴィディア・エレシアルカ〔異教的な妬み〕、リヴォーレ・インヴィディオーゾ〔物ほしそうな嫉み〕——「妬み」への言及と呼びかけが絶えない。彼自身がそのことを強調したし、彼の同時代人も承知している。現れ方は二重である。インヴィディア〔妬み〕が魔術師につきまとい、その魔術師が今度は激しい嫉妬に襲われ、他の人々にその事実を明らかにする。画家オルカーニャは、フィレンツェのサンタ・クローチェ教会に描いた最後の審判の啓示的フレスコ画において、このポエト・マーゴ〔詩人魔術師〕を地獄堕ちの者たちのなかに含めた。妬みはほとんど人間同様の姿を与えられ、緑色の仮面をつけ、チェッコ・ダスコリに付きまとい、その作品と日常の日々に姿を現す。

フランチェスコ・スタビリの名を忘却から守ってきた話題、彼とダンテとの関係という話題のまわりで、あたかもこの妬みという固執低音が唸り続けているかのようだ。ここでもまた、証拠はあいまいであり、いくつかの点でつじつまが合わないのだが。

すでに生前からダスコリは、ダンテの卓越性とダンテの書いたものが享受した名声に対する嫉妬に心を傷つけられた人物、ダンテに軽蔑の念を抱く者とみなされた。ジョヴァンニ・クィリーニはヴェネツィアから、フィレンツェに祝福を贈った。チェッコとその苦労の成果を炎のなかにゆだね、怒れるダンテの霊を鎮めたからである（とはいえ彼は『アチェルヴァ』の版本が一部でも残っていたら秘密裏に一部入手したいと懇願した）。彼は冒頭近くに置かれた言葉遊びの機会をとらえ、チェッコがダンテの明白な傑出性にチエコ（盲目）であると非難する。カルドゥッチもこの見解に共鳴し、『アチェルヴァ』が『神曲』の模倣を試みて失敗した結果であるとした。だからこそ「ドッピア・テルツィーナ〔三行詩節〕」がそのスタンザ形式として選ばれたのだ、とカルドゥッチは主張する。さらに、このねじれた作品にはダンテに対する罵りであることが明白な二連のスタンザがあるではないか、と。他の評釈者たちはチェッコの嫉妬とされるものの根拠が、文学的にも教義的にも確認可能であると主張する。チェッコの粗雑な文体に込められた意図は、尊大ささえ覗かせるほど高尚なダンテの雄弁に対する対抗心の表明である。ダンテはその『帝政論』の公表によって教会の不興をかった。錬金術と占い行為に凝っていると一時は疑われもした。しかし彼は教会と修道士たちに取り入って抜け目なく和解を取り付ける。『アチェルヴァ』の宇宙論の取り扱いは「科学的」であり、危険な思弁を行う。一方でダンテは典礼の保護と、不合理な法悦に助けを求めた。あるいは、何か隠された論争が問題になっていたのだろうか。

ルイージ・ヴァッリの『ダンテの秘密言語と〝愛の信徒たち〟』が、一九二八年にローマで出版された。その説くところによれば、ダンテ、ペトラルカ、フランチェスコ・デ・ベルベリーノ、およびチェッコ自身が、聖なる知恵の女性的顕現、すなわちソフィアを崇拝する秘密結社に所属していたという。そのような魔女集会は当時かなり頻繁に開かれたという。これら熱狂的信者たちは仲間内で暗号を用いて意志疎通を行い、テンプル騎士団およびギベリーノ派（皇帝支持）の一派と連携を深め、秘教的な薔薇をめぐる象徴体系に熱中した。薔薇の象徴体系はさらに、カバラ的な暗示を伴いつつ知識人仲間で普及していたイスラム教的およびペルシャ的な神秘主義を利用した。ヴァッリの主張によれば、ダンテは「〔皇帝に〕忠実な者たち」との交際を断ち切り、グェルフィ派（教皇派）の有力者たちと相互理解を深めた。さらに悪いことに、ベアトリーチェ崇拝と「天国篇」における華麗な女性崇拝は、とりわけチェッコのような女嫌いの目には、抽象的秘密概念たるソフィアに対する許すべからざる背信行為に見えたのである。

以上のいずれに対する証拠も極めて不十分であるのみならず、伝えられるテクストは非常に異なる見方も提示する。今日の考慮に値する解釈学者たちの大多数は、『アチェルヴァ』でダンテを攻撃する二連のスタンザは後世に捏造追加されたと考えている。チェッコの詩に『神曲』の影響は明白で否定しようがない。たとえば、第二書の第十六節は「煉獄篇」第十六歌に対し称賛の眼を向ける。さらに、チェッコ・ダスコリはダンテの追放と危機的運命――フィレンツェに帰れば焚刑に処せられるはずであった――が、自分自身のそれと対称関係にあるとみなしたらしく、その思いを一度ならず暗示した。

とはいうものの、詩における作者の意図の鼓動をほぼ完璧に判断する耳をもつジャンフランコ・コンティーニが、『アチェルヴァ』は「反‐『神曲』的」であると明言する。チェッコ自身が自ら述べた「アヴァラ・インヴィディオーザ〔欲深き妬み〕」の影はいつまでも消えない。

もしダンテが隣人であるとき、哲学的野心を抱く叙事詩人であるとは、いったいどんなことだろうか。シェイクスピアが昼食をとる姿を横目に見ながらその同時代の戯曲作者であることは。「誰か他人がゲーテであったら、私は一体どうしたらいいか」とゲーテは自問した。プリンストン高等学術研究所〔スタイナーは一九五六年から五八年まで研究員〕の私の部屋の外で、J・ロバート・オッペンハイマー〔理論物理学者で四七年から六六年まで研究所長〕が若い物理学者に向かって詰問するのを聞いたことがある。「あなたはそんなに若くして早くも業績皆無というわけですか。」こんなふうに言われたら、論理的選択は自殺しかない。ライバル関係、嫉妬、妬みというテーマは繰り返し取り上げられ、ドラマ化もされてきた。そのテーマは古く、ダヴィデの華々しい出世にサウルが激昂し、ホメロスのテルシーテースが毒々しいあざけりを吐き出したときにまでさかのぼる。サリエリがモーツァルトに抱いた殺人的な嫉妬はたぶん虚構であろう。だがそれは音楽になり、舞台にかけられ、映像化された。イアーゴ、イアーキモはどうだろう――二重母音のイアはどうやらシェイクスピアの神経にさわる耳障りな音だったようだ。あるいは、ウィンブルドンでロジャー・フェデラーとやむなく対戦する羽目になり、年を経るごとに希望も失せていくプレーヤーたち。春の季節と熟成を表す色彩である緑は同時にインヴィディア〔妬み〕と不機嫌の色でもある（口が乾くと妬みの味がする）。イスカリオテはイエスが別の弟子をその胸に抱き寄せたので、不名誉な夜の闇に急いだのだろうか。象徴的シナリオ、アレゴリー、物語、道徳的懲罰の行使には数え切れない例がある。

どんな神話、どんな文化的原型でも、自分では理解できないまま恣意的に不利な立場に立たされるカイン的人物が登場する場合、その人物は必ずアベル的人物を探し求めるものである。ローマは兄弟どうしの嫉妬が建国の基礎になった。十七、十八世紀のモラリストたちは、妬みとそれを覆い隠す世俗的偽善に特に注目した。それ以前にもモンテーニュがすでに注目したが、さらにさかのぼれば、〔ローマの風刺詩人〕ユウェナリスとマルティアリスが嫉妬に注目した。しかしいまだに哲学的探究の例はなく、妬みの深さに関する現象学もない。それらに最も近いことをしたのは、エンブレム〔寓意画〕やアレゴリー〔寓話〕の画家たちである。スウィフトが直観したように、この主題はタブーに近く、糞便趣味と境界を接する。そこに要請される正直さ、自我の開いた生傷にさらにメスを入れる所業は、あまりにも大きな痛みを伴う。エゴの暗部から表面に噴出する臭いはあまりにも悪臭が強く、顔を背けるしかない。これは想像することが実際は無理であるが、チェッコ・ダスコリが経験した火の責め苦でさえ、彼が耐え忍んだ最悪の苦しみではなかった。

ヘブライ聖書は「嫉妬深い」神について語っている。むろん、英語のジェラスという形容詞は、ヘブライ語に含まれる多義的な含蓄を伝えることはないだろう。モーセの書や詩篇には、神が自分よりも格の低い、自分が征服した古い神々に嫉妬することを示す暗示がある。バベルでの出来事は、人間の天に近づく技術と政治的組織の発達に対する神の嫉妬を暗示する。エウリピデスの暗示はさらに微妙で、さらに不穏である。神々は本質において古くからの生き残りであり混沌から解放されて間もないので、死すべき人間たる男と女たちの倫理的洗練を理解して、さもありそうだが、妬むようになる。人間たちが原始の復讐の女神たちの手の届く範囲を超え、オリュンポスの神々の仕返しの及ばない地点にまで進化したことは、非難に値することのようだ。証拠として、『ヒッポリュトス』で神々の幼稚さが非難されるさまを見よ。そして、『バッコス神』の断片的ながら痺れるような終幕にもそのような非難があり、比類ない力説ぶりである。

しかし両者の相克といえば、通常は逆方向に作用する。人間が神々を妬むのが普通である。神々の力、美しさ、奔放なエロス、そしてとりわけ死を免れていることを。ホメロスの神々は傷つくことはあり得るが、瞬時にして癒える。不当な扱いを受けた、打ちのめされた、可愛がられたと感じるのは、神々または神と対峙する死すべき人間たちのほうである。ミルトンはこの感情をエホバの不公平、えこひいき、天使の位階に対するいわれのない差別に向き合ったサタンの痛恨の念に変調させ、啓示的な熱情で明らかにした。サタンは神の子に対する自己正当化的で非常に破滅的な妬みと嫉妬を表明し、その妬みと嫉妬は地獄の炎よりもさらに熱く燃えさかる。サタンをあれほどまでにわれわれの感受性にとって魅惑的にするのは、彼の感情の「人間性」である。結果としての挑戦の姿は、原型的着想に通じる。テーベに挑む巨人戦士カパネウスはゼウスに向かって侮辱的な言葉を投げつける。彼はダンテの「地獄篇」に登場しても、たとえ、自分の「大きな影がずっと燃え続け」ても、その行為を差し控えることはないだろう。マーロウのタンバレイン大王は、たとえいかなるものであれ自分の力を上回る力が存在することに我慢がならない。

私は運命の三女神を鉄の鎖にしっかりと繋ぎ、
私の手で運命の歯車を回す。
太陽をその天球層からはずして落下させるであろう、
タンバレインが殺され、征服されるくらいなら。

このような複合感情は、タイタン族の物語と天界の戦争の物語でも劇化されており、力強い決まり文句で「プロメテウス的」と呼ばれてきた。その語が反抗的な妬みを表現するとすれば、それはまた神義論がかかえた永遠の難問を提起している。全能ともあろう神が、あまりにも弱々しく苦痛と不幸と誘惑を逃れられない存在を、自分の姿に似せて——きわめて曖昧で、ほとんどあざけりの観念だが——創造されたのか。それはサディスティックな実験なのか、あるいはゲームなのか。苦労をされ給うた全能の神よ、苦労という語のすべての意味で、その苦労に災いあれ。『リア王』のヒースの原野で、キルケゴールの惨めな父親が不敬の言葉を吐いたユトランドの荒野で、神々はわれわれを「慰みのために」苦しめ、殺す。われわれは生んで欲しいと願ったことはない。

創造主と被造物とのあいだのインヴィディア〔妬み〕は面と向かって競争を引き起こしうる。論理に代わる速記的表現が多い神話がその証言となる。楽天的な娘が、アテーナーにできるどんな織物よりもより繊細でより装飾に満ちた織物が織れると自慢したとしよう。その娘は蜘蛛に変身させられる。アポロンは音楽の奥義と演奏でライバルとなった相手の皮を生きたまま剥ぐ（ティツィアーノの絵『マルシュアース』では、復讐心に燃える嫉妬のあらゆる陰影と苦悩が演じられる）。必然的帰結として生ずるアゴン、すなわち決闘は、双方向的である。人間界の創造者である芸術家は、自分の達成したものがいかに高遠なものであろうとも、自然の世界に提示されたものに、すなわち神が生み出したものにまったく及びもつかないことを感得する。神と人間の対決の深遠な特徴が「ヨブ記」に見出される。苦しみに苛まれる自分の僕《しもべ》に与えた神の答え、神がいわれのない恐怖をヨブにくだす際の弁明は、極めて審美的なものであり、「ネロ的」とも言えるだろう。それは棟梁にして最高の職人が発する豪語である。人間は神の仕事場が生み出す力、幻想、恐ろしい美しさには対抗できないし、いわんやそれを超えることはできない。夜明けの光景と比べたら、最も崇高な絵画でさえ何だろうか。神々しい天界の音楽に比べたなら、われわれの音楽がどうなのか。「天国篇」はその比較不可能性を述べた古典的な例である。人間が対抗しうる反論があるとすれば、「ヨブ記」が書きおろされる言葉と文法こそ、唯一の、しかし不滅の反論となる。神が自分に耳を向けてもらおうとすれば、神は言語を話さなければならない。印象的なことに、人間が疑問を呈し異議を申し立てるという策謀は、いつも挫折に終わるにもかかわらず、古典古代の神話と聖書の権威が色あせた後で長いあいだ残り続けた。シュルレアリスムは所与の現実に対し、すなわち退屈な理性の経済に対し、パロディであると同時に代替となる。シュルレアリスムの無神論は神経質な価値転覆のそれである。その無神論は、死んだ神よりはましなことができる。近代の最も豊かな創造者たちのテーマを見渡すと、神の嫉妬、作家または芸術家の挑戦的な不服従というテーマが見出される。トルストイは人間としての死すべき運命に疑問を抱いた。彼はナターシャやアンナ・カレーニナを生み出せなかったのかもしれないあの「大きな熊」と闘うために森のなかに入った。ピカソは隣室のライバル画家の存在に言及した。「私がこの礼拝堂に絵を描いたのは神の栄誉のためではなく、私自身のためなのだ」と、マティスはヴァンスで述べた。根の深い両価的な感情が働く。人間もまた、創造者として自分の生み出す人物を嫉妬する可能性がある。その人物が自律し、作者の意図とコントロールを黙殺してしまいかねない、あの複雑な活力に対する嫉妬である。作者はそうすると、自分が生み出したものを粉砕したい誘惑に駆られるだろう。すでに知られているとおり、作家、作曲家、画家たちが、創造の根源に深く関わる理由に基づき自分の作品を破壊することがある。あるいは、自分が造形し、作曲し、書き上げたものが、考えうる超越的モデルを凌駕するかどうかと自問することがある。いったい神はハムレットやコーディリアをどう考えるのか。バッハのキリスト受難曲や荘厳ミサ曲に対し、神の正直な意見はどうなのか。神の栄誉を称えて考案された傑作が最も先鋭な挑戦を提示する場合が多いからだ。（シェイクスピアが、これと分かるいかなる宗教的立場からも身を引いていたことは知られているが、それは彼自身の創造性の条件と密接な関係があり得るのだろうか。）

日常の場面では、妬みを生み出す源泉は多様である。不公正の実感が最も心に食い入るものだろう。私の労働への報酬が別の人に与えられた。私の寄稿論文が黙殺された一方で、自分の利益を考えた凡庸な論文や剽窃でさえも称賛を受ける。詮索好きのパパラッチの口からノーベル賞がずっと評価の低い男に授与されることに決まったと告げられて、イタリア詩人の第一人者が絶望の涙にくれる。不公平は誕生に伴うこともありうる。「私は醜く、あるいは障害さえもって生まれた。彼はハンサムで、アポロンのような身体で、カリスマ的だ。」男性の美しさは特別に心を乱す挑発となりうる。「社会的、物質的環境が当初から私に不利であった。」アリギエリ家はフィレンツェのエリート階級に属していた。彼らはダンテに選り抜きの教育を与え、上流階級の人々との交流の機会を与えた。私チェッコは貧しさのなかから自分で道を見出し、田舎の巣窟でかろうじて読み書きを習得した。「無言の不面目なミルトンたち」がそうなったのは、人種差別、階級的偏見、長年にわたる女性締めつけの結果である。説明不可能な偶然が私から月桂樹を奪いとり、私は結果として「同一レースで走った」ひとりに過ぎなくなった。「優れた将軍であっても十分ではない。幸運な将軍でなければならない」、ナポレオンはそうなった。ここで「運」とはつかまえどころのないグレムリン〔小悪魔〕であり、悲劇を下支えするサテュロス劇〔狂言〕である。古代の人々は心の読めない運命の女神フォルトゥーナを祀って祭壇を建てた。「二人の無慈悲な野心家の競争者たちが手に入れたX線回折を、もしも私がもっと綿密に、もっと自信をもって見ていたら、分子生命を解く鍵を発表してトロフィーを勝ち取ったであろう」。人は癒えない傷をかかえて、その時を、決定的なチャンスを逃したあのずれが生じた時を、振り返る。幸運と不運を決めるルーレット上でフェアプレーは行われず、だから取り返しのつかない結果を招いたという意識が毒を生み出す。人々は妬みのせいで裏切り、偽証を行い、剽窃を行い、殺人を犯してきた。幸運なライバルが間近にいれば、嫌悪の情はそれだけ息が詰まるほど大きい。その人の真心に出会うとき、研究室、実験室、連隊食堂、文学者の園遊会で、その人のあからさまな同情に接するとき、その真心がかえって吐き気をもよおす。運を逃した状況が前後関係とともに詳細に明らかになるほど、その味はもっと酸っぱくなってくる。ポーはこの連鎖的結びつきの透徹した観察者であった。

他のところで『師の教え』のこと〕、私は教師と生徒、師と弟子のあいだにある緊張関係の分析を試み、そこには心的な去勢が避けられないとしたことがある。師弟両人において誇りと嫉妬が同時に存在することで、その関係はある意味で矛盾にみちたものになる。作用しているのは、悪名高いダブルバインドである。師匠は自分の知識、技術を伝えることで、自分自身を消費し、自分の持てる資力を減少させる。時間も彼の味方ではない。他方では、弟子の進歩、学生の能力養成こそが、その教育者にとって明確な目標ともなり、誉れともなる。技術の移転が明らかであればあるほど、指導者としての評価はそれだけ高い。しかし自分が用済みになる危険もそれだけ尖鋭になる。肯定的であると同時に自己破壊的な弁証法である。学習者のほうとしては、指導者の功績を祝い、威光を讃える。彼または彼女はしばしば、無意識にせよ、師匠の歩き方、その言葉づかい、絵筆の使い方、キーボードの打ち方を模倣する（プリンストンではオッペンハイマーの癖を真似ることが流行した）。永遠の別れに際して彼は俗世間に向かって宣言するであろう、「これこそがわれわれの師匠、有名にして、静か、永遠の眠りにつく、／われわれの肩に乗せられて」（ロバート・ブラウニング）。しかしまったく同時に、その師匠のクラスの弟子、徒弟、初学者は模倣のためだけに努力するわけではない。生徒であることの過程に内在するのは、取って代わろうとする衝動である。師匠はその学派と遺産を引き継いで終わりではない。彼もやがては乗り越えられる運命にある。フロイトの考案したエディプス・コンプレックスの劇的物語のなかで、この局面は最も印象的に映る。父親の権威ある姿はやがて追い越され、その状況の論理にしたがえば殺されてしまう。教師の側としては、音楽室で、アトリエで、作家の作業場で、実験室で、究極的に自分の破滅に至る挑戦に気づいている。実際彼はツァラトゥストラと同じように、挑戦を助長し、奨励しなければならない。彼は自分が追い落とされることを黙認し、かえって誇りとしなければならない。両方の側が、かくして「アン・フォース・シチュアシオン〔困った立場に〕」いることになる。

美術や造形芸術、音楽の作曲や演奏では、この宿命がいつでもついて回る。老いを迎えたある著名な画家が、無名の弟子にフレスコ画の脇役の人物の下絵を割り当てる。ヴェロッキオがその結果をふと見やり、レオナルドの姿をまじまじと見る。彼は死刑宣告に直面する。自分の作品は今や廃棄されたのである。音楽学校の尊敬すべき先生で演奏家の話をご存知であろう。おそらく偶然開けたままになっていたドアを通して、手を焼いていた生徒の即興演奏を耳にする。彼はがまんのならないグレン・グールドの演奏に聞き入る。即座に彼の耳は自分の技能の失墜と別の演奏次元への量子飛躍を受け入れる。幸運にも彼の名前は天才の伝記のなかで脚注のひとつとして生き残るであろう。飢えた「ファームルス〔助手〕」（ケプラーとかいう名の）が、ティコ・ブラーエの天文学と天体力学におけるライフワークを立証する助手として同情をかけられて雇われた。その助手はそれまで取り扱いの困難であった諸問題を解決したのみならず、ブラーエの宇宙論全体を覆した。次の例は、達人が勢ぞろいする最初の精神分析学のグループの話である。それぞれの達人が攻撃的な反抗に及び、結果としてそのグループはあえなく解散、各自が理論と治療方法を作りあげる。かくてフロイトは、父である創設者として自分を不気味にもモーセと同一視する。哲学では、その歴史に父親殺しは欠かせない。アリストテレスはプラトンに反抗しなければならない。継続が、批判と否認に変わる。ドイツの大学で言うところのアシステント〔助手〕が、自分の昇任を左右する先生の評判を落とし、嘲り始める。ハイデガーがフッサールをどう扱ったか、それはまさに忌まわしい実例を提供する。つい最近にいたるまで、文学においてこの人物配置が生じることはまれだった。文学では公式の伝授は例外的であった。昨今は、「創作」プログラムやワークショップが大流行となり、それも日常茶飯事になろう。指導者はたいていの場合二流に属する。そうすると、誰か生徒が霊感にみちた原稿を提出したとなると、それをどう扱えばいいのだろうか。

人生経験ではよくあることだが、結果は病理に近いものになりうる。師匠は弟子の作品を失敗であると評価し、今後も継続することに否定的な見解を述べ、弟子を欺こうと試みることはできる。芸術や音楽では、そのようなエピソードに事欠かない。競技会、奨学金授与、大抜擢などの機会を利用して将来危険になりそうな成り上がり者の鼻を折り、立ち直れないようにしておくことができる。類い稀な才能にあふれて野心的な人物がいれば、書評で無視するとか、あるいは消極的な内輪話で済ませて抹殺することができる。このような狡猾な策略に性的圧力やあてつけが含まれることがあり、しばしば才能あふれる女性に向けて用いられる。反対に、自分の側に若さという比類ない優位がある学生、すなわち教わる側は、彼または彼女の師匠を破滅に追い込むことができる。師匠を凌駕し、その理想を過去に葬り去るのである。若者から繰り出される嘲りは残忍な兵器である。そのおかげでアドルノの寿命は縮まった。嘲りは一九六八年の学生反乱のあいだに出現した落書きのなかでも花開いた。「教師など無用。死ぬ奴には死者の相手をさせろ。」

正真正銘の教員は――現場にそういう教師は多くない――自分よりも才能にあふれ、より創造性に満ちた学生を妬むことはないだろう。そのような教員は、ウィトゲンシュタインのたとえ話を借りれば、学生を上に昇らせるために用いた「はしごを放り投げる」ように命ずるだろう。そのような教員は自分の講義室に若きニュートンの姿を見出したならば、自分の役割と職業からきっぱり退場することさえ選ぶだろう（アイザック・バローはそういう判断をした〔一六六九年にルーカス教授職をニュートンに譲った〕と伝えられている）。彼または彼女は、もうすぐ自分を越えて、その器と名声が自分を上回る弟子を教え、見出し、導いたこと、それが教師たるものの至高の報酬であると、ある種の悲しみとともに認めるであろう。五十年の教師歴で私は自分よりも能力に優れ、より独創的で、危機と近代性に対してより感受性に優れた生徒たち、三人の男子と一人の女子、に出会った〔『G・スタイナー自伝』第九章の最後に詳述〕。二人は政治的および心理的理由により私に反旗を翻した。彼らは私自身の著作を取り上げて嘲笑の的とした。ひとりは多少とも礼儀正しく謙虚な姿勢を採り続けた。第四の人物は自殺という行為によって、私の希望に対して罰をくだした。これは私に対する最も手痛い咎めとなった。しかしそれでも、私は幸運であった。四人ならたいした人数である。真のカバラ主義者も、ニーダムが報告する隠者たちも、弟子はひとりしか授からなかった。

親密な交際、近接した活動の場、距離はあっても同時代を生きること、これらは妬みを生む可能性がある。その際の心臓の鼓動は非常に診断が難しい。なぜならそこには愛情とともに憎悪があり、両方の血流が交じるからである。オーディ・エト・アモ〔愛憎〕。これらの活動は精神と感受性に関わるもので、性愛の領域にもそのままつながる。まさにその二重性を反映するのがフランス語である。フランス語の envie には、英語の envy〔妬み〕と desire〔欲望〕の両義がある。われわれは自分の挫折をもたらした嫉妬の対象を称賛して尊敬する。われわれは彼または彼女の作品を研究し、その名声をさらに高め、勝者の社会的物質的報酬を指摘することで、喜びとともにやるせなさを自分自身にぶつける。自分はそこから発せられる強い光輝が生み出した呪われた影だという思いに囚われる。われわれの自己防衛の反応は、互いに密接に絡み合う主な二つの形式で出現しうる。追従の言葉と師匠の弟子であることが弁ぜられる。われわれは党派的支援を声にして師匠の業績を広める活動をする。われわれは何かしら謙虚で、当然ながら寄生者的な装いを凝らして、自分が師匠の栄進と功績に貢献したこと、関与したことにする。偉大な人物には、ピタゴラス以来のいわゆる「取り巻き」や、ホメロス以来の彼に付き随う詩人がいた。信者たちの列がハシディズムの師の後を支援の喜びに沸き立ちながら従う。あの汚れたベッドはヒステリー症状の芸術市場では何百万人を操ることだろうが、しかしわれわれはそれがダダイズムの軟弱な冗談であること、デュシャンの机の時節後れの模倣であることを知っている。あの小説はすぐに傑作だと認められることだろうが、われわれはそれが今は忘れられたもっと優れた先行作品の模倣であると証明できる。ディコンストラクションだとか、ポスト構造主義だとかが、キャンパスの講堂を埋め、シラバスで大きな顔をしている。われわれはそれらがはかない流行で、シュルレアリスムから出た言葉遊びにすぎず、すぐに影が薄くなり嘲笑に晒される運命だと内心確信し、熱い思いを抱く。ガザでこれを口外するのはご法度だが、電波のなかに決定的なブリップを発見したのは実はノーベル賞受賞者ではなかった。それは何の報いも得られない助手の手柄であった。今はまばゆいその不正義も、時が経てばやがて正されるだろう。

防衛反応としてのインヴィディア〔妬み〕のさらに微妙でさらに痛ましい様式が、射程対応型の自己卑下である。栄冠を得た者を褒めちぎるだけではない。自分自身を落伍者の列に並べて位置づける。「私は創造にふさわしくない人物だ。私は実質上理論的洞察を何も生み出していない。私は何か運動や学派を立ち上げたわけでもない。競技で新記録を樹立したわけではない。選挙に勝ったわけでもない。私の受賞は地域限定的でたいしたものではない。私は、プーシキンの言葉を借りればポスティーノ〔郵便配達夫〕であった。実際に手紙を書いたのは詩人、思想家、政治指導者、社会改良家であって、私はその書簡を運ぶ特権を授かったのである。私がこの支援の役割で端役を演じられたことでさえ、何と幸運であったことか。T・S・エリオットの有名な句を借りれば、「随行員役の長官」である(卑下の表現でさえも偉大さを含む言い回しを用いる)。」この自己矮小化は機先を制して行われる。

他人から言われる前に、自分で自分がたいした者ではないと宣言してしまう。私が公共の場で論争を挑んでやり込めたことのある詩人がストックホルムからちょうど戻ったときに私を一瞥し、あざけるように「申し訳ない」とひとこと言ったとき、私はもはや取り返しのつかない立場に追いやられた。

そのような二人の対面は友情を蝕む。「友人の不運を見ることは何かしら自分を不愉快にさせないものがある」、そして「成功するだけでは十分でない。他人が、できれば友人が失敗するところを見なければならない」、とモラリストたちの述べる二つの破壊的な金言がある。彼らがそう言うのを正当化するものは、無神論によって解放的になった社会的心理的空間のなかでの辛辣な洞察であり、シニシズムではなかった。これらのいやらしい真実をあえて否定できる方がおられるなら、そうなされればよい。最悪の事態は、自分自身の心のなかに買収不可能で意地悪な記録係りが住み着くことである。自分の幻想をあざ笑い、自分の凡庸さをいちいち指摘する内心の声のことである。内面の証人は忍耐力の限度を鍛えることもできるが、基準音叉として不可欠な働きもする。その音叉が存在することで、われわれが「本物」の達成に（またもや）失敗するたびに、「本物」を確認するよう迫られる。より勇敢な、より才能ある同時代人が成功したときもそう。この確認の声を抑圧し、アポロギア〔弁明〕やマゾ的な自己憐憫で消去すればいいだろうが、そのときには事実が見失われる。結局のところ、自分自身に嘘をつくよりは息も詰まるような妬みのほうがまだましである。

このコンプレックスが煉獄の苦しみと化すのは、当人が第二列目のエリート層に所属していると見なされるとき、彼自身、彼女自身を自分でそう見なしているときである。ダンテを見ているチェッコ・ダスコリがそうである。知識人、芸術家、財界、軍隊、政界、スポーツ界、これらの事業や組織体では、ピラミッド型になるのが主流である。最上部の空間はごく少数の者のためにある。そのすぐ下には、才能にあふれ、勤勉で、野心にみちた第二列目の男女が集まる。その集団もまたかならずしも多数ではない。内部で制度化を行う多くの階層組織においては、公開の場で序列化が行われる。『中国の科学と文明』で論じられる中国の科挙、フランスの競争試験、卒業予定者のなかのスンマス〔最優等生〕とマグナス〔優等生〕、共同経営者への昇格、高等裁判所や将官への昇任、レギュラーのイレブンへの選考では、この能力分類を実行し、公開する。選抜組がいれば、予備組がいるのは当然である。『神曲』と『アチェルヴァ』。実際に二つを分かつのは、形式の上でも、数字の上でも、些細なものであろう——試験結果のほんのわずかな点数、スキーの大回転の百分の一秒、クラブ委員会や重役会議での反対票ひとつ——だがその差は大きく広がる。交渉の余地はない。天才は無慈悲である。排除が働く領域、境界を示す障壁は、ある種の職業や活動において著しく目立つ。チェスのアマチュアがいかに熱心に何度挑んでも、プロには手ひどく打ち負かされ、そのプロも名人には敗戦を喫する。チェス戦の勝者たちが語る勝利の味、敗者が嘗める屈辱について語る言葉には何の偽りもない。ある種の営みには、その営みに欠かせないものとして「第二列目」が、その語の表す意味どおりに組み込まれる場合がある。目利きの批評家、注釈者、編集者の役割は疑いもなく決定的である。そういう人々は作品テクストが流布する際に説明役として欠かせない。偉大な批評家は偉大な作家よりも稀だといわれてきた。一群の批評家たちは、散文スタイルの力で革新的な問題提起により文学そのものにじりじり入り込んだ。しかし、根本的な事実は変わらない。たとえどんなに優れた批評論説でも、不朽の詩や小説との差は何光年も開いている。プーシキンは手紙に書いている。演奏は重要である——

だがそれは作曲とは別だ、と。ある弁護士が冷笑を浮かべながら言った、副社長の職はせいぜい「バケツ一杯のホット・スピット〔焼き串〕」の価値しかないと。

オクスブリッジの成績評価記号で言えば「β++」を用いて二流の頂点を表わす。私がすでに暗示したように、二流の頂点にいる人が本物の存在を身に沁みて感じるとき、二流降格の苦味は最も強い痛みを伴う。自分の作品が外部からどんな報酬が贈られ、どんなに有用であると思われようとも、本物の生命力にはまったく及ばないと納得するときである。天才の作品がしばしば人々に認められず嘲笑される可能性があることが、批評家の立場の身を引き裂かれるような曖昧さを増大する。批評家が正直であれば――正直さとは凡人が最後に退避できる唯一の聖域である――一流の作品が認知され正当な扱いをされるように求めて苦闘するであろう。彼はその作品の出現により自分の野望がどれほど陰らされようと、その光輝のために苦闘するであろう。多くの人は、脚注のなかで言及されて永遠の命を授かる。書評家や大学教師は「私はXやYをテーマに書かれた論文や本の書評を書く。私については誰も何も書かない」と自分に向かって毎朝言わなくても、誰も咎めることはできない。この当たり前の恐ろしさは、最後の審判に匹敵する。

この種の苦悩についての証言は驚くほど稀である。テーマ自体がほとんどタブーなのだ。サントブーヴの嫉妬にみちた、しかし霊感あふれる批評と人物描写の行間にくすぶっているのがそれである(結局のところ、プルーストに散々こきおろされるのも名誉なのだ)。第三帝国の崩壊後、哲学と政治の預言者と評され目されたカール・ヤスパースは、マルティン・ハイデガーのナチズム政権下の嘆かわしい行動と偽りにみちた弁明に関連して意見を求められた。彼は自分のかつての友人にして同僚について考えるところを書いた。かくて『ハイデガーについての覚書』は、意図せずして多くを明らかにする魅惑的な記録となった。筆を進めるにつれてヤスパースは、歓呼で迎えられた自分自身の仕事も、ハイデガーの途方もない独裁的な人物像の前でやがて色褪せるだろうという直観に立ち至った。死ぬというときになって、「一緒に走った」者たちの守護聖人マックス・ブロートは知ることになる。自らの著作と全盛期は、フランツ・カフカの伝記や研究書のなかで少なくともしばらくは永らえるだろうと。それなら、もっと悪いこととは、天才が見えなかったこと、あるいは天才からつかのまの委託をされたことだろうか？　Dの転換的思想を見誤ったこと、それに苦言を呈したこと、あるいは彼に「小柄な人」と言われたことだろうか？

一三二七年九月十五日、フィレンツェ。冷たい牢獄の悪臭のなかの夜を私は全精神を動員して想像する。翌朝に焚刑に処せられると知っているときに、人は息をし、排尿し、狂気を免れて自殺を——たとえ壁に鎖で繋がれていても人は石に頭蓋骨を打ちつけられる——思いとどまれるだろうか。時間が刻々と過ぎて明け方へ進み行くかたわらで、尋常でない苦痛のどのような予期と予感が人の意識のすみずみをとらえるのであろうか。自分の指先を消えかかる蠟燭の炎の近くに、あるいは炎の先に近づけてみたまえ。最初の痛みの予行演習、耐える試みをしてみたまえ。しかし一本の指と身体全体の焼却とでは、準備のための類比にもなりえない。予行演習など不可能である。胆石でも、出産でも、拷問で筋肉を捻ることも、今までに経験したどんな痛みも、足元から這い上がる火に目も眩み息もつけない地獄のなかに包み込まれるときの痛みの先例とはなりえない。あなたが気を失うまでにどれくらいの時が経過するだろう。無理にでも口を開けて絶叫し煙と火を吸い込めば終わりはずっと速やかにやってくると、あなたはどこかで聞いたことがあるだろう。死刑執行人が焚刑柱に首をくくりつけて絞め殺すとか、焼け焦げる両脚のあいだに一袋の火薬を忍ばせておくとか、無限の慈悲をかけてくれないだろうか。しかしそういう慈悲があるとすれば、宗教裁判所の判決文がその旨を述べたはずである。あなたは生きたまま焼かれることになっている。筋肉という筋肉、裂かれた手足という手足、髪の毛一本残らず焼け焦げ、両目は沸騰して眼窩から飛び出る。一晩中そのことを熟慮し、そのさまを思い描き、感覚作用がどんなことになるか空想してみよ。恐怖につぐ恐怖を千回も繰り返してみよ。そうするあなたとは、チェッコ・ダスコリ。マグナ・マーテル〔大地母神〕に精通し、サビニ山中で木陰に憩う女神キュベレに親しんだ占星術の第一人者にして君主の侍医。

あなたはフィレンツェを逃れることはできなかったのか。地元の有力者や司教たちの騒がしい敵対関係のなかに逃げ場を求められなかったのか。あるいは、宗教裁判官と折り合いをつけられなかったのか。あなたは自分自身の星占いを読み違えて、待ち受けて横たわる深淵を見損なったのか。またはチェッコよ、恒星と惑星の合《ごう》に虚偽がある可能性をあなたはあの恐怖の夜に認めたのか。恒星と惑星が何か恐ろしい悪意によってその侍祭を欺く可能性があることを認めたのか。たぶん星天使たちは自分たちの動きをあまりにも克明に読み取る人物に嫉妬を覚え始めたのであろう。予言は、すなわち魔術を用いた未来の謎解きは、神を畏れぬ術とみなされた。「地獄篇」第十歌はそう断言する。彼の独房には、空虚と嘲りにみちたさらなる暗黒が浸透したかのように見えたかもしれない。そして今、彼が見入ったのは星の光でも、十二宮の明滅する光でもなかった。彼に最後の朝の到来を告げる一筋の最初の光であった。

焼かれることになるのは彼の生きた肉体だけではなかった。著作のすべてが薪の山に放り込まれるはずであった。ダスコリに予見しうる限りでは、すべて手稿のままである自分の膨大な仕事の結果は何も残らないであろう。すべては灰と化すであろう。叙事詩の傑作、未完の『アチェルヴァ』も、痕跡を残さずに消え去るであろう。一方で、ダンテの『神曲』は永遠の命を約束される道の途上にいた。一方で、ダンテの用いたトスカーナ語はすでに競合言語の声を沈黙させつつあった。すべては無駄に終わった、と恐怖の奈落の底から声が聞こえる。チェッコは人生最後に残された洞察力と集中力の瞬間において、自分がダンテの至高の天才と名声を妬むライバル、多少とも軽蔑される同時代人であり続けたことを知る。この認識がもたらした苦悶はおそらく、少なくとも一瞬のうちは、言語に絶する激痛をもたらす差し迫った死の予感よりも、よりいっそう残酷であった。

プリンストンの研究所、アインシュタインとゲーデルの記念館、そしてハーバード大学、ケンブリッジ大学、このような環境で過ごした私は「本物」を目にする特権に恵まれてきた。私は隣の研究室でストックホルムから電話のベルが鳴るのを二度も聞いた。そしてその夜の祝賀会に参加するよう招待された。私は第一線で活躍する詩人や小説家に接し、理論、人類学、社会思想の第一人者たちにインタビューをしたこともある。われわれの時代に刻印を残した人々であり、そのうちの何人かの名前は多くの言語で形容詞にもなっている。私の僥倖は尋常ではない。教師、批評家、注釈者、宣伝係は、創造者たちのためにドアを開けることができる。彼らはこれまで検閲の対象であったもの、見過ごされてきたものに、それが当然受けるべきふさわしい生命を与えることができる。それは祝福された状況である。それでも、それは厳密に言えば二次的で補佐的である。せいぜいがAマイナス評価に届くにすぎない。ルネ・シャールの詩〔「垣間見られた女」〕の一行が私の脳裏を離れない。“N'est pas minuit qui veut.”（「そうありたいと望んだのは真夜中ではない」のミニュイ〔真夜中〕というのは詩的な啓示、あるいは知的な啓示を表しうるし、パウル・ツェランやシャール自身、またはフランシス・クリックに代えて別の名前でもありうる。）もうじき、もし私が正気ならば、未来は私の背後に伸びている。見え見えの防衛的な態度で、自伝に『エラータ〔正誤表〕』などという表題を付けかねないのである。

私はチェッコ・ダスコリ研究を書かなかった。それはそれで面白いものになったかもしれない。けれどそれは私にはあまりに切実すぎたのである。

エロスの舌語　THE TONGUES OF EROS

聾唖者の性生活はどんなものであろうか。どのような刺激を受け、どのようなリズムに合わせて彼や彼女はマスターベーションをするのか。リビドー〔性衝動〕や性的絶頂を聾唖者はどのように経験するのか。信頼しうる証拠を手に入れることはきわめて困難であろう。私が知るかぎり、体系的な研究を行った人はいない。しかしこの疑問にはかなりの重要性がある。というのは、エロスと言語の相互関係をつかさどる神経中枢が関わるからである。この疑問がさらに、疑いもなく決定的な課題としてのセクシュアリティの意味構造およびセクシュアリティの言語力学を、未解決問題として焦点化するからである。性の話は、性交前、性交間、性交後に、自分自身と、あるいは相手と、大きな声で、あるいはひそひそ声で、話したり、聞いたりするものだ。二つのコミュニケーションの流れと二つの役割演技、これらは分離不可能である。絶頂の叫びは双方に必要不可欠である。欲望の修辞は言説の一つの範疇である。その言説のなかで発話行為と性愛行為、それぞれの神経生理的生成が相互に連動する。句読法はこれに似ている。男のオルガスムスが感嘆符である。盲人のセクシュアリティについて知られているところによると、言語的価値と触感価値が相互に活気を与え合い、強め合う内面化された表象と言語表現化されたイメジャリーの重要な機能が明らかである。神経化学的要素と、意識と無意識の回路とみなされるものがこれほど密接に融合しているインターフェースは、人間という組織において他にはない。知性と有機体がここでは統合されてシナプス〔接合部〕を形成する。神経学の研究成果によれば、性的な反射運動は副交感神経系の作用とされる。心理学が人間の性的行動を分析する際には、随意的衝動および反応を研究対象とする。それ自体不明確にしか認識されていない「本能」という概念が、身体と大脳、性器と精神の相互作用というきわめて重要な領域を特徴づけている。

このように性には言語が浸透している。性交の前にも、そのさなかにも、あとで思い出すときも、われわれは話したり、黙ったりする。性に浸透している言語の要素は非常に多彩で込み入っている。性の話には感情が大きな影響を及ぼすので、包括的な一覧表を作ることなど到底不可能であり、ましてや合意可能な分類作業などできない。発話行為は普遍的であると同時に私的であり、集団に共通であると同時に個別的でもあるとみなされる。すべての男女が、何らかの妨害がないかぎり、すでに存在している利用可能な単語や文法構造のストックをとくに意識もせず活用する。われわれは辞書と文法の可能性を求めて動き回る。われわれはわれわれの心的能力、社会環境、学歴、地域性、歴史的伝承の違いに応じて、自分の言い回しを解釈する。しかし同じ集合的エートスに浸され、同じ民族的、経済的、社会的環境のなかにあっても、すべての人間が、魯鈍でほとんど言語能力に欠ける者から言語の才能に恵まれた者まで、多少とも効率的な「個別言語」、すなわち自分だけに特有の語彙および統語法の技術体系を編み出していく。あだ名の付け方、音声が結ぶ連想、暗黙の言及対象などは、個人により異なる特徴をそなえる。形式論理や象徴論理の場合のように同語反復を目論むならば別であるが、たとえ未発達段階でも言語は多義的で多層的であり、不完全にしか開示と表出をしなくとも、それで意図が表現可能である。言語はコード化する。コード化の過程が、共有される記憶、過去の願望、政治的社会的文脈から現われるのを知覚することは可能である。しかし、言語は、ある個人にとって欠かせない、その個人にだけ特有の、私的側面の強い必要性や意義を隠すこともできる。言語はその本質からしておのずと多重言語である。そのなかには複数の世界が含まれる。子どもの言語を考えてみればいい。明快な発話として表現された部分は言わずに隠された意味の氷山の一角にすぎない場合がよくある。われわれは「行間」で話を伝え、それを聞き取る。理解や受容とは、暗号解読の試み、コード解読の行為である。

性愛の反響室においてほど、この「行間伝達」の普及力や形成力が発揮されるところはない。よく知られるとおり、誘惑の修辞学と言葉による演出は、一部分だけの真実、借りものの常套句、真っ赤な嘘にみちあふれている。今度はこれらが、欲望の対象によってもっともらしく飾られなくてはならない。オルガスムスに伴う発声音はしばしば言語化境界域で宙吊りとなることが多く、時には言語発生以前の歴史を反響するかと思われる場合もあるが、故意に虚偽のこともありうる。それらの発声音が動物的な偽善の詩学をそなえるのは、性愛場面における雄弁な美辞麗句や芝居がかった誠実さにちょうど対応する。独白と対話――もっと的確に言えば相前後する独白――は、体系的分析がほとんど不可能な豊かなリズムと陰影のなかで交互に起こり、融合することがある。直観的にわかるとおり、マスターベーションにおいては言葉とイメージが他のどんな人間的コミュニケーション過程よりも緊密に結びつき、より「弁証法的に」活性化される。ジョイスがノラに送った手紙が、この相互作用の力強い証言である。単語や連続音それ自体が、息詰まる性的興奮を喚起しうる（プルーストの有名な「カトレアをする（faire catleya）」(1)）。その音のなかに、イメージが次第に拡がる。だからマスターベーションにも、独自のミュート〔黙音〕文法がそなわる。しかし私的な場所、親密さの深奥部でさえ、公的作用が働いている。メディアが性愛と性を語る言い回し、映画とテレビだけの愛の特殊用語、広告と大量市場の高揚した熱弁、これらが、何百万ものパートナーたちのリズム、進行、言説の構成要素を様式化して型にはめる。先進諸国の世界ではポルノグラフィーが人々を蝕み、数え切れない恋人たち、とりわけ若い恋人たちが、意識的かどうかは別として、商品化された記号論的筋書きに従って自分たちの性行為を「プログラム」している。本来ならば人間的出会いのなかで最も自発的で無秩序な、各人の探求と創造があるべきものが、大部分のところすでに筋書きができている。最後に残る自由、最終的な真正さは、聾唖者のところにあるのだと思う。われわれには知るよしもないが。

『バベルの後に』（一九七五年）において私は、この地上でかつて話された相互に理解不能な何千種という多様な言語の存在――それらの多くが今日ではもはや消滅あるいは消滅しつつある――は、神話や寓話で人間の不幸として語られるが、それどころか、祝福であり、歓喜である、と論じた。それぞれの言語はひとつ残らず存在と創造に向けて開かれた窓である。そのような窓は他に類例をもたない。ある言語人口がいかに減少し、言語環境がいかに悪化しようとも、いかなる言語も「小さな」言語ではありえない。カラハリ砂漠地帯で話される数種の言語では、アリストテレスが用いたよりももっと種類が多く、より繊細な仮定法の区別が特徴である。ホピ語〔北米先住民の言語〕文法で表現される時制と運動の微妙な違いは、われわれのインドヨーロッパ語族とアングロサクソン語よりも、相対性と不確定性の物理学とよく調和する。すべての言語の根源をたどると、その語源の意味は潜在意識へもつながるが、それぞれの言語がその起源の文化的心理学的な特性をそなえ、その起源に埋め込まれたとおりに展開したことによって、他にはないその言語に特有な方法でアイデンティティと経験を表現する。それぞれの言語はそれぞれ特有の時間分割をし、多様な単位を生み出す。多くの言語の文法は、過去、現在、未来の時制に形式上の区別をしない。ヘブライ語の動詞形の「静止態」は歴史の形而上学を含意し、実際のところ歴史の神学モデルを含意する。たとえばアンデス山脈地域の言語では、きわめて妥当なことだが、未来は目に見えないので話者の背後に伸びており、一方で過去の地平は話者の前の視野に広がる（ここにはハイデガーの存在論との心ひかれる類似性がある）。空間は神経生理学的な構成体であると同時に社会的な構成体でもあり、言語の特性に応じて写し取られ、屈折させられる。それぞれの言語は空間にそれぞれ異なる住み着き方をする。言語共同体はそれ自身の「地図作成法」と命名法を所有し、各種の地形や地勢をその方法に応じて強調したり、消去したりする。エスキモーの言語群で雪の色合いときめ細かさに応じて精妙な区別が連続体を構成し、アルゼンチンのガウチョ〔牧童〕の仲間言葉に馬の毛皮を区別するカラーチャートがあることなどは、よく知られた標準例である。われわれがいまいる場所で身体の向きを決める際の人体の両軸は言語的に名づけられ実現される。イギリスの諸方言には左利きに関して百以上の単語や語句がある。地中海文化では左利きとシニストラ〔邪悪〕が同一視されている。構造主義人類学が教えるところでは、親族関係を表す概念と確定方法は、言語によって不可避的に決定される。親の身分や近親相姦のような基本概念でさえ、分類法、語彙と文法のコード化に基づいて決定される。これらの分類法とコード化は、発話行為における集団、経済、歴史、儀式に関わる選択肢と切り離せない。音楽で「楽句に分ける〔フレーズ〕」のと同じように、われわれは自分と自分の関係や、自分と他者の関係を言語化し「分節化する〔フレーズ〕」。「私」と「あなた」は統語法上の事実である。この区別がぼやかされる言語的痕跡がある。たとえばアルカイック時代ギリシャの両数形がそうである。われわれが見る夢の書記法は、「シュルレアリスト」様式になるかもしれないが、言語的に組み立てられ多様化されている。夢解釈の精神分析学が、歴史的、社会的に限定を受けて偏狭であったのに比べ、はるかに多様である。たとえばアルバニア語で悪夢、または性夢を見るとしたら、きわめて豊かな経験になるかもしれない。

　結果は限りなく豊かな可能性である。すべての人間の言語はそれぞれ独自の方法でリアリティに挑む。言語に願望と反事実を表す動詞形が数々あるのと同じだけ、それだけ多くの未来と希望の提示型があり、宗教的、形而上学的、政治的提示型と、「未来への夢[2]」がある。希望は統語法によって力を授かる。私が特に証明を提示できないまま推定してきたことであるが、言語が「途方もない」数に細分化された――インドだけでも四百種類以上――ことを発生的観点から正当化するとすれば、類推的にダーウィンの適応位置モデルが考えられる。すべての言語は人間的環境の異なる様相、異なる可能性を活用し伝承する。すべての言語の否定表現と仮定表現には、独自の戦略がある。これらの戦略が、われわれの生存に対する物理的物質的抑圧に「否」を突きつけることを可能とする。言語（または諸言語）のおかげでわれわれは、運命づけられた死というモノクロ画に挑戦できる、あるいはそれを和らげることができる。それぞれの否定は、断固とした超越性をもっている。われわれがわれわれの物質的歴史的状況の永遠の残忍性と不条理に耐え、なおかつ立ち直ることができるのは、「見込みがないのに希望をつなぐ」(3)ことが、たとえ恥辱とはいえ、絶えることなく持続するからである。一見無駄に思われるほどの言語の過剰状態が、リアリティに対する多くの代替表現を可能にし、隷属状態にあって自由を叫び、赤貧の窮状にあって豊かさを目論むことを可能にする。否定と「オルタリティ〔他性〕」としての可能性の文法を大きな樽一杯に蓄えておかなければ、明日への賭けは不可能であろう。

したがって、ある言語が死滅するとき、本当に取り返しのつかない喪失、人間のつかみうる好機の縮小が起こるのである。そのような死滅によって消し去られるのは、決定的に重要な記憶の連続性――過去時制またはそれと等価の言語形式――だけではなく、また現実の、もしくは神話的な風景、暦だけでもない。想像しうる未来の形態が失われるのである。ひとつの窓が閉じられて視界が消える。今日われわれが目撃しつつある言語の消滅――年に数十もの言語が回復できない沈黙に追い込まれる――、それはまさに動物群と植物群の壊滅に相当する出来事であり、しかもより決定的である。樹木なら植林による回復が見込める。動物種のＤＮＡは、少なくとも部分的には、保存と、おそらく復活が可能であろう。死滅した言語は、死んだままでいるか、学問世界の動物園で教育に活用すべき遺物として生き延びるかになってしまう。その結果起こるのは、人間精神の生態系における徹底的な貧困化である。バベルにおける真の破局とは言語が四散することではない。人間の話し言葉の数が減少し、ひと握りのグローバルな「多国籍」言語だけが残ることこそ破局である。この縮小傾向は大量市場と情報テクノロジーによって恐ろしいまでに加速しており、今やこの地球を再編しつつある。軍事テクノクラートたちの誇大妄想、営利主義的強欲の要請、これらがアメリカ英語の標準化された語彙と文法から事実上のエスペラント語を作っている。中国語には固有の難解さがあるから、この嘆かわしい支配権を奪うことはまずないだろう。インドが奪取するかもしれないが、その際の言語はアメリカ英語のやや変種にすぎないだろう。かくて、九月十一日の世界貿易センターのツインタワー崩壊は、バベルのミステリーの、吐き気を催すほど驚くべき再現になっていたのである。

創造性にみちた多様性は、異なる言語間で、すなわち「間言語的」に祝福されるべきことであるばかりではない。そのような多様性は、どれかひとつの言語のなかで、すなわち言語内的にも、豊かに作用する。最も簡便な辞書とは、いわば簡略版速記録以上には出ない。それは出版されると同時に古くなる。ある言語の話し言葉または書き言葉のなかで、語彙と文法の用法は絶え間なく動き続け、分裂し続ける。それは地域方言や地方方言へと分離する。差異を生み出す要因として、社会階層の違いや、表明されたイデオロギーや暗黙のイデオロギー、信仰、専門職の違いが作用する。都市部の地区ごとに、小さな村ごとに、言い回しの違いが起こりうる。十分には明らかでないが、話し言葉はジェンダーによって形成される。同じ単語を発しても書いても、男女で意図や意味が違うことは多い。「いや」を答えとしてそのとおりに受けとらないのは象徴的な例である。一世代間あるいは数世代間に、意味と意図の内容は絶えず変化し続ける。社会史、家族意識、相互認識の反応のある瞬間に、この変化が劇的になることがある。変化に加速度がついた現在、情報技術そのものに格差が生まれる年齢集団間で、これはまさに起こっているように思われる。かくて社会における階層の違い、地域、性別、年齢集団の違いが、相互理解ができないような状態を生みかねない。万年筆の文字はiPod〔アイポッド〕には語りかけないのである。

言語の細分化現象は、他者攻撃にも自己防衛にも用いられることがある。われわれは自分自身「のために」話すだけでなく、他人に懇願し、他人を攻撃し、あるいは喧嘩を売るためにすら言葉を発する。とても洗練されて文法も学校で教わっている発話でさえも、親密さや排除を効果的に表わせるよう計算された、いくつかの「スラング」を含むであろう。エリート学校の男子生徒、新一年生、新入り士官学校生らが仲間集団に加わる際、それらのニュアンスを記憶させられる。ストリートギャングやサッカーのフーリガンの仲間言葉にも、気取りが含まれ、慣例的表現がある。これらの帰結として、すべての意味伝達はどれも多少意識的な、多少ぎこちない翻訳過程を含んでいる。その事情は同一の言語内であれ、親密な者どうしであれ同じである。たぶんその場合にこそいっそう明確に現われるであろう。発信者と受信者のあいだにやりとりされるメッセージ、コミュニケーションの弧においては、かならず解読の必要性が生まれる。無媒介相互理解という考えは、沈黙を理想化している。解読は通常は即刻その場で、いわば無自覚のまま行われる。しかし両者のあいだに公然とまたはひそかに緊張が発生するとき、不信、皮肉、あるいは何か偽りの要素が背後で雑音を生むとき、解釈学的行為としての相互的な解釈は困難になるばかりか、さらに不確実にさえなりうる。そこで補助的信号が活躍することになろう。声の高低、抑揚、イントネーション、ボディーランゲージは、明解にすると同時に隠蔽することもありうる。最も声高に聞こえるのは、語られない言葉である。

こうした言語の属性と不透明性は、エロスとセックスの言語において、最も複雑で最も激しい様相で出現する。すでに私が暗示したように、人間的行為の領域において、生理機能と精神が最も烈しく肉薄するのはこの領域である（両者のあいだに境界を設定すること自体に問題があり、議論の余地はあるが）。性行為の最中に、神経刺激を伝えるすべての繊維と感覚に潜在意識がドンドンと音を立ててなだれ込む。想像力が生身の肉と化す――シェイクスピアの完璧な言い回しを借りれば――想像力が「肉体を与える（bodies forth）」[4]。反対に、肉のほうでも想像力を働かせ、叫び声をあげる。もしも受肉というものが実際に起こりうるとすれば、ここにおいて確認できる。「精液（semen）」と「意味の（semantic）」は、一見して語源が共通のように見えるが、それは事実ではない。しかし、「射精」と「叫び」を意味する“ejaculation”において、二つが結びつく。私はすでに言語の「プライベートな部分（陰部）」に言及した。これら私的部分が、モノローグもダイアローグも、ともに活性化させる。コミュニケーション用語でもあるインターコースの最中にあっても、オナニーの最中においても、言語の流れは、通時的かつ社会的な指定作用と、個人的で内密で特異な指示作用のあいだを行ったり来たりする。ここで「私的言語」が活躍する。使い古されたまったく日常口語的言い回しでさえ、あふれんばかりの秘密の挑発と魔術的刺激を担うことができる。マスターベーションは、独白の逆説を実演する。人に聞こえないようにするか、大きな声をあげるか、いずれにせよマスターベーションの言葉の流れは、声、音声、隠喩、記憶、予感を破裂表現する。聴覚による覗き趣味を実行するような複雑な過程のなかで、自分自身を盗み聞きする。この圧縮表現が通俗文学で現われた場合、おそらくいくらか使い古された繰り返しになるだろう。われわれが用いる語彙と文法の項目が豊かであればあるほど、われわれの内面の総合的組織化もそれだけ創造的になるだろう。ジョイスの書簡と『ユリシーズ』におけるエロティックな自己への呼びかけのきらめく妙技に注目しなおしてみよう。ただし「恐るべき霊感にみちた自慰作家」と称されるジョン・クーパー・ポウイスもまた、いずれ劣らぬ才能を披露する。二組またはそれ以上の人間の性行為は――相互のマスターベーションも好色文学やポルノで永遠のテーマである――展開のバリエーションに微妙な違いが多すぎるため、いちいち書き連ねるのは難しい（啓蒙時代の百科全書の強迫観念的なパロディとしてまさにその網羅的な項目作りに挑んだのはサドその人であるが）。カップルは欲望とオルガスムスを表現しようとして、当事者だけに通じる言葉を考案する。二人が寝室で交わす言い回しは、しばしば公的な情報源や、出版物や画像メディアに由来するものである。しかし二人が想像力を駆使できるとき、その言い回しが秘儀趣味、造語遊び、完全な私的モードをもちうる。ジョン・アップダイクの小説は、性交渉の強迫的秘匿性と新趣向に対して鋭敏な耳をもっている。恋人たちはそれぞれが隠れた意味をもつ贈り物を相手に与える。彼らはアダム的な再創造に励みながら、自分たちの性愛空間を彩るさまざまな物や周囲の状況に名称を与える。彼らは自分たちの身体部位、性交体位、裸になる前の身体接触に、文字通り独立した名称を付与する。ナボコフは、とりわけ二人の母語が異なるパートナーどうしの心を躍らせる贈与の行為を礼讃する（この話題には後でまた戻ることにしよう）。恋人どうしが相手にそうして贈った単語を模倣して口に出すよう命じ、興奮を倍増させる。このように執行される儀式模様は、エドナ・オブライエンの小説で目も眩むように語られる。性交渉という表現は古臭いわりに雄弁な呼称であって、その会合が物理学が呼ぶところの未解決の「三体問題」となる場面において、私的言説と公的言説、陳腐と新奇の交じり合いは解読不能になることがある。緻密に織り込まれた多義的な語彙と統語法が特徴のシェイクスピアのソネット集を読み進むにつれ、第三の声がカップルの声に割り込んで二人の声に豊かさを付与しながら、同時に解体するように見える段階がある。そこに、悪名高いジェンダーの掩蔽または曖昧さが加わることによって、展開するゲームはよりいっそう多声的になる。われわれはソネット集という織物の上で繰り広げられる、“spend”“expend”“expense”などの単語群のパドドゥー〔二人舞踊〕とドトロワ〔三人舞踊〕を見つめることになるのだ。

結果として、すべての言語とその構成要素が、それぞれに特有の音調によって性行為に力を与え、性行為をものがたり、性行為を回想する。この過程は永続的で止まることがない。絶え間なく変化が生まれる。さらにはエロス独特の数秘学さえある。たとえば近代西洋の引喩に占める「69」という数字の持つ意味を考えてみよう。これらの変数記号は、私的であれ公的であれ、ひとりであれ二人であれ、性愛行為や性的言語表現のすべての構成要素をかたちづくる。誘惑、前戯、性交、オルガスムス後の言葉、ことが済んだ後の語らいは、声に出なくても声に出しても、言語特有の語彙や文法に応じて違いがある。どんな言語であれ、その言語内でどんな位置づけにある言葉づかいであれ、適切表現とタブー表現、夜の単語と昼の慣用語のあいだに、独自の境界線を引くことだろう。さらには、性愛行為のペースとリズム、マスターベーションや二人のあいだの性的興奮の高揚とオルガスムスを刻む時計に、絶妙にして決定的な区切りと、リズムを付けるだろう。異なる言語があり、それらの言語内に異なる下位言語があり、それぞれの視点から、性愛に役割を果たす身体部位や身体機能が描写され、象徴的意味が与えられ、価値評価が行われる。言語に応じて独自の呼称と独自の偽装が施される。ルネサンスの詩歌は人間の性的身体を詳細に記述していて、ブラゾン・デュ・コール〔女体の美を賛美する平韻定型詩〕にはとりわけよく見られる。ある発話体系では許容される呼称と裸体が、別の体系では秘匿事項、場合によっては秘蹟事項になってしまう。この迷宮の中心に位置する熱い対象となるのが、意味論的口話法とオーラルセックスの多彩な行為の合間に生じる遂行的連想である。談話と生理双方のレパートリーで核となるのは「タング〔舌＝語〕」である。どちらの場合も道具になるのは口なのだから。この混成の核心である舌については、ローマの詩人マルティアーリスが警句を残していて、案内役を務める。能弁とフェラチオやクンニリングスとの相互関係が暗示されるが、それはバロック的で奔放な詩文の低声のうちに注意深く隠蔽される。

性的隠語に関する論文、性愛語彙集、ポルノ用語解説はかなりの数が流通している。これらは民族誌学的好奇の対象として目に留まるのが通例である。ラブレーやシェイクスピアなど、個別作者の猥褻語も分析の対象となった。王政復古期の喜劇や啓蒙主義時代の秘密にされていたものもある小説作品（たとえばロチェスター、クレビヨン、ディドロなど）における性的暗示や両義的言葉遣いの研究がある。売春に関わる隠語やスラングも古典古代からエドワード朝にいたるまで目録が作られた。それぞれの民族集団内や犯罪者の闇世界に流通する性的言い回しのさまざまな使用域も記録されている。アフリカ系アメリカ人のジャズ（この語それ自体も性的な語彙である）、ヒップホップ、ヘビーメタルの歌詞がそなえる豊かな性的含蓄にも案内書が出ている。どこかで誰かがジェイン・オースティンのエロティックな含みを持つ隠された表現を探求していることは間違いない。法理論と司法実践は、猥褻語と猥褻画像のジレンマと格闘してきたが、ほとんど徒労に終わった。この問題は手に負えない。なぜなら、その判断にかかわる境界設定はいつも流動的で、イデオロギーの後ろ盾を得て分類が行われるからである。ポルノとその表現手段に対する司法の取締りはそれだけでひとつのジャンルを形成するが、おおむね不確定なものである（シェイクスピア『シンベリーン』の台詞《せりふ》の一節が猥褻でなかったら何が猥褻だろうか）。マスメディアに津波のごとく氾濫するポルノ、若者や乱れた人々のあいだで絶えず変化する性的言葉遣いの役割は、多くは性的好奇心から不安な注目の的になった。おそらく放任しておくことが唯一とりうる良識的態度であろう。

ここで足りないのは、セクシュアリティと言葉の相互作用、性本能と内的および有声的発話の相互作用に関わる方法論的、歴史的、心理的現象学である。われわれは体系的エロスの詩学も修辞学も持ち合わせない。性愛行為がどのように言葉と統語法を形成しているかという詩学と修辞学である。この中軸となる課題に挑みアリストテレスやソシュールの役割を果たした理論家はかつていなかった。もっと話題を絞れば、われわれは私が知るかぎり、セックスがいかに経験されるか、愛の行為が異なる言語、異なる下位言語（民族、経済状況、社会、地域で異なる語法）を用いていかに行われるか、どのような研究も、概論さえも持ち合わせない。直接性と熟達の多様なレベルで多言語的な状況は、それ自体さほどまれではない。その状況はスウェーデン、スイス、マレーシアなど数多くの社会の特徴であり、夥しい数の男と女が非常に幼い頃から二つ以上の「生まれつきの」言語を駆使する。しかしわれわれは以下の点についていかなる確かな記述も、いかなる回想記録も社会記録も持ち合わせない。言語の違いにより性生活はどう異なるか。バスク語やロシア語で行う性愛行為がフランドル語や韓国語の場合とどう違うか。第一言語が異なる恋人どうしにはいかなる特権があり、いかなる禁圧があるか。性交もまた、おそらく根元的なところで、翻訳ではないか。私が知るかぎり、多言語話者として生まれた女や男が、多言語環境内で、あるいは異言語接触の下で実践された彼もしくは彼女のセクシュアリティの記録を残したことはない。理論的にはともかく、実際のセックスが一言も発しないままで、あるいはエスペラント語で行われることはまれである。

多言語話者には「ドンファン主義」があって、多言語使用者のエロスがあると信じるに足る十分な理由が私にはある。個別の男女がいくつかの言語に流暢である場合、その場で使う言語に応じて誘い方、身体接触の仕方、思い出し方に違いがあり、多言語話者のセックスと性欲はひとつの言語に忠実な単言語話者のものとは異なると私は信じていて、それを暗示する言い回しもある。シェイクスピアの『アテネのタイモン』でアルキビアデスは、わたしの言葉が「あなたを傷つける」と言う。エロスの場でこの痛みは言語により、方言により異なるであろう。ドンファン自身が、その愛の技巧と勝利をスペイン語、イタリア語、フランス語、ドイツ語、ロシア語、その他多くの言語でひけらかすことはよく知られている。彼はまたいかにも貴族という話し振り、哲学者然とした皮肉っぽい語り口、一般庶民の無教養な言葉遣いの各種の伝統を苦もなく使いこなす。しかし彼はこの「無限の多様性」そのものについてはまったく記録を残していない。われわれが目にできる文書が何かあるだろうか。

ジャコモ・カサノヴァの回想録の内容が信頼性に乏しいことは有名である。ただしそれは問題にならない。そこにある心理的炯眼、社会描写の華麗さと率直さの計り知れない価値は色あせることはない。二つの格言が目立つ。「言葉なしのセックスは少なくとも三分の二は快楽が減じられる。」そして「私の心と私の身体部位はひとつの同じ実体である。」言語がセックスと結びつくのは、戦略的あるいは通俗的な動機からだけではない。エロスの語らいと性行為は、生命体そのものの内部で調和的な関係にある。サインガルトの騎士〔カサノヴァの自称〕は傑出した多言語話者であった（ユダヤ人を軽蔑する本人が十中八九ユダヤ系であった）。彼の実体験と架空の手柄話は十二巻のスキャンダル年代記として、性欲のベルリッツガイドブックのようなものである。カサノヴァはイタリア語の詩的価値、音楽性、流行の供給源となる多数の決り文句を数え上げる。ヴェネツィア方言はそれ自体が多様性をそなえ、「セレニッシマ〔晴朗きわまる所の意でヴェネツィア共和国を指す〕」の貴族階級と庶民の言語を取り込んだだけでなく、ヴェネツィア礁湖地帯の隣接社会でほとんど孤立言語となっていた方言も取り込んだ（ゴルドーニの喜劇はそれら方言の語彙と文法の力強さの証明である）。カサノヴァはパドヴァ、ミラノ、ボローニャ、トスカーナの各方言における多様な特徴について指摘し、さらにシエナ方言のご当地自慢の純粋性、ナポリ方言の活力あふれる重層性についても考察する。彼はラテン語にかなりの素養があったようであるが、ローマの修辞法とキリスト教会の修辞法にも通じていたようである。ただし「スペイン語は少し」でよしとした。原典からヘブライ語聖書を彼が引用している箇所がひとつだけある。ロンドン、アムステルダム、サンクトペテルブルグはカサノヴァの地図の重要な部分であったが、これら辺境地で彼は自分を表現し理解してもらうためにフランス語の普遍性に頼った。オランダ語とトルコ語はどうやら彼の視野に入らなかった。しかしポルトガル語については初歩を身に付けた形跡がある。

「言葉のセックス」という言い方ができるとすれば、そのどんなシナリオもカサノヴァの冒険にはある。二人が互いに理解し合える言語を発見すると誘惑は楽になる。相互に言葉が通じなければ、頓挫をきたし、茶番にも、沈痛にもなる。女性が英語あるいはポーランド語だけしか話せない、ドイツ語が使えても、スイス系ドイツ語は「ジェノバ方言とイタリア語」のような関係であることが判明する。月明かりのもとで、口調や不正確な言い回しが彼を欺く場合がある。ベールを被った尼僧がヴェネツィア女性でなくフランス女性と判明する。エロティックな合図になりうるかどうかは言い回しのニュアンスが重要である。たとえば「丁寧なナポリ方言でその人を呼ぶときに二人称単数形を用いれば、新顔の相手に紳士淑女が贈る友情の合図となる」。共謀関係は和気藹々となるものだ。しかし別の機会には、言葉のうえの誤解や不十分な翻訳のせいで愛が幸福の絶頂に至らずに終わる。パルマ地方のチーズに地域差が豊かなように、パルマ方言には多くの陰影がある。デシャルジェ〔積み荷を降ろす〕という語を女性の前で口にすると、たとえその女性がベッドに入った後でも許しがたい下品なことになる〔射精する意〕など誰が知ろう。ラ・シャルピオンが彼女の称賛に値する両脚を閉じたままでいると、カサノヴァの燃え立ったリビドーが爆発し、「可能なあらゆる」意味の鍵盤を必死に叩き続ける。「優しさ、怒り、分別、諫言、脅し、逆上、絶望、祈り、涙、中傷、ひどい侮辱。」相手の女は究極の武器を操る。「女は一言も発せずまるまる三時間も拒否し続けた。」沈黙は、カサノヴァにとって性愛の敗北または不能にも匹敵する。老いと肉体的虚弱が忍び寄るころ、言語がセックスに転化する。オルガスムスは物語、回想の至福の頂点に転調する。カサノヴァの追想はプルースト的繊細さにも達する。「われわれは何も言わず互いを見た。われわれは自分が何を言っているかも知らないまま互いに語り合った。」愛撫はもはやかつてのように永遠の約束を相手に伝えない。騎士は恋人がドーバーに帰るのを見送るしかなかった。他の十人から十二人の船客たちが船酔いに苦しむなか、「私は悲しみに浸るだけであった」。ポスト・コイトゥム〔性交のあと〕。

ドイツ語の動詞は、たとえどれほど曲がりくねり、たとえどんなに入り組んだ宙ぶらりん状態の文であっても、文末に置くことが可能であるし、よくそうなっている。意味は文末で最終的にダイナミックに開放されるまで閉じこめられた状態が続く。性交との類推はすぐに浮かぶ。「断続」、そしてオルガスムスの成就。それは類推に過ぎない。統語法の寓話である。しかしその寓話は、言語構造がセクシュアリティを刺激しかつ放電する精神と神経の深層に照明を当てるかもしれない。

服を脱いでいるとき、Sはほとんど無意識に童謡の一節を口ずさんだ。肉屋の主人がナイフを持ってソーセージを盗む悪童たちを追いかける歌声は、明らかに去勢を暗示した。私に対する警告だったか。私の露わな欲情に対する軽蔑の暗示だったのか。ドイツの童謡や少年向け作品にはマスターベーション、性交、スカトロジーの引喩がぎっしりと詰め込まれている。ドイツ語では幼い頃から子どもが身近に耳にする小唄や滑稽な俗謡に、私が知る他の言語よりも幾分か多く(これは公平さを欠く印象だろうか)、セックスとサディズム、性交と攻撃性、オルガスムスと苦痛、幼児性と大人の世界、これら双方の根源的交錯が、まるで愚弄するかのように共通して歌い込まれる。ヴィルヘルム・ブッシュの絵本『マックスとモーリッツ』には怖い場面が頻出する。その恐怖には冗談めいた気味の悪さが加わり、アルバン・ベルクのオペラ『ヴォツェック』の殺人の結末で孤児になった子どもがホビーホース〔棒馬〕にまたがって歌うリフレインにも反響している。下着を脱ぎ捨てたとき、Sはふくれっ面をした。そう言う以外に適切な言葉がない。しかし彼女の鼻歌は時々小鳥のようなさえずりとともに休止した。他のインドヨーロッパ語族の語彙も同じであるが、ドイツ語には性器の挿入を鳥のついばみと同一視する用語にあふれている（英語の pecker フランス語の becqueter）。ドイツ語でこの同一視にはさらに一歩先がある。性的挿入は、まったく文字通りに「鳥を撃つ」ことである。ラテン語由来の fornication からフランス語の foutre、イタリア語の fottare、英語の fucking に至るエフ音の連鎖全体のなかでも、ドイツ語は中枢の和音的位置を占めるように思われる。（その f 音をめぐっていったい何があるのか。）ドイツ語の vögeln〔セックスする〕という動詞は嘴とかぎ爪にあふれる。リビドーの恐怖が暴走するさまを比類なく鋭敏に映像化したのはヒッチコックであった。ドイツ語のエロスでは、生理機能がしっかりと役割を果たす。それらの生理機能がもたらす興奮と愉悦には子ども時代への退行の暗示があり、かくて多少とも無邪気な気分が保たれる。Sは、Chもそうだったが、小便をしたり排便をしたり、その両義性に満ちた至福――しつけられた思い出としつけに違反する思い出にみちているゆえに両義的――を表現するための生き生きとした広範囲の語彙を使いこなした。明らかに幼児の恐れと禁止命令を表わす「パンツを濡らさないため」を理由に一緒に排尿をするのは、共謀関係と興奮を生みだす儀式となった。排便まで一緒にとはいかなかった。愛は排泄物の館に住むというイェイツの発見をSは不思議にも知っていたのだ。しかし、自分が排便する様子を誰かに見せるのはまったくの倒錯とみなした。私はChが、小鳥の糞を自分のと比べる二行重句をささやくのを聞いたことがある。かくてドイツ語のセックスの言葉では、翼が羽ばたき、かぎ爪が握り締め、生き生きと嘴がたたくことになる。多くのエロス寓話の語り手やエロス解剖学者と同じように、Chは自分の陰毛を「巣」とみなした。女性の「卵子」と言うでしょうと彼女は当然のごとく言った（朝食時にミュンヘンの上品な部類のホテルで大声で言ったのであった）。

Chの清潔で教養あるドイツ語の背後には、彼女の出身地バイエルンのバロック的な軽快な律動が消えなかった。クライマックスに近づくと、彼女は弱音器付きの声で「聖ネポムック二世」と叫んだものだった。それは教会暦に記載された地味な人物で、中世初期に聖人に列せられ、その廟はチロル国境に近い辺鄙な地域にあった。リンデン材に彫られたその聖人は一度見れば忘れられない長い人差指を振りかざしている。Chは感謝の念からなのか、それとも鎮魂のためなのか、その聖人の名を呼び、その長い付属物をめぐって空想したことを思い出して語った。修道院付属学校の寮の集まりで友人たちとオナニーをしながら、その空想を友人たちと共有したという。激しい想像力で模倣された聖ネポムックの指は、孤独にして連帯感にみちた至福への道を示した。性スラングの違いや、ドイツのローマカトリック地域とルター派地域の若者の性的隠語にどのような違いがあるか、研究すれば得るところは多いであろう。Chは思春期の少女たちが用いる検閲済みの膣の呼称の蓄えは一ダースを下らないと誇らしげに言った。おまけに、尼僧や聖職志願者たちの処女の「うずき」と思われるものを特別に表現する語彙の小集合さえそろっていた。タブー語のひと連なりを彼女は自分の「ロザリオ〔数珠〕」と呼んだ。当然のことながら、蠟燭の異名は数多くあった（『マクベス』の一行〔「消えろ、消えろ、つかのまの蠟燭」〕のよく知られたパロディはこの連想の遊びである）。ルターの真面目さに、これに匹敵する豊かさがあっただろうか。

Vの性愛行為の文法はウィーン仕込みであった。彼女は自分の豊満と恋人（たち）の体をウィーンの種々の地区や郊外の地名で地図のように表した。たとえば「グリンツィング行き市街電車に乗る」と言えば、優しく多少丁寧にアナルを攻めることであった。軽い味わいの白ワインの新酒をゼマリング峠へ行く途中の郊外のカフェで味わうと言えば、ごくまれだったが、彼女がパートナーの尿を飲んでもいいという意味であった。こっそりと囁かれたのは「ホイリガー〔オーストリアの新酒〕をひとくち頂戴」。その誘いを思い出すと、今でもめまいがする。理解力に優れたVは直観していた、あの「風変わりな」ユダヤ人セックスドクターのフロイトの提示した理論と説明は、実際のところ当時女性上位の富裕ブルジョワ階級（多くがユダヤ系）が用いたウィーン語法の特異性に決定づけられている、と。フロイトの夢判断と言語連想法は、特殊分化した一過的な言語資料に基づいていた。男根を表すタバコや鋭くとがった傘でさえも、「ある地域の住まいと名称」を語っていた。Vが言うには、フロイト氏は一般庶民の夜の会話や糞尿趣味の笑いについて何も知らなかった、と。彼女自身の夢は猫、寝室用便器、左利きの消防士で満載なのだ。それについてフロイトは何か言い返せただろうか。

ドイツ語に潜行する性スラングと猥褻語の数は他の言語にひけをとらないことは疑いない。しかしある種の活気と詩情らしきものに欠けるような気がする。印象的なことは、ドイツ文学にはヨーロッパの「リベルティナージュ〔放蕩〕」文学の古典に匹敵するものがまれである。ドイツ文学の『ファニー・ヒル』はどこにある。あるいは現代の『O嬢の物語』は。抽象と猥雑、崇高と湯気の出る汚物、ドイツ語はそれらの間に中間地を生み出すことが本当にまれである。われわれはどしゃ降りの雨のなかをクルマでホテルに急いだ。その女性の名前は思い出せない。ぎごちなく踊っているような格好でびしょ濡れのタイツを身を捩じらせながら脱いだ。女性はその場もその状況も自分には似つかわしくないと主張した（それが事実かどうかは別だ）。「私は私自身じゃないみたい。あなたはどう。」その質問は、自分で意識していないことは確かだが、フィヒテの自己抹消をめぐる瞑想にでも出てきそうな語り口であった。ドイツ語でセックスをするのは疲れることがある。

決まり文句でありながら的確。音楽性、類のない官能的な音質、本質的に男性を優位に置く語形変化、無理のない誇張、冗長と雄弁に向かう生来の衝動、適切な母音を発する微妙にして鮮やかにも肉感的な唇の動き——これらすべてがイタリア語を特徴づけている。しかしもちろん単一の規範的な「イタリア語」はない。イタリア語を構成する諸言語は、地域と地方の慣用語法のモザイク模様である。特有の言い回しの微妙な差や方言の違いから、ほとんど自律したものに至る陰影を帯びる。ベルガモ方言には独自の語彙と文法がある。ナポリ方言とシチリア方言は外部の人にはほとんど理解不能である。欲望を表すルッカ方言はバーリ方言とは違う。これはカサノヴァとの関連で確認した。しかも、他のヨーロッパの言語では、言語の歴史と発達がこれほど愛の歴史と密接に結びつくことはない。「新しい言語と新しいエロス」は切り離せない。日常的な話し言葉が愛を歌う詩のなかで、自らの輝ける資産を発見し、自己主張する。この発見はダンテの『新生』にかたちを与えている。十八世紀の「アモル・コルテーゼ〔宮廷風恋愛〕」の起源は遠くオウィディウス、プロペルティウス、フランス語とシチリア語のロマンス、さらにオリエントのテクストにも遡る。その宮廷風恋愛は多声的記号体系を生み出し、最も純粋なあこがれから熱っぽい情欲への、穢れなき光から欲情の炎への変調を可能にする。ダンテの先行者、ダンテ自身、ペトラルカ、ボッカッチョにおいて展開するイタリアの愛の言説は、罪と官能、肉体的なものと超越的なものに対するローマカトリック教の決定的な両面価値的態度と不可分である。この不安定な共生関係は、ミケランジェロの新プラトン主義的友愛からパゾリーニの放埒に至るまで、ホモエロティックな、はっきり言えばホモセクシュアルな関係に雄弁に表現されている。この系統には、ある種の女性嫌悪があり、異性愛の文脈にもまぎれもなく存在する。その明瞭な言語表現が、モラヴィアに凶暴なまでに現れている。男性の「獣欲」が女性の責任とみなされる。『デカメロン』の女性たちは、「疑り深い動物」とレッテルを貼られることもある。イタリア人女性といえば、しかし、「神の母」という明白なイメージをもつ、まぎれもない「母親」である。老齢と不能の黄昏は、この両面価値的な緊張状態からのもの悲しい解放感なのである。この不面目な解放感を、イタロ・ズヴェーヴォは小説『セニリータ〔邦訳『トリエステの謝肉祭』〕』のなかに記録している。

ナポリ出身の同僚で、民族言語学者の男が、ナポリ地方特有の性的言葉の迷宮的裏世界に私を誘ってくれたことがある。彼は男性性器を表わす十九ほどの呼称を並べた。そのうち二つはアラビア語が語源であり、ひとつはおそらくビザンツ時代のギリシャ語の痕跡に由来するものであった。睾丸を表わす言葉――幸運を祈るときに非常に大っぴらに口にできる――の範囲もそれに劣らず広大である。勃起した状態は英雄的な、ほとんど騎士道的な言葉をかけてはやし立てる。老人の萎えた状態は嘲笑の対象となる。この範囲の呼称群は他のヨーロッパ言語でも同じように、「球」と「財布」、精子と硬貨が交錯するところでユーモアを交え、しかも注意深く言葉遊びが行われる。男性の性的能力と富また は貧乏のあいだには弁証法的関係がある。それが直観的に理解されるのが、ベン・ジョンソンの『ヴォルポーネ』であり、イアーゴーがロダリーゴに「財布にお金を入れておけ」と忠告するシェイクスピアの『オセロ』である。この二重の意味は英語の「スペンド〔費やす〕」に残る。イタリア語の話し言葉は、ドイツ語と違い、具体性とそれが喚起するイメージで間に合う場合は、抽象語の使用を避ける。糞便——各種の体液、そして深く根付いた迷信——は、セックスの隠語と言葉づかいで、根源的事実を露にする。特に辺鄙な南イタリアにおいて、悪魔的なものに関する力強い正直さは、不気味なものではのめかされるが、たくさんのことわざやおまじないの言葉、「言葉による身振り」に力を与えている。民族誌学者たちがアブルッツィやカラブリアのなかでも隔絶した地域で調査したところ、人間の性交と動物の交尾の境界の曖昧さが鍵になる多数のことわざが収集された。それらのうちひと握りのことわざは、寂寥のあまり必要に駆られて実際に行われたであろう山羊飼いたちの獣姦をほのめかす。民衆レベルでは、イタリア語の性にかかわることわざには動物と人間の身体性の率直な表現があり、他方、イタリア語の抒情的哲学的な愛の讃歌は、比類なき精神性と新プラトン主義的変容を達成する。たとえば『神曲』において愛の巡礼とは、地獄の猥褻さ(「あの地獄にも天国がある」とサドは記した)から、天使的なるものへの入り口で恍惚として言葉を失う状態への上昇である。

AMが私に誘惑の言葉の連禱を教えたのはジェノバであった。イタリア語では言葉による前戯が非常に重要なのではなかろうか。それはむろん一部は社会的な慣習から生み出され、一部は気分の高揚による自発的なものだろうが、言葉の前戯は女性側の抵抗に対する男性側の欲情の、いくぶんか偽善的な敬意を実演するからである。こういう予備的行為をさせると、モーツァルトのドン・ジョヴァンニが名手である。学者の説によると、「花の言語」、すなわち愛の期待と行動を花の名前と外観でコード化することは、起源は遠く古代ペルシャにまでさかのぼる。AMのもうひとつの情熱の対象は園芸であった。彼女は花によるほのめかしと花による速記表現の名手だった。ゲームは最初コーヒーを飲んでいるときに始まった。何百万人ものイタリア人が仕事に向かう途中で急いで飲みほすエスプレッソでなく、酒場の奥の薄暗がりで午後または夕暮れに恋人たちがすするコーヒーである。イタリア語のコーヒー・カタログは詳細をきわめる。コーヒーの濃さの違いや、甘さ、ラテ、クリーム、シナモン、粉チョコレートの入れ具合の微妙な違いがすべて記載される。（カプチーノにはなぜあれほどにエロティックな暗示が強いのだろう。リストレットにはどうして孤独、別れの暗示が漂うのか。）そして花の話題が始まった。

AMは自分の「燃えるやぶ」の茂みが自慢であった。庭園は逢い引きの場、性的魔力が支配する場であった（タッソーの詩のように）。外側の花弁に降りた露をまず私の舌が拭う、しかしすべて拭ってはいけない。ほとんど耐えられないほどの「ラレンタンド〔焦らし〕」を経て初めて軽やかに挿入となる。すなわち、スミレの花は薄暗いなかで眠りから醒まされなければならず、マリーゴールドは震える葉を一枚ずつちぎり取られなければならず、ロベリアにはやさしく唾液で水やりをしなければならない。そこで初めて内部の洞穴に歩み入る。そこは今や藻で覆われた泉のように香気を発し濡れている（ペトラルカ参照）。中の奥まったところには、ほとんどすべてのエロスの紋章にあるとおり、恍惚の黒いバラが魔法にかかったように花開く。AMはエアリアル〔空気の精〕に出会ったことはなかっただろうが、「蜜蜂が吸うところで、私は吸う[5]」ことを知っていた。そして彼女が「私の蜜」と名づけたもので私の唇を拭った。あるいは、そのあずまやの奥にいる真珠色の跡を残すカタツムリと言ったかもしれない。「私の蜜蜂さん」と彼女はささやいた、「あなたの袋はもう一杯になって」。彼女が「わたしたちの花咲くサボテン」と言ったのは、ある（おそらくここでは言えない）愛撫のことだった。

もう一方の極には、パゾリーニのルポルタージュ文学にあるようなプロレタリアの若者たち、不良ども、若い男娼たちのサディスティックな生態がある。『ペトローリオ〔石油〕』で延々と続くオーラルセックスには言葉を失ってしまう。パゾリーニの野蛮なミニマリズムを、ダヌンツィオの愛の修辞法の藤色のカンタービレのかたわらに配してみよう。両者ともにカトリックの儀式とイメージあるいはその残照にみちている。エロティックな欲望とその達成、罪と清め——聖体拝領としてのフェラチオ——の価値評価の表現に富んだイタリア語は、愛と死の親近性を表わす多くの決まり文句を長々と強調する。イタリア語はフロイトに先んじることすでに数千年も前から、母親に対する男性の渇望を宣言してきた。数々の民話、儀式、まじないの動作に現れる異教徒時代の痕跡は、いかなるキリスト教的下層土よりも古い過去に遡り、さらにより荘厳である。ロマーニャ州の男女は異教徒の祭壇、あるいはすでに廃れた神の男根と考えられている石を背にして今でも交わる。二十世紀に入るまでは確かにそうだったという。「さあ、私に飲ませて」とAMは言った。私のアイデンティティを伝えつつ四重奏を奏でる四言語(6)のなかで、イタリア語はとくにヴィオラまたはヴィオラダモーレを受け持つ。その色は深いマホガニー色から金糸にまで及ぶ。

イタリア語でセックスをすることは、一日が二十五時間に及ぶことが時にはあると改めて知らされることである。

くだらないと言われつつもはびこりやすい民間の知恵によれば、フランスの文化と感受性は何か特別な、しばしば露骨な色好みがあると規定する。ラムール〔愛〕の讃美と性行動の讃美——追いかけたり、獲物になったり——はフランス的生活の多様な側面の特徴だそうである。香水やランジェリーから芸術や娯楽に至るまで、ピガール通りからヴェルサイユの鹿庭園までの、流行歌手たちのいちゃつきから政治家たちの放縦な無分別行動までのフランス的生活の多様性。アングロサクソン世界には、性的初体験と不倫はフランスでするのが一番という考えが広まっている。この思い込みに讃美を贈るのはローレンス・スターンの小説『センチメンタル・ジャーニー』〔一七六八年〕冒頭場面である。ヘンリー・ジェイムズのような鋭い観察者でさえも、フランス人の心理と小説には性的強迫観念を見出し、パリを「生きること」の首都とみなした。その動詞が性愛的暗示を伴っていた頃の用例である。何世代ものイギリスとアメリカの若者たちの性夢は、彷徨してセーヌ河畔に流れた。

実際のゴール人の文明はしかし、多くの点で抑制的であり禁欲的である。それを放縦と呼べば、どんな文明も放縦となろう。現代の装いのバビロニアに擬せられる土地がどこかにあるとすれば、アムステルダム、コペンハーゲン、サンフランシスコ、バンコクである。フランスの公的生活と私的生活の広範な領域はずっとある程度まで中産階級的であり続けた。特に地方、「フランス深部」ではそうであった。他の文化でも同じだが、この保守主義には偽善がつきまとう。つまり、口先だけで込入った話をしながら、合意のもとで隠蔽し合っているのだ。地域の喜悦としての売春宿はレースのカーテンの背後に隠れる。シムノンが慎重さに必要な策略の権威ある証人となる。しかしフランス人のリビドーがそれ自体で他のどんな先進社会の人のそれよりも熱烈で冒険的であるという証拠も、フランス人男女が他の国々の隣人たちよりも性的出会いに時間とエネルギーを多く費やすという証拠もいっさいない。どぎつい神話は観光と商業主義の私利私欲から出来上がったものである。

実際のところ、フランス語の性愛の言葉の交換の最初の要素、話を切り出す糸口の印象的なところは、まさにその形式主義である。これは時にはそら恐ろしいほどである。オルガスムスの技法を私に最初に教えてくれた先生、有難いことに皮肉屋の口ぶりと同情心を身に付けた年上の女性だったが、私に大きくまたがって命じた、「さあ来て、今よ、深く」と。しかしそうする時も堅苦しいヴー〔あなた〕を用いた。フランス人男女は性交の最中すでに何世紀もそうしてきた。馴れ馴れしいチュ〔おまえ〕を用いると、はっきりと許しを得た場合でなければ、私が残念な結果になったように、息巻く非難を呼び込むことになりうる。Vは「いったいどうして私をおまえなどと呼べるの」とあえぎながら言った。すでに私が彼女の素敵な脚を開いたところだった。「よくも言えるわね」。メディアの圧力と俗悪崇拝の影響下、事情は今や変化しつつある。私が成人後、若い頃の恋愛であったが、仮定法が実に思いがけない時に出現することがあった。ある場合など、アンジェのホテルでだったが、接続法大過去が――この時制を易々と操れるのはプルーストが最後のひとりであっただろう――いわば真っ最中に私を襲った。フランス語の性交には統語法が強いる堅苦しさがつきまとう。

結果としてフランス文学における肉欲の放蕩的言語活動と誘惑的言語活動は――これには多くのポルノ文学も含まれる――定式表現の意味論的倉庫に含まれる表現を用いる傾向がある。『薔薇物語』からサガンまで、ヴィヨンから『ボヴァリー夫人』やアポリネールまで、欲望の言い回しと語り口は様式化されて、根本的に節約志向である。性的所有、性愛的熱病のクライマックスを所有し、それに所有されることの頂点、これらがラシーヌの大理石のごとく簡潔な文体に見出されることだろう。松《たい》明《まつ》に照らされた自分の餌食を一瞥するネロの視線、ティトゥスとベレニスのほとんど単音節で構成される別れの場面、逆上した「ヴィーナスの全体」によるフェードルの占有。ボードレールのサッポー風の詩やヴェルレーヌの『放蕩』に見られるセクシュアリティの激しい重圧は、古典資料とラテン語由来の語彙から生み出されている。好色とはほとんど修辞法である。好色はジュネの『女中たち』の気味の悪いパドドゥーと同じように、言語によって振り付けされる。まさにこのような言語の形式性こそが、マスターベーションとしてのサドの労作に、冷淡さを付与している。苦痛と倒錯の渦中で——「あの地獄のなかに天国がある」——拷問者もその犠牲者も、いかなる文法的誤謬も犯さず、明瞭な言葉を失わない。フランス文学とその想像力が生み出した過激なポルノでは、しばしば憎悪が主題である。それらポルノの最高の創造性は、セリーヌの小説や巨大な「パンフレット」の、ページ上の言語の譫妄状態——言語の境界がずらされ、汚染される——から噴き出す。フランス語の感受性には、暗い秘密が隠されている。すなわち、憎しみの情は愛よりも暖かく、より気分を高揚させる。コルネイユの『ル・シッド』のあの有名な場面で譲歩を引き出し情熱的な愛を飛翔させるのは、まさに「私はあなたを憎いわけではない」という台詞である。「憎しみと愛」は切り離すことができないのである。

性愛行為の解剖学的、神経生理学的な仕組みは（傍目にはどれほど滑稽に映ろうとも）すべての人間に共通である。その共通部の天辺の縁ときわめて深い部分の両方で、たとえば割礼のような文化的、歴史的、社会的、偶然的な要因が介入するというのが私の命題である。これらの要因は普遍の部分に限定を加え、差異を生み出し、形を変化させる。これらの変数のなかで最も影響力が大きく立証が可能なものとして、言語があるように私には思われる。われわれは心のなかであるいは相手に向かって愛を語り、愛の行為を行う。フランス語が、きわだった形式性と抽象志向をパフォーマティヴな演技に持ち込むとすれば、それはまた、性愛に関し独特の「自然主義」を展開する。

かくてフランスの精神的風土は人間のセクシュアリティという大人の世界の当たり前の事実に対し、すばらしい受容性を見せる。すなわち、男は女と、女は男と、男女は一緒になって寝るものだ、と。なぜなら、性交は抗しがたい身体機能、「自然の呼び声」であるからだ。リビドーの命令は、善と悪の区別を超えた領域で展開する。人間の呼吸や食事の欲求と同じである。ジッドが讃美した「地の糧」である。男と女は結婚のしがらみなどに縛られず一緒に寝るものだ。一生涯の間にひとりの異性しか知らないのは、最善と思われることからのまれな棄権行為である。罪深い姦通という考え方は歴史的神学的規範に属し、最も古い「ファブリオー〔笑話〕」から今日まで、フランスの感受性にとってずっと皮肉または無視の対象であった。言語が「姦通」(adultery) に「大人」(adult) をすべり込ませたのは何という道学者ぶった悪意だったか——ここで重要なのは「不純」(impurity) の懲罰物語的暗示ではなく、「大人たること」(adulthood) である。よき結婚において性衝動は時間とともに衰え、欲望は枯れる。友情へと転換すれば、二人の関係に魔術的転調があったことになる。性交には暴力的でアクロバティックな側面が潜み、夫と妻のあいだで熟しうる友情の守護神にとって、それはますますそぐわなくなる。かくしてモナミという気前のよい曖昧な呼称が使われる。その呼称はドイツ語のフロインディンと同じように「恋人」も「友人」も意味しうるし、一方から他方への無限の微妙な陰影を含む転換も意味しうる。アングロサクソンの清教徒主義的な暗示、裏に露見する恐れと抑制、アメリカ的信心深さを特色づける好色性という汚点、これらはフランス人の意識に数世紀にわたって困惑や嫌悪を引き起こしてきた。

秘教的な学問、細分化した学問研究の自閉的微細志向は、子どもっぽい開放感の必要性をもたらすことがある。Sはスクラブルとストリップポーカーを組み合わせて複雑怪奇なゲームを作り上げた。古フランス語にさかのぼる性的用語を見つけ、その意味を明確にして、適切な組み合わせを作らなければならない。**dard**〔毒針〕、**lance**〔槍〕、**d'amour**〔愛〕、**manche**〔柄〕、**nerf**〔雄性器〕などが入れば二ポイント。**foutre**〔やる〕や**chevaucher**〔またがる〕はあまりにも陳腐で半ポイント以上の価値はない。**trou mignon**〔かわいい穴〕や**trou velu**〔毛深い穴〕は三ポイント。**enfiler**〔ものにする〕と**la petite**〔女の子〕を適切に解釈すればボーナスが付く。その後は服を脱ぐ各段階に応じて、Sがブルターニュ料理を何か一皿作るのだが、その潮の香りや少量のコニャックは絶妙だった。

愛を身体的機能として受け入れる際、喜びが伴い、ときには憂鬱も伴う。その感情をフランス語の性愛の語彙に定着させるとき、抒情的高揚の表現でさえも、内臓と関連する豊富な語彙が活用される。健康と食べ物と、セックスが網のなかに渾然と絡み合う。私とNとの長い関係において、消化不良、偏頭痛、リューマチ、便秘、アレルギー（だいたいは思い込み）が顕著な役割を果たした。時に私は、モリエールに鮮烈に描かれているように、薬局のなかで生活し性交している気分になったことがある。ベッド脇に勢ぞろいしたのは、シロップ剤、鎮静剤、下剤であった。西洋でもっとも豊かな好色的語彙集成と言えるだろうラブレーのそれは、医学と超医学の用語や引喩にみちている。無愛想な冗談と恥じるところのない下品さは、ちょうど病棟でお目にかかるそれである。セリーヌもまた、猥褻表現を正当化する抜け道として、医学的率直さを十二分に活用した医師であった。美食家の官能的快楽と身体が代償として払う排便、吐き気、嘔吐、肥満によって、ラブレーの言語とその後継者であるたとえばゾラの言語は、食物の誇示的消費のすべての側面を長々と描く。「三百種類ものチーズを持つ国民」[7]とドゴールは皮肉って不満を述べた。しかしその反面、芸術や文学や社会思想は飢えに対して非常に敏感である。「アルゴ〔隠語〕」のなかに大食と飢餓がみちあふれ、それと同様、欲望の詩学にも両者がみちあふれている。Nが絶頂に近づいたとき、どもりながら漏らした言葉は、「私のブリオシュ、私のブリオシュ」であった。三日三晩をセックスに明け暮れて、とゾラはうそぶいた、精液の匂いと、恋人の性器のようにほかほかで輝いている焼きたてのパンの匂いにくるまれて、明け方の通りによろめきながら出て行った、と。

この意識構造（マンタリテ）には、哲学的政治的な核があると私は信ずる。性交は本質において自、由である。それは自由を絶対的なものとして行為し経験することである。他の言語はフランス語からリベルタン〔放蕩者〕、リベルティナージュ〔放蕩〕という表現を借りた。もちろんこれらの単語のなかでリベルテ〔自由〕が宣言される。フランス語の文法、神話、図像は、自由が女性であると洞察した。ドラクロワのあの革命寓話の騒がしい画面には女神が勝ち誇ってトップレスの姿でわれわれに迫って来る（男根シンボルたる太鼓のばちに注目）。恋人たちが二人で抱擁するとき、自殺は別として、他の行為にはない人間的選択、実存的自由を行使する。経済的社会的な強制、不合理な盲目的衝動は介入しうるとしても、大人の性行為はその中核において自由の勝利である。その行為は陳腐な毎日と日常生活の隷属状態から、神聖侵すべからざる可能性の空間を取り戻してくれる。レイプや強制された性愛によってこの空間を破棄し隷属状態を生み出すのは、卑劣さにほかならない。投獄でさえ、それにまさる不面目ではない（プルーストの『囚われの女』を参照）。しかし自由な愛を生きるとき、愛とその性的成就は人間精神を解放し、人間的身体の核心的謎、自己実現において身体が担う決定的にしてしかも大きな謎を実感させる。われわれが経験しうる他のどんな現象も、この解放に匹敵することも、いわんや超えることもできない。「自由、最愛の自由」と国歌は宣言し、愛情を込めて艶かしい叫び声をあげる。老化とともに性的能力が枯れ、不安なオナニーが再び性交の代替行為になるにつれ、自由は衰える。まさにこの意味において、老年時代とは奴隷状態である。しかしそこに至ってさえも、記憶が自由をもたらす。あの「去年の雪」〔ヴィヨンの詩の一節〕が依然として仄かな光を放つ。男も女も羞恥心の極を克服して多彩にセックスを味わい尽くしたならば、最後に至ってさえ自由の味を忘れることはない。ある夜パリで私がCのなかに入ったとき、私は小さなしかし流星のような自由の笑い声を聞いた。その声は私から離れない。

英米言語（複数）が地球上に飽和していて、結果として一時的な現象に終わるかもしれないとしても、それらの言語の地理的、民族的、社会的に動き続ける変種のせいで、どんな個人的な証言も、いかに乱れていようと、極小にして非典型になってしまう。アフリカ系カリブの混成語のシンコペーションから、東南アジアの雑種英語のクレオール語を含む、アングロベンガリ語の繊細な愛の抒情詩、さらには、イスタンブールやバルパライソで自分のエスコートサービスを某ホテルに呼び寄せる多国籍ディーラーの使い古した合言葉をも含んでいる性的語彙と文法から、どうやってひとりの人間が些細な断片以上のものを記録できるだろうか。言語学者の見積もるところでは、マンハッタンの北端からロングアイランドの東端までのあいだだけでも、そこで話されている「英語」の数は百種類を越えている。ブロンクス地区のイディッシュ語にある性的スラングと、惑星規模のポルノグラフィーにあるアメリカ流に味付けされた「インテルリングア〔国際語〕」を結びつけるものは、区別するものは何なのだろうか。

アマチュアの直観によれば――「アマチュア」には「アマトーレ〔愛する人〕」の意味もある――、それ自体が還元の結果の抽象観念であるアメリカ英語の特質は、非神話化作用である。たとえばペトラルカの言い回しにあるエロスの言説や、新プラトン主義に起源をもつロマン主義の崇高表現には、寓意的象徴的な間接表現や婉曲語法がみなぎっている。だが、アメリカ英語はそれらの表現や語法に不信をつきつけ、破壊する。アメリカ英語の性語彙集のなかで活動し、深く浸透しているのは、具体性への志向であり、視覚的親密さへの志向である。ピューリタニズムの沈黙も、フロイト以前の礼節の間接性と隠喩表現も、「かつてない率直さ」（エズラ・パウンドの詩句）に道を譲った。ヘンリー・ジェイムズ流の複雑極まる礼儀作法が一時は同性愛の領域に規範として存在していたが、その作法も抹消されて姿を消した。アメリカの夢の本質はアダム以前の無垢であり、堕落以前のエデンである。裸体が言語にむきだしで晒されるのは、その時代への必然的な逆行である。欲望と占有の言葉は世俗化され、罪の観念がない。その言葉は覚醒していると同時に幼児的である。大人になるのを延期することがすべてエデンの園を思わせるという意味で「ベイビー・トーク」である。ネオンに照らされた明るい世界に失われた神話と禁制の戦慄を持ち込もうとしているのは、逆説的だが、ポルノグラフィーの倦むことない反復的露出趣味と欺瞞のほうである。今日の日常生活のなかでは「倒錯」でさえ少々古臭い、差別的な言い訳に見えるくらいだから、何でもあからさまに言うのが流儀である。カント〔女性性器〕はそのままカントである。言い換えもまた、経済的意味の浪費とみなされる。時間の浪費であり、性本能発露の機会の浪費である。神話は、遅れを生んで、複雑化する。神話は自己増殖する。アメリカの風土とも、地球規模の輸出産業とも相容れない感情と時間の消耗である。

結果として、大衆迎合志向と商業主義の洗浄性の潮流は、タブーの概念をほとんど無意味なものとしてしまう。第二次世界大戦の戦中戦後に、アメリカ兵の言葉づかいとともに卑猥な罵り言葉が広まった。「ファック」と「シット」で日常的な文章のすべてを区切ることができる。これを用いれば、親密さも、秘密の刺激と抑制の雰囲気も、かすかな違いでさえ生み出せることになった。でもこれは「つなぎ語」以上のものではない。言い回しの適否を無視し、言外に隠された悪魔的な言葉の力を排除することは、英語と夥しい数の派生言語の用いられるあらゆる地域に拡散した。イギリス英語においては、階級の違いの痕跡がまだいくらか残っている。しかしその英語でさえも、性的な発話行為の大衆化と卑俗化が急速に進行している。ロンドンとイングランド中部地方に広がっている西インド諸島あるいはジャマイカの隠語の無作法で動物的な率直さ、ヒップホップとラップに見られるブルジョワ的気取りの遺物に対する嘲りが、伝統的なタブー表現を一掃しつつある。騒がしいけれども同時に嬉々として正直なオルガスムスの民主化が起こっているのである。

そこから起こったのは、すでに指摘したとおり、愛の言葉と行為のかつてない標準化である。アメリカの若者は性的関係のきっかけを作りさらに築き上げるために、言葉でも身振りでも儀式化された常套手段を用いると考えられている。これらの手段と彼らが進める手順は、マスメディアが提供する手引きと画像に由来する。結果として、性欲と満足、羞恥と誘惑を表現する語彙の幅は狭く限定されるようになった。蓄えから用いられる言葉が予測可能なものになる。そのような縮小的画一化と貧困化の進行は若者にとどまらず、程度の差こそあれ大人の性行動にも及ぶ。ここでもまた、愛の発話と行為があまりにもしばしば包装済みで用意される。テレビ、映画、低俗雑誌小説、とりわけコマーシャルの子供の工作用粘土のような修辞法が頻出する。過去の歴史のどの時代も、どのような文化環境においても、性愛表現の特異語や新語はめったにない。民主化されたリビドー〔性衝動〕、宣伝される消費行動というアメリカ的枠組みのなかでは、性的コード化の実現手段に革新をもたらし、本物の補遺を追加するには天才が必要である。ナボコフの『ロリータ』やアップダイクの小説のすぐれた場面などに見られる天才である。さらに、ナボコフが母語でない言語に堂々と入場を果たしたことは意味深い。この二人をべつにすれば、多くの作家は現在のところ口頭や電子媒体でテクスト生産に没頭している。

フェミニズムの運動からどのような紛糾と豊穣が生まれるか、それが分かれば非常に興味深いであろう。フェミニズムは力強い詩と怒りの散文を生み出してきた。その運動の感情の政治学は、果たして愛の隠語に新しい方向と創造性を引き起こすだろうか。今のところ、周辺的な暗示に留まる。解放された女性のあいだでは、男たちが口にする猥褻語や秘密裏に口にされる放埓表現を、ほとんど軽蔑をこめて自分たちで用いることが趨勢のようである。ある学会の退屈な討論の席で私の隣に座った有名な女性学者がノートに走り書きした、「ファックしたほうがもっと楽しいんじゃない」。自動車がエンストすると、運転している女性は吐き捨てるように「シット」と言う。レズビアン特有の言い回しが性愛の正統派に入り込むかどうか、まだ明確でないが、革新をもたらすかもしれない。確かなことはまだ何も言えない段階である。女性がセックスの駆け引きと行為において、平等を確保するのみならず主導権さえ手にするようになるにつれ、また女性のヴァギナが、主として男性の物言いと用語を借りて行われる「独白」以上のものを身につけるようになるにつれ、長いあいだ抑圧され社会的に禁止されていたリビドー表現が表に出ることは確実であろう。オクラホマ州タルサでのこと、私のすごい黒人パートナーがハミングしながら私に言った、「ベイビー、まだ何も分かってないのね」と。

私の特権は、四つの言語を用いて、愛を語り、愛を行うことであった。それに四つの言語の間隙に置かれることもあり、時には躊躇を覚え、時には愉快なこともあった。四言語の駆使は多少とも異例な幅であろう。異性愛に限定されたために、活力あふれる領域と水底に眠るあらゆる種類の財宝に近づくことは私にはできなかった。言語行為と性行為の生成的相互関係――根源的意味の「オーラルセックス」――は、決定的に重要であるにもかかわらず、その大部分が未踏査の領域であると私は確信している。文化史と社会史、心理学と比較言語学、詩学と神経生理学、これらの観点から行われるべき探究は広範囲に及び、かつ困難を伴う。証拠が取得可能の場合でさえも、それらの証拠は逸話風でしかも印象主義的である。意味論的ドンファン主義は、踏破され探検されるのを待つ未開拓領域のままである。おそらくオルガスムスの共有とは同時通訳の行為なのであろう。それなら、開拓者にとどまるとしても、私にも何か貢献できたかもしれなかったと思う。しかし、その貢献をしたら、私の私生活で最も貴重でかけがえのないものに傷をつけることになったかもしれず、やむなく断念せざるを得なかった（本章は危険域に達している）。無分別な行為もおのずと限界は心得なければならない。

（1）「カトレアをする（faire catleya）」という表現はこのように出てくる。「そしてずっとのちに、カトレアの花をなおすという手（またはなおすという儀式のまねごと）がとっくに廃止されてからも、「カトレアをする」というメタファーが、肉体的占有の行為――といっても何もその行為のなかで人は占有しないのだが――を意味するつもりで二人が何気なく用いる単なる言葉となってしまい、その忘れられた用法を記念しながら、二人の用語のなかに長く生き残った。おそらく、この「愛戯をする」という意味の特殊な言いまわしは、それを同義語の多くの語があらわすものと、厳密にはおなじ内容ではなかったであろう。」（プルースト全集1『失われた時を求めて　第一篇　スワン家のほうへ』井上究一郎訳、筑摩書房、一九八四年）、三〇二―三頁。

（2）スタイナーは「夢の歴史性（フロイトに対する二つの疑問）」においても、このように未来を志向する夢、予言となる夢について論じている。『言葉への情熱』（伊藤誓訳、法政大学出版局、二〇〇〇年）、二六三―二八二頁。

（3）「見込みがないのに希望をつなぐ」は新約聖書「ローマの信徒への手紙」四・一八にある言葉。「彼は希望するすべもなかったときに、なおも望を抱いて、信じ、「あなたの子孫はこのようになる」と言われていたとおりに、多くの民の父となりました。」（『聖書　新共同訳』日本聖書協会）

（4）「肉体を与える（bodies forth）」は、シェイクスピア『夏の夜の夢』にある台詞。第五幕第一場十四行。「そして想像力がいまだ人に知られざるものを／思い描くままに、詩人のペンはそれらのものに／たしかな形を与え、ありもせぬ空なる無に／それぞれの存在の場と名前を授けるのだ。」（小田島雄志訳）

（5）「蜜蜂が吸うところで、私は吸う」は、シェイクスピア『テンペスト』にある台詞。第五幕第一場八八行。

（6）前掲『G・スタイナー自伝』には次のようにある。「私は英、独、仏の三か国語を均等に読まされた。私の教育は完全に三か国語で行われ、複数の言語が飛び交う環境で育った」（一六頁）。「私には最初に覚えた母語についての思い出がない。……日常語だろうが暗算用だろうが、読解にしても書き取りにしても、自国語という点で英独仏の三か国語に差はなかった」（一一〇―一頁）。「私は最初に身につけた三つの言語が織り成す、身内の脈動と光の明滅に自分の生活と仕事の条件を負うている。こうした三重のアイデンティティと、その後習い覚えた言語（イタリア語とは長い情事と「間違いつづき」だった）の干渉効果が私の書いたものの質を落としてきたかどうか」（一二九―三〇頁）。

（7）「フランスのドゴール大統領が「六百種類ものチーズを持つ国民を統治するのは困難である」と嘆いた逸話も有名です。資料によっては三百種類になったりするなどその数は正確なものではないようですが、それにしても膨大な種類であることはまちがいありません。」（http://www.yukijirushi-cheeseclub.com/world/journey/france/）

ユダヤ人について　ZION

ものを考える人なら、生きているうちにときどき、誰しも自己のアイデンティティについてのはっきりしたイメージ、確かめうる概念にたどり着こうとしないではおかないだろう。「私は何者なのか」と問うことは、人間の意識において、いわば原始反射なのである。「私は自己に対して自己を定義づけられるか」、そしてまた、直接間接を問わず他者に対して自己を定義づけられるか。その二つの自己定義の仕方は一致するものなのか、それともその間には埋めることのできない溝があるのか。哲学的なものであれ、日常生活的なものであれ、内面的なものであれ、言明されたものであれ、「私は存在する」とか、もっと正確に言えば、「私は私である」という主張のなかに、どんな「私」が、どの「エゴ〔自我〕」が、概念的にそして実存的に含まれているか。この裁定は、統合失調症、自閉症、痴呆といった問題には、つねに弱点をもっている。デカルトの「エルゴ・スム〔ゆえにわれあり〕」は、本来の曖昧さをなんとかしようと言われたものであって、自明の真実というよりもむしろ自慢のようなものである。

私の勘では、ユダヤ人にとって、たんなる「ユダヤ人」という一語にも抵抗感のある複雑さがみちているのだが、この自問も一般的な問いも、特別の鋭さを帯びているのではないか。「私は私であるところのものである」（こう翻訳してよいものか揺れている）ということを、少しの疑いの余地もなく証明することは、モーセの神に対してのみ認められたことである。ユダヤ人とアイデンティティとの関係は、非常に不明確で、ストレスが多く、歴史的、社会的、心理的な曖昧さにあふれているので、これらがまさに、定義が未決定性を含むことを許されるのならばユダヤ性を定義するものである。実体と実在を保証しながらの命名は、神がアダムに最初に贈ったもののひとつであった。「そしてアダムが生けるものに対して呼び掛けたその言葉が、何であれその名前となった」。それは真理機能を高めるための途方もない力であった。人間が不明確性の泥沼と放縦に陥ったこと、ある語とそれが指示する対象とのあいだの、名前と本質とのあいだの、たびたび深い裂け目となる食い違いに陥ったことは、最初の楽園追放であった。大なり小なり、すべての人間がこうした追放を共通に経験する。そして数々の神話がそれを反映している。原罪は文法のなかに刻み込まれる。しかし、ユダヤ人の経験においては、この追放は決定的役割を果たす。ユダヤ人にとって自意識は、達成や維持が困難な綱渡りであり、追放に順応する、いやむしろ、ある種の故国帰還を達成しようとするしばしば死に物狂いの努力に順応する。アドルノは、故国にいると感じている人の誰もが故国にはいないのだという、きわめてユダヤ的な格言を口にしている。これに対して、旧約「サミュエル記下」一四章は、絶え間ない振り子のような動きで、「また神はいかなる人間をも尊敬していない。神は、追放された者が神からも追放されたままになることをお望みになりません。そうならないように取り計らってくださいます」と答えている。神が追放した者——この言葉には誇り高いニュアンスがある。「追放」と「排除」

の厳密な区別は、ユダヤ人の歴史が生じる空間を特徴づけている。もしイスラエルの神が、その勝ち誇った定義どおりに遍在するならば、神の現在からの存在論的排除はありえない。しかしこの遍在のなかで、追放はありうるのだ。何よりもまず、自分自身からの追放である。おそらく、他のいかなる民族、社会、それどころか神話に見られる以上に、ユダヤ人は自分自身に対して異邦人でありうるのだ。世に知られたユダヤ人の流浪とは、探究および不断の内面への旅の寓意的で経験的な表現なのである。ユダヤ人は他人に対して他者である前に、自らに対して他者なのだ。そして当のユダヤ人は、こうした無宿状態に怯《ひる》んでいる。この状態は奇妙な、気力を失わせるような雰囲気をもっている。意識的であろうとなかろうとユダヤ人は心の一番深いところで不安なのだ。他のいかなる信条のなかに、他のいかなる規範のなかに、「眠りを愛するな」（旧約「箴言」二〇・一三）という戒めを見出すことができるだろうか。この戒めの重みや特異性を軽く考えてはいけない。フロイトは、眠りの残留物からその無垢性を除外するであろう。フロイトもまた、彼以前のユダヤ人預言者と同じように「夜の見張り役」だったのだ。

自分をユダヤ人とみなすものは誰であれ――この場合「みなす」には、誇りあるいは恥辱の、証言あるいは隠蔽の、真正あるいは紛いの、危険あるいは便宜主義の、無数の色合いが含まれうる――当初の基本的な問いを発するに違いない、すなわち、どんなに論争を伴いながらも、なぜ「ユダヤ人」としての自称、あるいは社会であれ個人であれ、外部からの「ユダヤ人」としての呼称はこれまで続いてきたのか、という問いである。過去三千年以上にわたるこの身元確認の存続には、どのような意味が込められうるのか。ユダヤ人と同じくらい特徴的で、同じくらい有能なのに絶えてしまった他の民族の集団や社会がある。エジプトのテーベや、ペリクレス〔前四九五―前四二九。民主政治の確立に貢献〕のアテネや、ローマ帝国は遺物になってしまったのに、なぜ「エルサレム」は存在するのか。いかにしてユダヤ人はいまだに存在できているのか（これにふさわしいギリシャ語の神学用語は「スキャンダル〔つまずきの石の意〕」である）。

トーラー〔律法・モーセ五書〕を信じている読者や、聖書に忠実なキリスト教徒などの直解主義者にとって、答えは明らかである。それは「創世記」二二・一七―一八にかけてみごとに述べられている。「あなたを豊かに祝福し、あなたの子孫を天の星のように、海辺の砂のように増やそう。……地上の諸国民はすべて、あなたの子孫によって祝福を得る。」思わず息をのむような、言葉をこえた重大な約束である。信者にとって、生命そのものの保証であり再保証である。この言葉をいかなる人物が聞き、書いたのだろうか。もし神がアダムに対して誠実であるならば――神がそうでなかったはずはない――いかなる大量殺人も、いかなるナチスの虐殺も、いかなる国外追放も、不吉な殺意にみちた方角へのいかなる四散も、ユダヤ人を根絶やしにすることはできないのだ。神が存在する限り、ユダヤ人は存在するであろう。灰燼から立ち上がり、再び数を増し、シオン〔ダビデにより都となった紀元前十世紀からイスラエル民族の宗教的政治的中心〕を取戻すであろう。彼らが受け継ぐ遺産は、他のいかなる民族にも遺贈されることのなかった契約なのだ。まもなくこの地球上に、ナチスの大量虐殺以前と同じくらいの数のユダヤ人が存在するようになるかもしれない。ある点でこれは呆然とさせる不適切な発言であるが、べつの点では、家父長に神が約束した受け取るほかに道はない遺産にすぎないのである。他の信仰や他の国家は時間に屈し破滅した。ユダヤ教は違った。人類という靴のなかにあるこの角の尖っ

郵便はがき

料金受取人払郵便

本郷支店承認

1819

差出有効期間
平成23年4月
1日まで

113-8790

505

東京都文京区
本郷5丁目32番21号

みすず書房営業部
行

通信欄

（ご意見・ご感想などお寄せください．小社ウェブサイトでご紹介させていただく場合がございます．あらかじめご了承ください．）

読者カード

・このカードを返送された方には，新刊を案内した「出版ダイジェスト」（年4回 3月・6月・9月・12月刊）をご郵送さしあげます.

お求めいただいた書籍タイトル

ご購入書店は

・ご記入いただいた個人情報は，図書目録や新刊情報の送付など，正当な目的のためにのみ使用いたします.

（ふりがな） お名前　　　　様	〒
都・道・府・県　　市・区・郡 ご住所	
電話　（　　）	
Eメール	

・「みすず書房図書目録」最新版をご希望の方にお送りいたします.

（送付を希望する／希望しない）

★ご希望の方は上の「ご住所」欄も必ず記入してください.

・新刊・イベントなどをご案内する「みすず書房ニュースレター」（Eメール配信・月2回）をご希望の方にお送りいたします.

（配信を希望する／希望しない）

★ご希望の方は上の「Eメール」欄も必ず記入してください.

よろしければご関心のジャンルをお知らせください.

（哲学・思想／宗教／心理／社会科学／社会ノンフィクション／教育／歴史／文学／芸術／自然科学／医学）

（ありがとうございました．みすず書房ウェブサイト http://www.msz.co.jp では刊行書の詳細な書誌とともに，新刊，近刊，復刊，イベントなどさまざまなご案内を掲載しています．ご注文・問い合わせにもぜひご利用ください.）

た小石は違ったのである。「その日には、わたしはダビデの倒れた仮庵《かりいお》を復興し、その破れを修復し、廃虚を復興して、昔の日のように建て直す。」（「アモス書」九・一一）またもや、迫害された力なき僕《しもべ》たるイスラエルの民に対する神の威圧的な約束である。バビロンの洪水やナチスの死の収容所でもわかるように、ばかばかしいほどにありえない「事実にもとづかない」約束である。勝ち目も根拠もまったくない約束である。しかしながらその約束は果たされたというのだ。

これは信じない者や合理主義者、不可知論者、そしてまたヘブライ語聖書を民族の神話の集成、古代の儀式書、民族のプロパガンダ、愚かなくらいに綿密な食料の規定書、道徳的かつ比喩的な霊感と想像力の産物として読む人たちに投げかけられた謎である。スピノザ以来こうした人たちは、聖書を完全に人間が作り上げた、矛盾にみち、残忍さが入りまじるものと感じてきた（「ヨシュア記」参照）。しかしいかなる理性的懐疑主義も、いかなるテクスト批評も、トーラーに述べられ、詩篇や預言書のなかで称揚された生存の約束を、反証することも、反駁することも、破棄することもできない。いかに人類学や編集上のディコンストラクションの知識に支えられていようとも、合理的な反証の力は、信じる者が——彼らは原理主義者である必要はない——神の言葉と受け取っているものを、それが人間の言葉や限られた理解力で限定されていようとも、反論することはできないのだ。レオ・シュトラウスのような思想家は、この反駁不可能性の謎を、ぞくぞくする謎であり、かつ解決不可能な謎だと考えてきた。啓示は理性に対して脆弱ではない。今までのところ、筆舌に尽くしがたい困難にもかかわらず、歴史は聖書のメッセージの味方をしてきた。アウシュビッツ以降、シオンは再建されつつある。ユダヤ人は存在しているではないか。

しかし何が彼らをそうさせているのか。この問いは、答えるのにきわめて難しく物議をかもすものである。ユダヤ人を定義づけているのは反ユダヤ主義者だというサルトルの答えは、巧妙な、一面だけ真実の言葉であり、ユダヤ人嫌いのウィーン市長〔カール・ルエーガー〕が言った「誰がユダヤ人で誰がユダヤ人でないかを決めるのはこのわたしである」という通達と通じるものがある。ユダヤ教正統派にとって、ことは明白である。ユダヤ人、正真正銘のユダヤ人とは、サバト〔安息日〕からつぎのサバトまでの日常生活上のあらゆる時間、考えうるあらゆる状況と必要なものごとを規制する者のことである。数百の儀式や礼拝上のしきたり、規定、禁止事項や、食事や衣服に関する規則を遵守する者のことである。またそれは第一に男性のユダヤ人のことである。彼は「主の御前に絶やすことなく火をともすために、燭台の上にともし火皿を備え付けて」(「レビ記」二四・四) おいたり、「小さなフクロウや、大きなフクロウや、白鳥」を食べようとはせず (「申命記」一四・一六)、神に対して石の祭壇を建てる際、鉄の道具をいっさい使ってはならないことを知っている (「申命記」二七・五)。そして夫が結婚を空虚なものにしないために、「夫の魂を苦しめ」(「民数記」三〇・一三) ないように妻が結婚生活で気を使わなければならない理由をわかっている。モーセやレビの戒律の豊かさに、タルムードの解釈や『ハラハー』の (規範、法律上の) 伝統は、数多くの実践細目や定式文言を付け加えた。本質的には、信仰よりも遵守のほうに重きが置かれている。というのも、そうした遵守が、非ユダヤ世界からの汚れを受けていないものとして、正統派の人々を他から切り離すからである。部外者はもちろん、現代の「リベラルな」ユダヤ人にとっても、こうした戒めやタブーの多くは、馬鹿馬鹿しいも同然に思われる。正統派の学校や礼拝所における、ヒステリックとも言える態度や仕草、長たらしい単調な朗唱も同様である。ゲットーという聖域から彼らに石を投げる、黒い礼服を身に着けた狂信者たちと、いったい何を共有しているというのか。

しかしながら疑いもなく、エルサレムやウィリアムズバーグ〔ニューヨークのブルックリンにある街区〕のアジト〔隠れ場所〕に住む正統派ユダヤ人こそが、彼らのアイデンティティに最もくつろぎを感じているのであり、アブラハム〔イスラエル人の始祖にして遊牧民の族長〕に対してなされた約束を信じながら、いちばん安心して暮らしているのであり、辛抱強くしかし自信をもってメシアを待望しているのである。この正統派ユダヤ人と、その妻と、その子供たちが、新しい服に着替えて輝かしく、明るい顔で、金曜日の日没時に礼拝のための浴場をあとにするのである。妥協したユダヤ人にはけっして見られない光景である。正統派ユダヤ人こそが、同化の危険性がもっとも少ない。ユダヤ民族が神に選ばれ生き残ることを保証していたものは、思索上の同意ではなく、まさに厳格な遵守なのである。恐ろしいほどの逆説であるが、それを保証しているのは、神を信仰することではなく、トーラーを読むことであり、飢餓で死にそうになっていても断食の慣習を絶対に破らないことなのだ。「足にけがをしたり、手にけがをしたり」した者は誰でも、彼の神にパンを差し出すための幕屋に近寄ってはならない（「レビ記」二一・一九）という戒律を知ってはいるが、疑問に思うことのない者は、忍耐力や常識にいかにそそのかされようとも、けっして背教することはないであろう。このプラグマチックな直解主義は、まさにすばらしい洞察力をもっている。家族であれ、社会であれ、アイデンティティは共有されている行動や反復からなっているのであって、哲学的抽象概念やプライバシーからなっているのではない。確実な信仰がライフスタイルなのだ。

しかしその代価は不吉なものになりうる。他の原理主義者同様、正統派は心のなかに部外者への軽蔑を、さらには嫌悪感すら募らせる。彼らは改宗したユダヤ人を唾棄する。イスラエルに住む人々は、メシアによって正統と認証されていない国家を侮蔑する。正統派の大衆が脅迫や暴力をもって、少しでも世俗的自由の気配のあるものを抹殺しようとする姿は、ユダヤ的な倫理的哲学的価値観のパロディーであり、また同時に、生き残ったという驚異を裏書きするものである。(伝説上の)寺院の壁の前で興奮した身振りをしたり、耳障りな悔悟への呼びかけで旅行客を悩ませたりする正統派ユダヤ人にとって、スピノザやフロイトは、キリスト教徒やイスラム教徒の迫害者同様――実際はそれ以上に――異邦人であり、堪え難き人物なのだ。正統派ユダヤ人とイスラムの原理主義者はいとこ同士である。だが、死の穴の淵で嘆きの詩篇歌と歓喜の詩篇歌の両方を歌ったのは、正統派のラビであり、その従者なのだ。

「改宗した」「リベラルな」ユダヤ人にとって、年に一度は子としての敬虔さを表そうと大祭日を心に留めているユダヤ人にとって、ヘブライ語を知らないユダヤ人にとって、また無神論者のユダヤ人にとって、アイデンティティの問題はやっかいである。とくにアメリカ合衆国の受容あるいは無関心の風土において、少しずつながらも完全にこの問題から抜け出そうとするユダヤ人が徐々に増えてきている。異人種間結婚は記憶喪失への入り口である。こうした世俗的な、遵守を重んじないユダヤ人が、自分が置かれている状況に目覚めるのは、例えば学校にいる自分の子供たちに、反ユダヤ主義の毒気が吹き出すときだけである。サルトルの主張にある一片の真実がこれなのだ。非正統性と自己周辺化の、つねに変化する多様な配置換えを考えるとき、今日のユダヤ主義に共通している、互いを結びつけるいかなる要因が示されうるだろうか。

古来、「民族」という概念は必然的に（宿命的に）ユダヤ人の運命についてまわった。重要な点だが、この固定概念はユダヤ教それ自体から発生したものである。「選ばれた民」であるという主張、単独で他と区別された民族集団という主張は、トーラーによってなされ、ヘブライ語聖書〔旧約聖書〕の主要箇所でも繰り返されている。この主張は他の民族や国民を激怒させた。ユダヤ人の賢人とモラリストは、「選ばれた」ということを、悲劇的な、ほとんどマゾヒスト的とも言える観点から特徴づけることでこの怒りを鎮めようと骨を折ってきた。神がユダヤ人を選んだのは、虚栄心や羨望のためではなく、永久につづく苦難のためだというのである。ユダヤ人は神によって選ばれた避雷針であり、罪深い、反抗的な人類への神の怒りのスケープゴートとしての選民だというのだ。しかしこのいささか無理のある解釈でさえ、ユダヤ人が自己宣言した孤立性や、彼らの悲しみのうちにあるこれ見よがしの自尊心に対する怒りを減ずることはない。彼らは世間のありふれた事柄に身を投じることない。コモンプレイス〔共有の場〕というこの語の成り立ちは注目に値する。この精神的で象徴的な「民族主義」は、生物学的事実のなかに考えられうる根拠があるのだろうか。自己規定であれ、他者から求められた規定であれ、ユダヤ「民族」のようなものが存在するのだろうか。

ナチズムの下で、また虐殺と追放のむごたらしい歴史全体を通じて、狂気と殺意にみちた民族差別が行われたことは、この疑問に関するいかなる公平無私な論議も、ほとんど弁明不可能なものにした。どのように比喩的なものであろうと、「人種差別主義」は認めがたい戯言である。さらに現代の生物学や遺伝学に重きを置くと、民族の純血や不純という考え方すら危なっかしい戯言に過ぎない。遺伝子による遺伝がある程度不変な遺伝子体質を表している島民や長い間孤立している少数民族集団が存在するかもしれない。これでさえけっして確かなことではない。他の社会からの拒絶、族内婚への強い傾向、限られた種族や階級への集中は、同一と見なしうる遺伝子プールを保ち伝えるかもしれない。しかしこうした同一性はきわめて疑わしいものなのだ。ある特定の病気の罹病率のみが実質的な証拠を示すように思える。ゲットーにさえ、血性遺伝子のインプットは可能である。何千年にわたって、相互に影響し合う移動による共生を通して、ユダヤ人は他の民族と同じように「混合」してきたのだ。こうした混合を解きほぐし、ユダヤ人の「血」と血統の正確な区分けを目指す政治的立法的手段は、スペインの宗教裁判の審問官やファシストたちの狂気、倒錯した同族意識、神経症を映し出している。ユダヤ人に際立った身体的特徴（あの悪名高い「ユダヤ人の鼻」）を与えようとする、古代ギリシャ・ローマの世界に逆行する映画台本もまた同じである。黒い肌の、多毛のユダヤ人がいると同様、ブロンドの、青い目のユダヤ人もいる。遺伝的同一性、血統的同一性とされるいかなるものが、モロッコ出身のユダヤ人とリトアニア出身のユダヤ人とを結びつけるというのか。マイモニデス〔一一三五—一二〇四　ユダヤ人哲学者。神学、聖書の合理的解釈を試みた〕とオデッサのギャングとの間に、ヘビー級ボクサーのマックス・ベア〔一九三四—三五にチャンピオン〕と亡霊のようなカフカとの間に、いかなる共通点があるというのか。今日の不可知論的な西欧における異人種間結婚は、人種的混合を加速させている。アメリカのユダヤ人の若者は歴史的家系的遺産をほとんど雑作なくすり抜けることができる。一、二世代あとでは、かつてのユダヤ主義はぼんやりとした記憶、民話の痕跡となる。これまで以上に、一民族としてユダヤ人を定義する正当性はまったく維持できなくなる。アーメン。

しかしまだそのようなことにはなっていない。

私はここからきわめて根拠の弱い議論の領域へと入り込む。考えうるいかなる議論も直観的であり、試論的なものにならざるをえない。必ずやそれは個人的で、物語と印象のモザイクになるだろう。行動的反射作用とその大部分が神話である記録された伝承の結果生まれる歴史的状況と社会環境に左右されないような「ユダヤ性」などあるのだろうか。もっと根の深いものがあるのか。この問題は議論するうえで不快感を呼び起こすだけではない。というのもこれは反ユダヤ主義の問題でもあるからだ。結局、答えを出せないことになるかもしれない。

実証されうる限りでは、もう一つの大社会である中国人社会だけが、歴史的変化と増大にもかかわらずその起源がわかっている言語を話している。つまり起点言語である。何千年にもわたって、ヘブライ語はユダヤ教信仰の軸と中心的骨格をなしている。ユダヤ人の生き残りとヘブライ語の生き残り――イスラエルの言語復興によって再び主張された生き残り――とを同一視してみたい気にかられる。この言語の特質が、ユダヤ人の自分自身との関係、他のユダヤ人との関係、しかし主に神との関係を強化し具現化している。人間を「言語動物」（ゾーン・フォンタナ）とする古代ギリシャ人の規定は、ユダヤ教信仰と対立する。この規定はアテネとエルサレムとを分断する。ユダヤ人の考えでは、言葉が人間を存在論的に独自のものにし、人間を動物の王国から切り離す。神と向き合ったときの意識と反応を可能にするのは、またそれをもつように強いるのは、アダムに与えられた言語という深遠な贈り物である。現在するもしくは不在の神との対話――ここで「対話」は返答を保証するものではない

——が、歴史を決定し、継承されるユダヤ人のアイデンティティを決定する。「神よ、私の言うことを耳に入れたまえ」とか「イスラエルよ、我が言葉に耳を傾けたまえ」という対話である。非常に重要な格は呼格である。しかし文法的な意味合いよりもはるかそれ以上の意味をもつ。ヘブライ語は神による召命であり、神からの命令であり、神への語りかけなのだ。戒律と祈りは、コミュニケーションにおける命令形と切っても切れない関係にある。絶え間ない召命に圧せられ、ヘブライ語はくずれそうになることがときどきある。「私は自分の叫びに疲れた。私ののどは乾いた」(「詩篇」六九・三)。しかし抑えられずにその声は噴き出し、新たに興奮して語る、「おお、神よ、私の声を耳に入れたまえ」(「詩篇」六四・一)、感謝し、喜び、畏敬の念をもって、しかしまた嘆き、当惑し、責め立てながら。いかなる他民族がその神に対してユダヤ人と同じように激怒しただろうか。「お前は怒るのに上手か」と、穏やかなアイロニーと思われる言葉で神はヨナに尋ねる。「呼び出し」という、「ヨブ記」の神との決闘の場でも用いられる言葉は、他の世界文学において類を見ない。神の反撃のとんでもない見当違いも他に類を見ない。それはけっして答えといえるものではない。「お前の悟りによって鷹は南へと飛び立ち、羽を広げるだろうか」(「ヨブ記」三九・二六)。あたかも神が自身の比類ないレトリックを、彼のメタファーの超絶技巧を喜んでいるかのようである。(どのような人間がこれらの章を書いてから昼食をとりに出かけたのだろう。)ヘブライ語と同じくらい創意に富み雄弁な他の何千もの言語に訪れたように、ヘブライ語にも絶滅が訪れていたら、もし沈黙が神とユダヤ人の間に介在したら、ユダヤ教信仰そのものが消滅していたであろう。ショアーは沈黙の灰色の縁にまでユダヤ教を追いつめた。しかしこの言語はもちこたえた。転倒の淵において、ユダヤ人は神に向かってではなく、神のために祈った。パウル・ツェランは「詩篇」の中でそのことをわれわれに語る。

存在しない者よ、御身が讃えられますように。
御身のためにわれわれは咲き誇りたい。
御身に向かって。

もっと軽い調子であっても、ユダヤ教は神との会話である。「なぜ全能の神がわざわざ人間を創造したのだろう」とハシドは問いかける。「そうすれば人間が神にお話を語ることができるからだ。」ヘブライ語をもっていないユダヤ人でさえ、それは繰り返し訪れる自己疑惑の源泉ではないかと私は思うのだが、とりわけ言語の（いくつもの言語の）修得に没頭してきた。ユダヤ人の言語的才能を説明するには追放者という立場、異国の言語の獲得の必要性を挙げるだけではすまない。バベルにおける苦難を収穫に変える彼らの能力によるものなのだ。不可知論者であるユダヤ人や世俗化したユダヤ人のなかにも、現代文化のスポークスマンのユダヤ人のなかにも、アイデンティティとは言説であり、「燃える柴」（「出エジプト記」三・二—四）とつむじ風から聞こえる明瞭な声によって究極的に是認される言説のことである。ユダヤ人コメディアン、マスコミやメディアのユダヤ人プロデューサー、ユダヤ人の言語学者であるローマン・ヤーコブソンやウァルター・ベンヤミンから、ノーム・チョムスキーやデリダの「否定」にいたるまで、彼らは大きい車輪のスポークのように、言葉の中心性とつながりをもつ。彼らは発話行為の中心性、存在と意味との間の契約性を立証する。ヘブライ語聖書は、その「書き言葉による」特質にもかかわらず、および、他の詩的、物語的、幻想的、法律的ジャンルに対するもともとの優位性、それなしでは西欧文学が考えられない凌駕するもののない優位性にもかかわらず、希薄化しているのは確かだが「話し言葉による」生活態の記録である。ヘブライ語聖書は多少の統一性と一般性をもった、直接話法の記録であり、回顧録である。苦難と祈り、祝賀と嘆き、戒めと反抗が「語られている」。まさしくヘブライ語は聴くことの不思議さと苦しみを具現化しているがゆえに、シナイ山のモーセに捧げられた火の文字、ネブカドネザル王の宮殿の壁に燃え立つ復讐の言葉を耳にするのだ。またシオニズムもヘブライ語の動詞のシンタックスによって刻まれている。文法的にまた形而上学的に、ヘブライ語は過去、現在、未来の区別をしない。未来は現在の一部である。これはまさにメシア待望の直解であり逆説である。四散して根絶されかかったヘブライ語は、生誕の地へのまったく信じ難い帰還を宣言することをけっしてやめない。ヘブライ語は再生のための形式的実存的方法を明らかにした。今日、イスラエルの小説家や詩人は詩篇作者や預言者たちの同時代人であり、変化させる力をもつ後継者である。「来年、エルサレムで」とは今のことである。このようなことを言えるいかなる言語や国民が他にあるだろうか。

ここには驚くべき言い回しがある。すなわち「声」によって存在し、神との絶え間ない声によるやりとりによって支えられながらも、ユダヤ人は「書の民」となった、というのである。このクリッシェは意味深長だ。持続する真正さを明確にしているからである。書かれたものへの没入は、ユダヤ人の習慣と感情を特徴づけてきたし、いまでも特徴づけている。石板、巻物、写本、印刷物が、ユダヤ教信仰の故国となり、その移動祝祭日となっている。口述の生誕地から、直接の呼びかけの聖域から追い出されたユダヤ人は、何世紀にもわたる追放と流浪を通して、書き言葉からパスポートをこしらえた。それはユダヤ人の避難場所、不滅の住居として役立った。それゆえ、あるラビは、毎日トーラーを読むことは、神を愛することよりもたいせつだ、なぜならトーラーは神への愛を含むからだ、という布告を出した。さらにこの布告は、言い得て妙な慣用表現だが、実際ユダヤ人が生き延びていることを裏書きしている。死の収容所ではトーラー講義がこっそりと絶滅のまぎわまで続けられていた。当然のこととして、書かれたものへのこうした傾注は、長たらしい評釈、そして評釈の評釈を生み出している。それはあたかもページの欄外や下部余白が世界であるかのようである。教父たちやスコラ哲学者たちは、この二次的な解明の流れ作業を模倣することになる。しかしキリスト教にしてもイスラム教にしても、タルムードの聖書解釈や、タルムードが生む第三の聖書解釈がもつ濃密さ、ねじれ、金銀線細工のような巧妙さをもつまでにいたっていない。「コヘレト書」にあるように、ユダヤ教においては、書物をつくること、書物についての書物をつくることには限りがない。あるいは博学の政治家リチャード・クロスマンが対論をしめくくるにあたってわたしに言ったように、「ユダヤ人とは鉛筆を握りしめながら読書をする者のことだよ、もっと優れた本を書くことに熱心だからね」。「忍耐力」にもまして「この部族の勲章」であったのは、テクスチュアリティ〔原典主義〕であり、ブッキッシュネス〔書物主義〕なのである。

先行する注解に寄生する評釈や原典主義的解釈があふれかえっていることは、異論があるかもしれないが、自発的な創作を妨げるものであろう。ヴァルター・ベンヤミンが抱いていた、引用だけからなる書物への切実な要求以上に、ユダヤ的なものはない。ユダヤ人は分析家であり、解説者であり、せいぜい批評家ではあるが、創作者ではない。このことにより、ウィトゲンシュタインは苛立たしい自己放棄に支配された。ユダヤ人のなかにも霊感を受けた詩人がいたし、出自がユダヤ人である作家もいた。イェフダ・ハレヴィ〔一〇七五頃—一一四一　スペインのユダヤ人哲学者・律法学者〕は中世スペインの錚々たるユダヤ詩人群のうちのひとりに過ぎなかった。ハイネやマンデリシュターム、パステルナーク、パウル・ツェランなどが思い浮かぶ。話術の巨匠たるユダヤ人たちが、二十世紀後半のアメリカ小説をほとんど独占していたと言ってもよい。アーサー・ミラーやハロルド・ピンターなどの劇作家はユダヤ人であった。イスラエルは第一級の小説や詩を生み出している。面白いことに、モンテーニュやプルーストなど何人かの半分ユダヤ人が、古典となった作家たちのなかにいる。フランツ・カフカ以上に偉大な作家はいるだろうか。

しかしこの指摘は全体的には正当な根拠がある。その理由は遠くに求める必要はないかもしれない。ヘブライ語聖書の遊びの精神の実践や創意の広がりは相当なものであるため、その後の物語や詩や劇の形態はほとんど見当違いのものか、よくて不必要なものであるように思われる。「創世記」の簡潔さ、「サミュエル記」や「列王記」の叙事詩的広がり、「エレミヤ記」の雄弁、「ソロモンの歌」〔雅歌〕のエロティックな音楽性、「詩篇」の誇り高いペーソス、これらを凌ぐことはおろか、張り合うことのできるどのような世俗の作家がいるだろうか。『ギルガメシュ』であれホメロスであれ、ヨナタンに対するダビデの嘆きや、預言書のなかのエルサレム崩壊の幻覚的予知を超えるものはあるだろうか。たびたび問われることだが、二十三番目の詩篇や「伝道者の書」にある四季の連禱と並べられたとき、その理想的な自己が詰め込まれていない、あるいはその理想的な自己が過剰でない、いかなる世俗テクストがあるだろうか。しかし最も重要な点は、もっと深くに横たわっているのかもしれない。おそらくわれわれには隠されている方法によって、神が霊感を与えたもの、神の声を繰り返しているものとして読んでみると、これらのテクストは真実を明確に表している。そしてこの真実はすべての文学作品を作りものにしてしまい、作りものであることは、その作品を純文学に貶める。そして純文学であることは、他のすべての物語、詩、小説のなかに、根本的な虚偽や偶然のご都合主義を侵入させる。カフカを比類なき作家にしているのは、こうした可能性に彼が躊躇せず向き合っていることであり、彼がこの可能性を、先行する聖書やタルムードがもつ無尽蔵の多義性に近い多義性をもつ寓話に変えられたことである。おそらくは『審判』にある「法の寓話」だけが、世俗文学が生み出した、ほんとうの意味でのトーラーの補遺であろう（そういうものとして、リベラルなシナゴーグで読まれてきた）。

それに反して、ユダヤ教のテクストの傾向は、優れた歴史的、哲学的、社会学的、科学的散文を生み出してきた。スピノザやウィトゲンシュタインと比較したとき、いかなる哲学的論議もおおげさでいくぶん乱雑にみえる。フロイトやゲルショム・ショーレムは卓越したドイツ語の使い手たちと並び称されている。マルクス主義やマルクス主義的社会主義の場合が最も顕著である。その議論の戦術において、いかなる政治的、社会的教義や綱領もこれらほど書物中心的であり、タルムード的ではなかった。マルクス主義は絶えず引用する。たびたびそれこそ人でも殺すかのようになる、ヘーゲルや創始者たち、またレーニンについての正確な解釈をめぐるその論争は、ラビの論争における文献学上の憎悪や感情的敵意をまさに模倣している。トロツキーは聡明な政治評論家であった。スターリンでさえ学術論文を書かなければいけないと感じていた（けっしてつまらない論文ではない）。今日の心理学や社会思想、社会人類学は——クロード・レヴィ＝ストロースの文学的名声を考えてみればよい——あらゆる点でユダヤの伝統であるテクストの直截性、本能的な規範的明快さへの欲求の恩恵を受けている。ひとりのユダヤ人嫌いのオーストリアの政治家〔ヒトラーのこと〕が言ったように、「学問とはたんに、ひとりのユダヤ人がべつのユダヤ人から書き写したものにすぎない」。書籍が燃やされたときは、ユダヤ教の生命力も燃え尽きる。このように脱構築のうちに反抗のロジックがあり、その脱構築を行う軽業師自身がだいたいにおいてユダヤ人である。脱構築とはテクストの正典としての重みを覆そうとする試み、家父長的アウクトリタス〔権威〕から意味を解放する試みである（精神分析家によればエディプス的な試みである）。「ここでわれわれは引用しない」と、一九六八年に私の講義でデリダにかぶれた叛徒が叫んだ。あるいはひとりの（才能ある）道化師が述べたように、「言語それ自体がファシストである」。ユダヤ人にとって、原典主義的解釈は生き残りであると同時に隷属であり、自由であると同時に拘束である。両義性がはじめから存在している。「風を観察する者は種をまかないであろう」という「コヘレト書」一一章四節の言葉以上に容易に忘れられない洞察力に富んだ文はあるだろうか。

書かれた言葉へのこうした住み着きは、はたしてユダヤ人が人文学と科学の両面にわたって精神生活にもたらした多大な貢献、例外的といってもよい貢献と関係しているのだろうか。これは世間一般に広まっている考え方——皮肉をこめて、妬みをもって、あるいは称賛の思いで表される——を説明するものだろうか。すなわち、ユダヤ人はユダヤ人でない彼らの隣人よりも、「利口で」「頭の切れがよく」「賢い」という考え方である。このような属性を立証する実体があるかどうかを評価するのは困難なままである。愚かなユダヤ人もいるのである。数は少ないが読み書きもできないユダヤ人がいる。男であれ、女であれ、知への情熱も教養への欲求ももたないユダヤ人がいる。それにもかかわらず、どうやらユダヤ人の知的エネルギーは、偶然の分布や統計学的確率を超えたところにあるらしい。経済学のみならず、医学においても自然科学においても、ノーベル賞受賞者の割合は標準をはるかに超えている。数学や数学的論理のある種の分野は、ほとんどユダヤ人が独占している。一握りの注目すべき例外はあっても、他よりも高いレベルでチェスの世界を独占している。音楽の演奏ではどこへ行ってもユダヤ人がその場にいて、卓越した演奏をする。現代を形作った人たちのなかで、また西欧の意識の「風土」(これは詩人オーデンの表現)となった、マルクスやフロイトやアインシュタインのような人たちのなかで、ダーウィンだけが偉大なる「アウトサイダー」なのだ。それに加えて、メディアにおいて、娯楽において、そしてまた国際金融のあらゆる面において、ユダヤ人が果たす役割は途轍もないくらい大きい。現在、文化や金融のメトロポリスは、ウディ・アレンを吟遊詩人とするニューヨークという不思議な魔力を有するポリス〔都市〕であり、ユダヤ主義の首都なのである。これらの達成と卓越性は、政治的圧力、社会的差別、徹底的な虐殺をものともしなかった。ロシア帝国やソビエト連邦における何世代にもわたるユダヤ人への憎悪と排斥にもかかわらず、ロシアの科学、音楽、文学において、第一級の功績を持続的に生み出した。何らかの根源的な力が働いているのだ。

これを分析しようとすると、すぐさま、遺伝子による資質や文化の継承、歴史的社会的環境などについての因果関係の論議になってしまうことが避けられない。政治的野心であれ、軍事的野心であれ、また学問的野心であれ、ユダヤ人はきわめて標準的な野心をもつことさえ妨げられ(アメリカの高等教育や医学校においては、ユダヤ人に対する受け入れ数の制限は長期に及び、第二次世界大戦後になってようやく外された）、内面的な圧迫を受けていた。暗記、分析技術の修養、抽象的象徴的な論理思考の育成は、ユダヤ人地区や教会において道具として役立つ、誰もが共有する経験であった。鋭敏な集中力をそなえた頭脳は、局限された社会的実践的空間に充満していた。中央ヨーロッパに残るカフェは、シュール〔ユダヤ教会〕の世俗的継承である。いつもつましく限定されたものであったが、解放が訪れたとき、磨きあげられた知性というコイル状のバネは外に向かって弾けた。タルムードの尊師やシュテーテル〔ユダヤ人村落〕の学者に向けられた尊敬の念は、家庭内での途切れることなく続く典礼教育と非宗教的教育――子供たちのうちに学者がいる家族を公式に祝福するような他の信仰があるだろうか――は転調し、知識人に向けて注がれるようになった。それは、開かれた社会のなかの大学機関、自由な読み書き教育、研究所などを活気づかせた。長いこと強いられていた忍耐は今や実を結んだ。ハイネはこの大きなうねりの鋭利な証人である。

これが妥当で「政治的に正しい」仮説であるが、全体的に見て、これで十分であろうか。まさにこのとき議論の振り子は、幅のうちで遺伝子の極へと振れている。何世代にもわたってきわめて固有の特徴や技術が繰り返し現われているのが分析によってわかった。まさに遺伝子が環境よりも重要と思われる状況を、医学、社会生態学、民俗学がますます発掘している。前に指摘した通り、ユダヤ人の遺伝子供給源が長い時間と混合を経ながらも保たれてきたという考え方だけでは、非常に思弁的であり、怪しくさえある。それにもかかわらずわれわれは、かなり隔離された状態で生き、族外婚を排除しようと努力してきた共同体を扱っているのである。それゆえある程度の遺伝子による遺伝の可能性を完全に避けようとしたり、ユダヤ人的優秀性をもつ特定の家系ばかりかユダヤ人的凡庸さおよび節制主義をもつ家系にまで、生物発生論的要素がありうることを認めまいとすることは、専断的かもしれない。最後の最後までフロイトは、おおっぴらにしないところはあったものの、ラマルク説を確信していた。今日ラマルクのパラダイムは全面的に否定されている。いかなる身体機械論もこれを説明することはできないであろう。しかしわれわれの知らないことは多い。後天的特徴という考えが皮肉めいた亡霊のように、科学のまともさとリベラルな良識との外接境界線に徘徊している。氏《うじ》と育ちとの間の生成的相互作用についてわれわれはほとんど知らないと認めること、「リベラルでない」意外なものが待ち受けているかもしれないと認めることは、ほとんど傲慢ではないだろうか。景気のよくない年が何年か続いていた、ある晩遅く、滞在していたキエフのホテルの外を散歩していると、ある男が私に追いつき、なまったイディッシュ語で「あなたはユダヤ人ではありませんか」と尋ねてきた。どうしてわかったのかと聞くと、「どう見たってすぐにわかることですよ。あなたのその歩き方です」。二千年にわたって後ろから脅されてきた人間のような気が私はしたものである。

中世およびルネッサンス時代のユダヤ人を高利貸しに仕立て上げたのは、キリスト教の残忍で偽善的な指示である。これによってシャイロックがユダヤ人の典型となった。しかしこのことについてはそれ以上の意味合いがある。ユダヤ人と金とを密接に結び付けたのは、ある意味非理知的なものであった。それはモーセの書のなかの多様な財政に関わる規定と動機にまでさかのぼる。というのも、おそらく他の神話で金は、幸運と裏切りの物語においては規範的な役割を果たしていないからである。

如才ない行商人は、たびたび「さまよえるユダヤ人」と同一視される。この行商人は次第に、情報に通じた貿易商、国境のあちこちにいる商人、資本主義の銀行家や仲買人になっていくであろう。プロテスタントの教義におけるそのイデオロギー層の位置がどこにあろうと、現代の資本主義の進展とそれが呼び起こす批判は、ユダヤ人コミュニティーのなかに自然な文脈と順応を見出す。古代からの技術と素質を得ているかのようである。ロスチャイルド家がシャイロックにとって代わる。十九世紀後半から、金融市場、投資銀行業務、冒険投資、株式取引所でのユダヤ人の熱意と創意は、ほとんど卓絶したものになった。ブライヒレーダー、ロスチャイルド、ウァールブルク、ラザール兄弟のようなユダヤ人の貴族たちは、巨大金融のひとつとなった。ゴールドマン・サックスやリーマン・ブラザーズのような企業、ジョージ・ソロスのような個人の錬金術師は、西欧の財政のメカニズムにおいて、決定権をもつプレーヤーとなった。多国籍企業は放浪する国際人の本能をもつユダヤ人を雇用した。多国籍企業化はユダヤ人の状況を「帰化」させた。このように、今日では、全世界の資金のかなりの部分がユダヤ人の管轄下にある。ユダヤ人の論理学者や科学者が見せる分析的超数学的才能は、金融という超理性的でありながら同時に悪魔的でもある領域で、輝かしく展開された。かくして「ディアスポラ」と、アメリカ人の生活における活気ある経済の推進力とが一致する。しかしまた共産主義社会後のロシアにおいても、悪徳資本家や億万長者の起業家の非常に多くが、長い間蔑まれ迫害されてきた少数派から急増してきたのだ。

その弁証法的対位法もまた同じように目立つものである。アモスからマルクーゼまでのユダヤ主義から、富の追求と偶像化に対する最も過激で最も激しい非難が沸き起こるからである。黄金の小牛

〔アロンがシナイ山の麓で造った金の偶像〕への最も深い嫌悪である。あらゆる色合いの社会主義と共産主義に、教義的にも歴史的にも、ユダヤ人の価値観と影響力が浸透している。カール・マルクスの預言者的指弾のレトリック、彼の旧約聖書的態度と図象的表現法は、核心にいたるまでユダヤ的である。ユダヤ人はメンシェビキやボリシェビキにも人を送り込んだ。マモン〔富の神〕を受け継ぎながら、実践的であれ、ユートピア的であれ、ユダヤ人の過激派、社会主義者、マルクス主義者は富に敵対した。左翼の「キブツ」は、マネー制度、金銭的な動機や報酬という制度を完全に根絶することを目指した。アモスは堂々と、富にまみれた堕落した都市を踏み越え、禁欲主義的な無銭の荒野の行進を説いている。(毛沢東はこれらの箇所を読んでいたのだろうか。)メシアは現金をもってはいないであろう。

しかし資本主義自体の内部から、ユダヤ人は自らの金融上の成功を、いわば創造的に利用した。他のいかなる民族集団よりもはるかにユダヤ人は慈善、教育、文化施設、医療、研究に貢献する。アメリカの高度な学問、病院、博物館、交響楽団はかなりの程度ユダヤ人の気前のよい援助に支えられている。もしも、しばしば移民の出自をもつユダヤ人の寛大さがなければ、英国の研究や美術の財政状況は、現在よりもずっと危機的なものになっているだろう。またこの点においても、典型的な理想と称賛は聖書によっている。ヘブライ語聖書には、慈善、貧しい者や見知らぬ者への援助を勧める箇所がいくらでもある。それがモアブの落ち穂拾い人に対してであれ、余ったものは再分配しなければいけない。「このヨベルの年には、おのおのその所有地の返却を受ける。」(「レビ記」二五・一三)敵からの圧迫によって、しかし同時に、深く根ざした能力、最も目立った財政的商業的才覚を行使する能力に余儀なくされて、ユダヤ人はある規範のほのめかしにつねにつきまとわれている。すなわち、社会との絆は、金銭よりも優先されるものであり、金銭によって汚されてはならないという規範である。ユダヤ人はあたかも悪疫が指にこびり付いているかのように、それを引き渡して行く。一八四四年の『経済学・哲学草稿』においてマルクスが希求している社会、愛と愛、信頼と信頼は交換可能でありながら、金と金は交換できないという社会以上にユダヤ的なものがあるだろうか。死ぬときに金持ちであることは敗北であり愚劣であるというのが、ユダヤの古代の格言である。

いまだ解明されているわけではないが、環境とある種の遺伝の両方が作用している目立った特徴が他にもあるだろう。ユダヤ的なユーモアとはぎっしり詰まった一章になる。それは独自のぴりっとした味、清々しい絶望をもっている。その自己嘲笑は、苦難や追放に対する護符としての抵抗を示している。ジョークについて価値ある哲学的論文は二つしかないが、それ『機知』と『笑い』がフロイトとベルクソンによって書かれたことはけっして偶然ではない。すべての民族が自分たちの子孫を大事にする。ユダヤ教においては、この中心的関心はたびたび他の民族を凌いでいるように見える。子供にもたらされる害悪を許されざるものとしてコード化する信仰が他にあろうか——この点でナザレ時代のイエスがもっともユダヤ的である。現代の苦悩を伴う時代風潮の中で、小児愛症や幼児虐待はユダヤ人が飛び抜けて少ないと犯罪学者は報告している。ユダヤの食事の規定は、もともと衛生と治療についてのものだったが、ユダヤ人がどこにいようと、避けるべき特徴的な食べ物を彼らに抱え込ませた。この規定は、清浄か不浄かという人類学的に重要な境界で、ユダヤ人を孤立させた。割礼は今も広く行われている。割礼を行うことは他のタブーとともに、ユダヤ人の性生活にそれ自体の方針を与えたのだろうか。じつに多くの問題点があるのだ。

そのなかでも、いちばん差し迫っていながら取り扱いにくい問題は、絶えまなく続く反ユダヤ主義である。

その根底にある原因を解き明かせるのだろうか？　永久にそれは続かなければいけないのか？　この癌を説明しようとする試みは数多くある。歴史学者は地中海の古代遺跡のなかにユダヤ人への憎しみの証拠を指し示す。彼らは帝政ローマのなかに、その後ずっと続くことになる人々の態度のいくつかを見出す。ユダヤ人の孤立性は、疑惑、そしてそれ以上に悪い結果を生んだ。ユダヤ人が都市のあるいは帝国の儀式のかなりありきたりな形式に従うことを拒否したことは、支配者や隣人の怒りを買った。彼らの同化の拒否には、人をいらだたせるような神政主義的俗物根性がついて回るように思われた。融合的世界教会主義のただなかで、イスラエルの神は全体の一員になることを軽蔑した。エルサレムを征服したローマ人たちは、略奪をした寺院の至聖所のがらんとした空虚さにたじろいだ。ユダヤの信仰と思われたものの抽象性（実際、一神教信仰がいたるところで生じていた）と、公衆に展示されるべき像の欠如は、悪意を含んだ不安を生んだ。融通性のない少数派がここにはいた。国内の分裂グループであり、秘術の代行者や隠れた権力の源泉と通じていた。しかし全体的に見れば、ユダヤへの敵意は、暴力的な形をとっていたところでさえ、イデオロギー的というよりは、政治的であり、領土に関わるものであった。タキトゥスは、これが反映している状況を記録に残している。

このすべてがパウロによるキリスト教の到来およびその勝利でもって変わってしまった。ユダヤの歴史の中でその最も重大な自己憎悪という行為である。そして次に共感福音書の中でユダヤ人攻撃の章節が正典化した。キリスト教はユダヤ人が自らの自由意志によりエクレシア〔キリスト教会〕に入るのを拒絶したことを許せなかったし、これまでもけっして許すことはなかった。いくつかの点でこの拒絶は、パウロの神学によると、あらゆる人間を人質に取るものであり、またメシアへの期待や旧約聖書中のある種の終末論的予見という観点から見ると、今もなお困惑させるものになっている（おそらくショーレムが冷笑的に述べたように、ユダヤ人は伝えられたイエスの復活のあと二週間待って何ひとつ変わらなかったことを知ったのであろう）。当時生まれ始めた知識階級である教父たちの、約束され蘇ったメシアを、キリストのうちに認めようとしない人々に対する怒りが、その後二千年にもわたる憎悪と迫害を解き放ったのだ。ユダヤ人排斥主義は「最終的な解決」に向かって、悪意にみちた行進を始めた。この持続的進行はときどき曲がりくねり遮断されることがあるかもしれないが、まぎれもなく存在する。

この長くつづいた恐怖を十全に描いた記録はひとつとしてない。ある特定の時期の特定の虐殺の悪名高いエピソードが知られているだけである。このなかには、十字軍時代の大量殺戮、東欧と中欧における中世から現代にかけてのユダヤ人虐殺、スペインからの追放とその結果起こったむごたらしい宗教裁判、「血の中傷」が引き金となった地方での数え切れない殺害の例（二十一世紀になってもオーストリアの農村では数々の蛮行が誉れ高いものとして想起されている）がある。しかし話の主要部分は突発的なテロではない。キリスト教世界におけるユダヤ人の日常的状態なのだ。社会的排斥、強奪、裁判上の差別、あざけり――比較的自由で形式上寛容な国においてさえユダヤ人の男女がさらされてきた――は宇宙の「暗黒物質」のように、数知れずある。学校の行き帰りの途中で、ユダヤ人の子供が路上で追いかけられたり（この種のからかいについて私は直に知っている）、つばを吐きかけられたり、袋だたきにされる機会は、公の場や職場でユダヤ人の両親が恩着せがましい態度をとられたり、侮辱されたり、立ち去るようドアのほうを指差されたりする機会は、枚挙に暇《いとま》もないくらい多くある。子供のときからユダヤ人は恐怖の汗を流している。おそらくジプシーだけが、それと同じような拒絶の年代記に耐えてきたのだ。

ショアーの狂気は、それを理解し物語ることはとうていできないが、それなりの論理をもっている――狂気がしばしばそうであるように。根絶だけが「ユダヤ人問題」を終わらせることができるというものである。殺害は存在論的なものでなければならなかった。すなわち、存在という事実を消さなければならなかった。ユダヤ人の胎児はもはやこの世に出ることを許されない。妊娠している母親とともに虐殺しなければならない。ナチスの屠畜場においては、ユダヤ人であるという原罪が、たんにユダヤ人であることが、ユダヤ人が非ユダヤ人を脅した癩病であった。ショアーが希有なものと言えるのかどうかについての議論は、皮相的であり下品な話である。スターリンはヒトラーよりもはるかに多くの人間を死に追いやった。何百万人ものいわゆるクラーク〔豪農〕とその家族が、クラークであるという罪で意図的に餓死させられた。アルメニア人、インドネシア人、ソマリアの部族は、集団で虐殺された。オーストラリアの先住民であるアボリジニーの消滅、ベルギー領コンゴにおける大量虐殺（歴史家は犠牲者の数を五百万人から一千万人の間のいずれかだと言っている）についてどのような信頼できる説明があるというのか。ホモ・サピエンスはサディズムの素質をもった、殺人傾向をもった動物である。統計的には、ホロコーストが最悪の章になってしまうことはほぼ確実にないであろう。われわれの地球には殺害の場がいたるところにあるからだ。

しかし違いは存在するのである。これは決定的なことかもしれない。ヒトラー主義以外のいかなるイデオロギーも、存在や生存を罪と規定しなかったし宣言もしなかった。害虫とはいえ、ユダヤ人がひとりでも病原体として非ユダヤ人の存在を危険にさらしている限りは、目的を達成することはできないと公然と宣言したイデオロギーや政治上の計画は、他にひとつもなかった。嫌われている残存者の耐久性が彼らの仲間の血や魂を汚すことがありうるのだ。このように、ラインラントの虐殺や宗教裁判の火刑からガス炉に至るまでの道は曲がりくねっているのである。しかしこの道を地図にたどることは可能なのである。最近のバチカンの発言のなかの悔悟を見せる温和な話し振りは、ほとんど上辺だけのものである。ユダヤ人をパーリア〔不可触賤民〕としてみる見方は根深い。「彼らは血に汚れ、目は見えず、街をさまよう。その衣に触ることは誰にも許されない。（中略）街の広場を歩こうとしても一歩一歩をうかがうものがある」（「哀歌」四・一四―一八）。

何か筋の通った説明ができるのであろうか。これまでユダヤ人に目を留めることがめったになかった日本人が、まったくの偽書ではあるもののきわめて危険で耐え難い『シオンの議定書』を相変わらず出版し配本しているという事実に対して。ポーランドやオーストリアにおいて、ほとんどユダヤ人が残っていないのに、今でもユダヤ人憎悪が消えずに残っていることに対して。共産主義後のロシアに、また現在の西欧全土の紛争の発火点で、激しいユダヤ人排斥主義が復活していることに対して。そこまでひどくないイギリスにおいてさえ、ユダヤ人墓地が毀損されることなしに過ぎる夜があるだろうか。「あなたに立ち向かう者のつねに起こす騒ぎがますます増していく」（「詩篇」七四・二三）。

いったいなぜなのだろう。

歴史的、社会学的、経済的な理屈はいくらでもあるだろう。自立政策によるものであろうと、強いられたものであろうと、ユダヤ人の孤立、他者との乖離、かくも長きにわたって一般の人たちとの融合を拒否する姿勢は、非ユダヤ人をげんなりさせ怒らせた。それは喉元に刺さった鋭い骨であった。排除するほうが、のけ者にされている、火を吹きそうな酒にされたと感じた。ユダヤ教が改宗を避けていること、そしてまた、変わってはいるが前例がないわけではない衝動に駆られて、イスラエルの神と聖約を結びたいと思うかもしれない人たちの行く手にユダヤ教が障害を置いていることは、お互いを排斥し合おうとするこの感情をさらに悪化させた。不気味な追憶の中でさえ、追放のみが、つねに直感される超絶的な傲慢さを解決できた。経済面でユダヤ人は、どんなに高潔であり強要されたものであっても、金貸しであった。ユダヤ人を殺せば、ユダヤ人の会計事務所に放火すれば、借金は帳消しになるであろう。これがユダヤ人虐殺において、またユダヤ人をさっさと国から追い出したいという願望において、重要な要因となったのは疑いない。前に述べたように、成熟した資本主義においてユダヤ人の幸運が花開くと、神秘がかった操作技術や予知能力に対する羨望の念がたびたび高まった。ユダヤ人排斥主義は、ユダヤ人をボルシェビキであり同時に金権主義者であると特徴づける巧妙なトリックを考えだすに至った。この二重性はナチスの神話でも目立つものになった。

自己嫌悪という複雑でやっかいなものが、ユダヤ人であるという条件に特殊なウイルスを付け加えた。それが見つかるのは、マルクスやオットー・ワイニンガー、ある点ではウィトゲンシュタイン、そしてシモーヌ・ヴェイユでは猛烈に、というように最も才能にあふれる者たちのなかにである。こうしたユダヤ人たちが自らの文化的遺産を皮肉って拒むのであるなら、どうしてよそ者がそうしてはいけないのか。かてて加えていまや、シオニズムと、イスラエルでの軍事国家樹立が生じさせたジレンマを付け加えるべきだろう。今日でも世界に散らばったユダヤ人たちは、あちらを立てればこちらが立たずという潜在性によって憂鬱になっているのだ。自分が住んでいる非ユダヤ人共同社会に属していながら、望もうと望むまいと、意識的であろうとなかろうと、そのユダヤ人たちはイスラエル人でもあるのだ。心のなかの究極の故国はどこにあるのか。生き残るために、イスラエルは国家主義の社会にならざるをえなかったし、それはときに攻撃的で抑圧的な社会にもなる。強敵を向こうにまわして打ち勝つために、排外主義者にならざるをえなかった。この点については後でまた触れるが、いま明らかなことは、あらゆるニュアンスのユダヤ人排斥主義を吸収したり、隠したりするために、それ自体防御のための選択肢として、反シオニズムが利用されているということである。この二つを分離することは、これまで以上に難しくなりつつある。新旧を問わず、左翼がイスラエルに対しておこなう告発のいかに多くが、ユダヤ人嫌いと自己嫌悪とにもとづいていることか（たとえばノーム・チョムスキーの「イスラエル・ファシズム」への自制心なき弾劾）。イスラエルが狂信的右翼から、フランスのプロト・ナチスから、アメリカ南部の原理主義者集団から取り付けている支持には、いかに痛烈な皮肉があることか。もっと視野を広げるなら、イスラエルの運命が中東の安定をおびやかすばかりか、かつてのソ連のようにディアスポラにおける重要な要素をも不安定にするかぎり、われわれの地政学的世界には安らぎはないし、イスラムとの協調に達することもない、という、ポピュリストもしくは知識人によるほのめかしに、どれほどの信頼性があるのだろうか。「どんな野獣が」とイェイッは直観していた〔一九二〇年の詩「再臨」の終行〕、「ベツレヘムへ向かいのっそりと歩み」つづけているのだろう？

こうした要素とそれらの入り組んだ集合体のすべてが重要である。それらはこぞって窒息するような網目を織りあげてきた。いつまでも社会の退け者であることへのユダヤ人の対応が、なによりもユダヤ人排斥主義の引き金になるまさにその特徴をさらに強めるから、その拘束が二倍にも三倍にもなるのだ。この螺旋状態は地獄のようである。でもしかし、こうした情況的、物質的、心理的な動因を総合して理性的に査定すれば、満足な診断ができるのだろうか。もう一度言おう、ユダヤ人がまったくいたことのない国、ユダヤ人がほとんど追い出されてしまった国における、ユダヤ人排斥主義を、これらの動因は説明できるのか。

できないと思う。それゆえ私は、弱々しくも隠喩的な考え方に、また神学的な考え方に頼るのだ。神学的、キリスト論的ユダヤ人排斥主義は、キリスト教の始まりにとって欠くことのできないものであった。磔《はりつけ》にあったキリストを拒否したがために「盲目」の罰がイスラエルの民に加えられるであろう。ユダヤ人が改宗しないかぎり——そうなるには詩人アンドルー・マーヴェルが永遠と同等視した長い時間がかかるだろうが——再臨もありえないし究極的な救済もありえない。現代の不可知論によってだいぶ静かにはなったが、けたたましい論争がいまだ残っている。おそらく永遠に、ショアーによって、力を失い、分散され、侮蔑され、自由を奪われたように見えるが、ユダヤ教は、キリスト教と捕囚という大きな異端信仰と後継者をもっている。「ロマ書」十一章はいかなる疑いも許さない。キリスト教の神が「ユダヤ人をふたたび挿し木する」ときになって初めて、あわれな人類は世界平和に至るのである。しかしながら、祝福されたこの統合のいかなるサイン〔しるし〕が存在するというのか。あらゆる使徒のなかで、名前でも、容姿でも、金とのかかわり合いでも、ユダこそが第一のユダヤ人である。二千年にわたるキリスト教の説教やプロパガンダ〔宣教活動〕、そしてキリスト教の図像が、くどくどとこの点を述べてきた。ユダヤ人はゆるしがたい悪漢で、赤毛の髪で、かぎ鼻で、銀貨をもっている。

私はもっと先まで考えてみようとしている。

そもそも、何世紀にもわたってキリスト教が神殺しの罪をユダヤ教に押しつけたことは狂気の沙汰である。どうして人間が神を殺せるだろうか（聖体拝領にはユダヤ的感情にとって不快な習慣である人肉食の儀式の片鱗があろうとも）。しかしどんなに狂っていようと、ユダヤ人が、ナザレ生まれの息子の姿を借りた「神を殺した」という非難は、いつの時代にも鳴り響いてきた。略奪する暴徒によって叫ばれ、ルターなどの神学者たちによって説明されつつ、この暴言は何千人ものユダヤ人の男女、子供をむごたらしい死に追いやる手助けをした。前に書いた本で私が示唆したように、こうした非難は実のところ、弾劾の真相を隠している。神話や精神分析双方でお馴染みの逆転の論理によって、神殺しの告発はその正反対のものを表している。ユダヤ人が嫌われているのはユダヤ人が神を「殺した」のではなく、神を発明し、創造したからである。

アブラハムとシナイ山上の啓示から進展した一神教は、堪え難い道徳的心理的負担を人間に課した。初期のユダヤ教は、この耐えられない重荷にたびたび反抗した。異端の形であれ、三位一体という折衷した形であれ、多神教は根本的な人間の必要性と想像力とをみたす。それゆえ古代ギリシャ・ローマの神話が、消えることのない魅力をもつ。想像もつかない、手の届かない、名状しがたい、砂漠の大気のように無味乾燥な、いかなる感覚的表現にも寓話的表現にも怒り狂う神という考えは、通常人の感受性にとっては「反感を抱かせる」ものである。文字どおり「アンスピーカブルな〔言い表しようのない／口にするのも憚られる〕」ものなのだ。しかしこの正体不明の無限なるものから、大多数の人間の力がはるかに及ばない倫理戒律、正しい行動の命令、個人的社会的正義の強要が下される。遍在し、全知全能の、無慈悲なシナイ山の神と旋風は、自然児に対する決定的な批判である。犠牲心あふれるキリストの仲介によって人間を、愛とゆるしにみち、華美に絵画的な神の家に誘うのは、パウロが説くキリスト教の誘惑的な特質であった。人間の弱さを是認しながらも、人間を「裸で二股に分かれた生き物」と認識するのも誘惑的な特質であった。偶像破壊的なユダヤ教には閉ざされていたマリア崇拝、仲介をつとめる聖者で込み合った神殿、美術と音楽のとりなしは、三位一体の神との関係をほとんど家庭的なものにしたのであった。そのすべては、ユダヤ教という一神教のもつ、人を卑しめ、議論好きで、いつまでも法外な要求をする抽象性とは異質のものであった。

さらにもう一つ、ユダヤ教やそこから派生した直系の宗教は、人々を絶対的なるものの脅迫、人間性や能力とは合わない道徳的社会的理想と向き合わせた。シナイ山での説教は、ほとんどが預言の書からの引用の言い換えである。イエスが弟子たちに、彼らの敵をゆるすために、「自分たちの生命のことは考えないように」、彼らが彼ら自身を愛するように隣人を愛するために、「裁かれないためにも、裁かないよう」求めるとき、彼はイザヤの教えや、エレミヤの諫めを言い直している。ユダヤ人であるイエスが説く愛他主義や、その要求の超俗性は、現世での生活ぶりや、われわれの自然な行動を押し進める利己主義への最も激しい非難である。その説教の締めくくりの文は、次のように書かれている。「それゆえあなたは完全になりなさい。まさに天にいるあなたの父が完全であるように」。それ以下であってはならないのだ。注意深く言うが、この布告はほとんど奇怪なものである。深い孤独のなかにいる少数の聖人たちや修道士たちが、この戒めを定めようと努力したのだ。一般の男女は口先だけの敬意を払う。彼らはこの目もくらむような光のなかでは、自分たちの日々の労働をしないし、することもできない。しかしこうした弱みが、心のなかに猛烈な恨みを育むのである。

そして第三の、ユダヤ教による倫理的強要の例が、ユートピア社会主義である。これははっきりとマルクス主義のメシア的様相にあらわれている。もう一度人間は、今の自分よりも優れたものになることを、その強欲とケチな快楽を一掃することを、惜し気なく自分のものを他者と共有することを、利己主義を規律ある集団の運命に同化させることを要求された、いや実際には命令されたのである。共産主義は人間に敬意を表し、大きな期待を寄せた。過激な生活共同体での、革命的な、犠牲的な姿勢で実行される共産主義は、スパルタ的な自己の縮小化と、われわれの弱さをはるかに超える夢想的な献身的行為を強いたのである。しかしそうした行為が、この搾取された自己破壊的な地上における理想であり正義の樹立と感じられているのである。

応じられないのに、反駁できないだろうと発作的に無意識的にわかる要求ほど、深い嫌悪を抱かせるものはない。おそらくこの嫌悪が、この恨みが、ユダヤ人憎悪の根底にあり、それを永続化している。ヒトラーはユダヤ人を「良心の考案者」と表したが、私に言わせれば「よこしまな良心の」ということになろう。

このユダヤ人排斥主義の道徳的心理的理由と原因には実体があると、私は思い続けている。しかしユダヤ人が生存しているというたんなる事実（そうした「スキャンダル」）に、非ユダヤ人の世界が憤慨しているということに、私は驚いているところだ。中国人に関しては、圧倒的多数の人たちが行動の自由と存在の正当性を与えている。ユダヤ人定住地の人口統計上の些少さと、彼らの繰り返される絶滅からの回避は、ユダヤ人自身にとって「異常さ」であり「非道さ」である。彼らの行動は、非ユダヤ人の皮膚に猛烈なむずがゆさを感じさせる。ユダヤ人の生存にはとてつもない無礼さがある。それに関連する社会的心理的状況を明確化するのは難しい。それにもかかわらず、私はますます強まる切迫感をもって本章の冒頭で自らに問うた。まったくもって奇妙な事実を何が納得できるものにしうるのか、何が正当化するのか。なぜいまだにユダヤ人が存在しているのか。

イスラエル国家は、勝ち誇った答え、ときどきは勝利者としての答えを出す。灰燼から蘇った不死鳥だが、鉄の爪をもっているのだ。不倶戴天の敵に囲まれていながらもイスラエルが生まれ、生きのびたこと、こうしたことは奇跡である。国土からひとつひとつ石を払い除けたこと、教育水準の高い現代的な民主主義の共同生活体を築き上げたこと、多数の移民を統合したこと、こうしたことは奇跡である。この地球上のあらゆるユダヤ人が、今や保証された避難所をもっている。こうしたことすべてが、歴史上他に類を見ない驚異である。イスラエルはユダヤ人の運命において、ユダヤ人の生存の可能性において、古代の奇跡でもあり、前例のない奇跡でもある。しかし存在するために、イスラエルは「ヨシュア記」からこのかた眠っていた能力と価値を再生しなければならなかった。軍事技術と無慈悲な心を育成し、誇りとしなければならなかったのだ。国内でかかった費用はかなりのものであった。イスラエルの社会は必然的に軍事的になり、たびたび愛国的になった。ディアスポラを飾る文化的、科学的、美学的探究には、時間も空間も経済的手段も、つねにあるわけではなかった――どうしてあり得よう。イスラエルにおいては、ノーベル賞や哲学的創造性が掃いて捨てるほどある、というわけではない。しかしこうした判断は時期尚早だし、このことは重要なことではない。

ほとんど二千年ものあいだ本質的には無力であったユダヤ人は、追放され、ゲットーに閉じ込められ、非ユダヤ人社会の不確かな寛容に囲まれて、他の人間に迫害を加えられるような立場にはなかった。いかなる大義があろうとも、ユダヤ人が他の男女を痛めつけ、その尊厳を傷つけ、彼らを追放することはありえなかった。これはユダヤ人の並外れた気高さであり、私にとっては、他のいかなるものよりも偉大と思われる気高さであった。私は以下のことを公理として考えている。「たとえそれがやむをえない政治的かつ軍事的必要によるものだとしても、他の人間に苦痛を与える者は誰であれ、組織的に他の男女子供の尊厳を傷つけたりホームレスにしたりしてしまう者は誰であれ、彼ら自身の人間性の核心を失ってしまう。」生き延びよという命令は、またかつてパレスチナであったところに住み着くという倫理上の曖昧さ（信心深くもなく実践もしていないイスラエル人が、アブラハムに対する神の約束をもち出すのはいかなる詭弁によるのか）は、イスラエル人に、他者を苦しめ、彼らに屈辱を与え、彼らの所有物を奪うことを強いた――とはいえ、往々にしてアラブ人やイスラム教徒の敵がしたことにくらべれば軽度のものであったが。この国家は壁に囲まれて暮らしている。一分の隙もなく武装している。人種差別を体験している。要するに、この国家はユダヤ人をふつうの人間に仕立て上げたのだ。実際は人口統計がこの汚れた正常さを脅かしている。早晩イスラエル内では、ユダヤ人の数をアラブ人の数が上回るであろう。新たな移民流入の引き金を引くことができるのは、外の世界の大きな事件のみであろう。イスラエルの崩壊が修復のできない心理的精神的危機をディアスポラ全体に生み出すであろうことは、十二分にありうることなのだ。しかしそれは確実にそうなるわけではない。ユダヤ教のほうがイスラエルよりも大きいことは大いにありうるし、どんな歴史的挫折も、ユダヤ教が生き残るという謎を消すことはできないかもしれない。キリスト教が最も力をもっていたのはカタコンベ〔初期キリスト教徒の地下墓地〕においてだったのかもしれない。われわれにはまったくわからない。しかしそうこうしているうちに、イスラエルはユダヤ人を愛国者というふつうの状態にしつつある。ユダヤ人の悲劇的な栄光であったその道徳的特異性と、その他者に対する非暴力の貴族性とを低下させたのだ。

この遍在的不能が必然的に伴った非人間的な犠牲を私は知っている。イスラエルが抱える重荷と絶え間ない危険とを自分も分かちもつつもりがないならば、イスラエルを批判することがいかに安易か、またいかに安直か、私にはわかっている。しかし私がシオニストにならないのは、そして私の人生や子供たちの人生をイスラエルで送らないのは、この先細り感による。ソビエト連邦をほめたたえていながら、その国内には用心深く一歩たりとも足を踏み入れなかったかつての共産党シンパと同じくらいに、口先だけのシオニストは軽蔑すべき輩である。

ディアスポラそれ自体も脅かされている。同化と人種間結婚の絶えざる浸透についてはすでに言及した。しかし強く思うに、イスラエル以外の国に住むユダヤ人にとっては、イスラエルの外に住むユダヤ人の一部にとっては、生き残りが任務であることを意味している。モーセの律法やタルムードの解釈の重要なポイントでは、ユダヤ人は異邦人を歓迎するよう指示されている。自分たちもまたエジプトの地では異邦人であること、よそ者であることを忘れてはならない。自分たちを歓迎することのない地では、自分たちもまた家のない身であること、難民であることを忘れてはならない。私の確信するところ、ディアスポラのユダヤ人は、人々のなかの客人であるために、生き延びなければならない。われわれは全員、人生の客人であり、われわれの意志と理解力を越えた人生のなかに投げ込まれている。今やわれわれは自分たちが、蛮行で破損を受けた惑星の客人であることを不快ながらも知らされつつある。互いに客人同士になるようにしなければ、すぐさま人類は互いを破滅させ、永遠に憎しみあうだろう。客人は受け入れ国の法と慣習を受け入れるが、それらを修正するよう努力するかもしれない。客人は受け入れ国の言語を学ぶが、さらにうまく話すことができるよう努力するかもしれない。何よりも客人は、自分の意志によるものであれ、強制によるものであれ、移動し続けるのならば、受け入れ国の住居をそれまでの状態よりもきれいに、快適にしようと努めるであろう。客人は、彼が扉を叩きに来たときに見出したものに加えて何か価値あるものを、知的な面で、イデオロギー的な面で、物質的な面で、何か価値あるものを付け加えようと努めるだろう（スピノザの言うコナトゥス〔努力〕である）。

客人になる技術のほとんどは実行不可能なことがしばしばである。受け入れ国の偏見、羨望、所有地に関わる先祖返りが絶えまない脅威をもたらす。当初の歓迎がどのように暖かいものであっても、ユダヤ人は賢明にも自分の荷物をひとつひとつ詰めたままにしておく。もし流浪を再開しなければいけない場合にも、この経験を哀しむべき懲罰とはみなさないであろう。それは好機でもあるのだ。学ぶのに値しない言語はひとつもない。探険するのに値しない国や社会はひとつもない。どんな都市であれ不正に屈服するくらいなら立ち去るにしくはない。われわれは、無関心でいることに対しても共犯者なのである。ユダヤ教のパスワードはエクソダス〔脱出〕である。それは新たな始まり、明けの明星へと駆り立てるものである。ヒトラーは冷笑的にユダヤ人のことを、家を奪われた「空気人間」、ルフトメンシェンと言った。しかし大気は自由と光の領域になりうる。イスラエルの建国者のひとりは「人間のなかの肥やしとなれ。ひとつの国のなかに詰め込まれれば糞となるであろう」と力説した。種族の集合体であるイスラエルが必然的に象徴するナショナリズムは、私にとっては、ユダヤ教がもっている内面的な特性やその生存の謎と異質であるばかりではない。ハシディズムの主唱者であるバール・シェム・トーブ〔一六九八?—一七六〇〕の命令にも背いている。「真実はつねに流浪のうちにある。」この格言は私にとって朝の祈りの文句だ。

流浪状態がすべての人にとって好ましいわけではないということはよくよく承知している。それがはらむ危険が極端に多いことも承知している。ショアーは私の信念を嘲笑ったかもしれない。しかし私は繰り返して言う。生き延びるのであれば、人間のなかの客人として、存在それ自体の客人として、生き抜くことにしよう。祝いの食卓では、ユダヤ人の家庭は自分の家を訪れるかもしれない異邦人のために席をひとつ空けておく。彼は乞食かもしれないし、ベールをかぶった神の使いかもしれない。けっして彼を追い返してはいけない。もてなし役であることはまた客人でもあることなのだ。これはディアスポラの正当化という明確な目的なのだ。

私はこうした議論を鍛え上げることが総力をあげての私の仕事だと思っていた。けれども私にはそうするだけの明晰なビジョンが欠けていたのである。

そしてまたヘブライ語も。

学校教育を考える　SCHOOL TERMS

これまでに私は、ユネスコの関連部局、ブリュッセルの欧州委員会、ヨーロッパ大陸における中高等教育の理念と実践の比較研究を準備するためのイギリスおよびアメリカの文化財団などに何度か招かれた。これらの招待は私自身の履歴書から生まれたものである。私はこれら三つの組織のいずれでも研究と教育をしたことがある。これはふだんでは行わない自己開示かもしれない。

私はパリに生まれ、三か国語のなかで育ち、戦争中のマンハッタンで成長した。マンハッタンで最初はアメリカの名門高校に通ったが、その後フランスのリセ〔高校〕へと戻った。大学時代にはシカゴ大学に通った。そして次に輝かしくもハーバード大学に行った。それから、少し混乱した気分で、オクスフォード大学で卒業研究の仕上げをした。ケンブリッジ大学で教鞭をとり、四半世紀のあいだ、知られているかぎり最も古いジュネーブ大学の比較文学講座（「文学概論」とうまく名付けられている）で教えた。プリンストン大学、スタンフォード大学、イェール大学の客員教授の地位をもち、ハーバード大学ではチャールズ・エリオット・ノートン詩学講座教授職にある。ケンブリッジ大学のあるカレッジ創設のためのフェロー〔特別研究員〕であり、オクスフォード大学の二つのカレッジの名誉フェローである。グラスゴー大学やロンドン大学で講義を行ったこともある。ソルボンヌやコレージュ・ド・フランスでも講義をした。ボローニャ大学、シエナ大学、ローマのフランス・アカデミーでも講義をした。冷戦期の数十年間、東欧の大学やアカデミーを訪れ、東ベルリンではいくつかゼミをもった（後にこうした訪問を流行らせた壮烈な騒ぎはなかった）。スペインのジローナの不思議な大学、中国、日本、そしてまたヨハネスバーグでも教鞭をとった。ダブリンのトリニティー・カレッジは私の講演の主催者になってくれた。記憶を辿ると、学生運動期のフランクフルト大学には、断固たる敵意をもった聴衆がいたし、学生であふれかえったメキシコの大学では、聴衆が騒然たる反応を示した。息のつまるほど不自由なプラハ大学でのなかば内密のカフカについての講義は、今でも不可思議な時間である。私はとくにイタリアで、できうるかぎり中等教育の子供たちに講義をし、彼らと対話をするようにした。コペンハーゲンや、ポルトガルのコインブラの装飾が施されたホールでは、神学者や哲学者たちが私を歓待してくれた。

こうした経歴の幅は、私が多言語に通じていること、ある程度自発的に、またある程度歴史的な圧迫による移動生活を送っていることを反映しているが、それだけではない。ほとんどやっかいとも言える私の教育への情熱からも生じており、またさまざま入り混じった私の興味——比較文学、詩学と哲学の共通領域、プラトンが詩人に挑んだり、パウル・ツェランがマルティン・ハイデガーを探し求める刺激に富んだ空間——からも生じている。その結果として、東欧や極東ではアメリカのテキストを、フランスやイタリアではイギリスの古典を、アメリカではドイツのロマン主義を教えることになった。ロンドンのコートールド美術学院では、ゴンブリッチ(1)の臨席のもと、ルカーチやマルクス主義による聖書解釈学について、また道徳的政治的美術批評について講演した。同業の高僧ウンベルト・エーコは、あの人好きのするガラガラ声で、私が四か国語で講義と教育と出版を行っているただ一人の巡回学者（ごく少数者のうちの一員であることは確かだが）となることを許してくれた。繰り返すが、私の履歴の広がりの理由は、ひとつに伝記的なものであり、ひとつに私の研修と職業選択が背後にある。しかしこれらのことはまさに、比較による価値評価の基礎になりうるものである。

しかしながら障害は恐ろしいほどにたくさんあり、おそらく乗り越えられないであろう。三つのパラダイムのひとつひとつの内部において、土地相互の差異が多様であると考えるよう私は求められた。アーカンソー州の田舎の高校と、ロサンゼルスの中心市街地の学校とニュー・イングランドの貴族風の学院とに共通するところは何であろうか。アラバマ州の土地供与によって設立された大学や短大とマサチューセッツ工科大学とのあいだはどうか。ハル〔イギリスのヨークシャー州〕やハックニー〔ロンドン北部〕にある総合中等学校と、イートン校やウィンチェスター校[2]とのあいだに、どうすれば正しく一般化を適用できるというのか。もしあるとすればだが、シチリアのスラムの場末にある学校と、ピサの名高いリチェオ〔高校〕とを何が結びつけるだろうか。ルール地方〔ドイツ西部の重工業地帯〕にあるマンモス大学と、例えばチュービンゲンにある少数精鋭の学部のあいだでは、入学や卒業認定の基準は大きく異っている。パリ郊外の市街地にある誰でも入れる大学とエコール・ノルマルとのあいだでも同様である。さらに学生としての私の個人的経験は、時代遅れになっている。私の教育経験もそうなり始めている。教育構造における変化は、激変と言ってもよい。西欧全土でいまや教育水準の危機と見なされているものは急速に増大している。続いて起こった世界大戦、大量移民、アメリカ化、社会における伝統的な権力関係の衰退、こうしたより大きな危機の後でそれは生じる。それはテクノロジーと巨大マーケットの時代における宗教の衰退という複雑な現象と切っても切れない関係にある。あまりにも多くの点で、私はすでに旧態依然とした思索家である。まともな比較分析は、どのように進めたらよいのだろう。

統計調査はいくらでもあって、そのグラフには圧倒される。しかしじつに多くのデータが疑わしいものであり、イデオロギー的な動機が元となっていることが多い。ルポルタージュは、どんなに質の高いものでさえ、不可避的に印象主義的であり、断片的である。理論と経験的実践とは、そしてまた政治的綱領と行政的実施とは、すぐさま乖離する。経済格差、社会の決定因子、イデオロギー的な意図および公民としての意図、これらは公立の学校教育と私立の学校教育とを分けてしまうばかりではない。これらは、表面的には標準化されている構成体の内部に複雑な渦を生み出す。女子や若い女性が、イギリスのパブリックスクールや大学の科学・工学技術関連の学科で受け入れられるようになったのは、ようやく最近になってのことである。彼女たちが高等教育の教員となる機会は、なかなか開花しなかった。ドイツの情況は依然として劣悪である。イタリアも同様、才能ある女性はこの職業から追い出されるか隅っこに追いやられている。これに、エレクトロニクスの革新、また学校教育やリテラシーのあらゆる面におけるコンピュータ、ウェブ、インターネットの役割の急激な拡大を付け加えてみればよい。前章で、私は知的資源の養成と発展の変貌について言及した。私のようなコンピュータ以前の教養人と新時代の教養人とのあいだの隔たりは大きい。根本的な考え方は、西欧の古典古代から部分的にしか変わってこなかったが、今はいわば転換期にある。記憶はミューズ〔学芸の九女神〕

の母である。この教訓的な神話はサイバースペースという記憶の銀行とどのように関連するのか。これらの変化と不確かさという点から考えてみると、包括的な比較調査はともかく、信用に値する比較調査の実践にどのような現実の可能性があるのか。

　長いあいだ私は国際的なリテラシーと「一般知識」とを組織化することを夢見てきた。よく知られている数学オリンピックの線上にあるオリンピックである。さまざまな年齢層から選ばれた学生が統一試験を受け、同じ題材について小論文を書き、口頭試問を受けるように招かれるであろう。これらの学生は英米圏やロシアを含むヨーロッパ大陸の教育機関を代表することになるであろう。実践上の困難にはかなりのものがある。さまざまな国家、さまざまな社会層における中級あるいは上級の教育は非常に多様なので、同一条件の下での競争や比較はほぼ不可能なようにみえる（数学的な課題や解法の普遍性、客観性はだいたいにおいてこの障害を取り除く）。基本的な技術以外のいかなる技術が共通に教えられるのか。前もっての目盛定めと整合を、きわめて正確かつ公平にしておかねばならないであろう。イギリスの学校の第六学級〔Aレベルや大学準備をする義務教育修了者のための二年課程〕は、フランスのリセの一年生やドイツやオーストリアのギムナジウム〔七年制あるいは九年制の普通中等学校〕の上級クラスの少年少女と釣り合うであろうか。おそらくエリートのレベルならこれを扱うことができるであろう。それほどえり抜きではない、それほどアカデミックではない中等教育機関が登録された場合には、相互の同一レベル化への障害は克服できないかもしれない。高等教育機関においては、公平な比較への障害はそれほど顕著ではないように思われる。ところが実は、高等教育機関は公平な比較を妨げるのが実状である。共通の理想と交流があるにもかかわらず、オクスブリッジやロンドン・スクール・オブ・エコノミクスに相当するものは、アメリカのアイヴィー・リーグ[3]やアメリカ西海岸の世界レベルの学校のなかにはない。フランスの高度の学問と教育を体現しているのはソルボンヌではない。それはナポレオン的な中央集権的方法と共和制的な官僚制とを独特なかたちで併せ持ったグランドゼコール[4]である。イタリアでもドイツでも、たびたび混沌となるスプロール現象のなかで、特定の学部、特別の学科、それどころか花形教授が卓越と精選を表わすことがある。テュービンゲン大学の形而上学、ピサ大学の古典学、ボローニャ大学の記号学を考えてみよ。非常に多くのアメリカの短大および大学に属する大学生、大学院生の資格要件や水準は、実務学校に近いかそれよりも劣っている。あらゆる種類の下位リテラシーが、真の目的が公民としての完成となっている学校施設で許されているのだ。同一の基準などにどうして達することができよう。公平な陪審員に誰がなれるというのか。繰り返しになるが、数学ならば測定可能な正確さという贅沢を享受できるのだ。

それにもかかわらず試験や作文や口頭試問の場面を、私はどうしても想像してしまう。例えばハーバード大学やスタンフォード大学やマサチューセッツ工科大学、またオクスフォード大学やケンブリッジ大学やインペリアル・カレッジ、またフランスのエコール・ノルマル・シュペリウール、エコール・ポリテクニーク〔理工科学校〕、シャンス・ポリティーク〔政治学研究所〕、またミュンヘンの歴史学専攻の学生たちやフランクフルトの社会学者の卵たち、またピサのスクオラ・ノルマル、そしてモスクワやサンクト・ペテルスブルクにある各大学の最優秀の学生たち、これらから受験者を連れてきたそうした試験の場面である。これらに、教育においてますます刺激的な役割を果たしている成人教育や生涯教育、老人からの代表団を加えたらどうか。彼らを比較するにはどうしたらよいのだろう。オクスフォード大学のオール・ソウルズ・カレッジのプライズフェロー〔奨学生〕たちを、ハーバード大学のジュニアフェロー〔特別研究員〕たちやパリの伝説的なユルム街の若き教授資格者とを対抗させてみることを想像してみた。ワルシャワ大学やプリンストン大学の論理学者はどのようにしたらテュービンゲン大学やタルトゥ大学の論理学者に勝てるというのか。これはきわめて興味深いゲームである。私の直観では、古典学を基礎とした学科目では、厳格なエディンバラの学術機関のひとつから来たアングロ・スコティッシュ系の代表団やピサ大学の代表団がトップの座を占めるであろう。政治学の理論においては、ハーバード大学やロンドン・スクール・オブ・エコノミクスを打ち負かすのは難しいであろう。計量経済学ではシカゴ大学に、法律と社会学と自然科学とのあいだの重要な相互関係の研究ではスタンフォード大学に、どの大学が勝てるというのか。外国語や真に国際的なリテラシーの点では、プラハ大学やブダペスト大学のような東欧の中心機関のほうが、それらよりも特権を持つ西欧のライバルよりもまず間違いなく高いランクにつくであろう。ある偏狭さが、きわめて高い地位にある教育研究機関以外のすべてのアメリカの教育のハンディキャップとなっているのだ。

全体的に私個人の経験と思い出は、大雑把で手近な、明らかに主観的な結論に至っている。ニューヨーク大学の夜間クラスの学生以上に、知識欲旺盛で創意に富んだ学生を私は今までにもったことはない。机を囲んだ、きわめて多様な社会背景をもった、退職者もさまざまな職業の人もいる老若男女のさまざまな人種の混成チームは、まとまりのあるキャストを構成した。知的なあるいは感情的な驚愕を得たときの「ドストエフスキーはただただすばらしい」といった発見の喜びや、たんに形式張り権威者ぶるだけの者たちへの抵抗、真の白熱した議論、こうしたものはアメリカでの逸話の最良の部分を例示するものであった。いかなるエリートよりも、一部のこれらの学生や聴講生のほうを私は高く評したい。スタンフォード大学での博士課程のセミナーやケンブリッジ大学での個人指導の学生は、私が彼らを教えたいという気持ちにさせたというより、はるかにそれ以上に私が学習する機会を与えてくれた。その時のエリートたちと比べてもそうなのだ。ジュネーブ大学における比較文学や知性の歴史についての多少なりとも四半世紀間続いた私のセミナーや、ジローナ大学での忘れがたき聴講生たちと比べてもそうなのだ。しかしこれらはその場かぎりの印象であり、数量化した分析にまでは至っていない。思い出とは断じて写真機のフラッシュバルブを越えるものではないのである。

フランスの教育について語ることは、フランスの歴史や社会の深層構造の核心部に触れることである。それは十八世紀以後の政治形態における、それに匹敵するものとしては帝政中国だけにある官僚制的調和、階層的能力主義について考えることである。「教授の共和制」としても知られている第三共和制のあいだ、フランス国土の半分の者が他の半分の者を、多少なりとも絶えず教育し試験していたという印象がたびたび抱かれる。学業成績は、これまで民衆の関心や注目の的だったし、減少しつつも、いまもなおそうである。試験の結果は公表される。私の若いときには、不安そうな親子たちが、バカロレア〔大学入学資格試験〕の試験結果を張り出す掲示を見るために、パリの汚い通りに群がっていた。新聞では毎年のように、安堵や落胆によって気絶した人の話で持ち切りだった。教授資格試験に合格した人の正確な順位は、いまでも公表されている。栄光はほんの少しの得点差次第である。しかしベルクソンやサルトルやレーモン・アロンを第一位に、シモーヌ・ド・ボーヴォワールを第二位にするような競争試験においては、このようになるべきではないか（試験に落ちた人々は、自分たちだけで偉人の群れを作り上げることがときどき繰り返される）。一流新聞はバカロレアの受験者についての記事を載せる。今度はこれが批評家によって論じられる。啓蒙時代やフランス革命期においては「フィロゾーフ〔哲学者〕」や政治評論家の役割は重要であった。ナポレオンはフランスの教育や科学技術的研究から、権力や威信を意のままにする道具を作り出そうとした。一八七〇年から七一年にかけての敗北後、フランスは中等教育と高等教育において、ドイツの教育の厳格さに張り合おうという意志にとらわれる。ドレフュス事件[5]を巡って政治化したインテリの増殖は――ソルボンヌの周囲で市街戦が繰り広げられた――一九六八年の争乱や議論ともに、教育の理論と実践のなかに深く広がっていった。彼らは教室や大学の講堂を、フランスの国としてのアイデンティティについて議論する母体とした。たいてい高い教養をもっている主要な政治家に劣らず、また作家や著名な起業家に劣らず、宗教的指導者、霊感を受けた教師（アラン）、コレージュ・ド・フランスのカリスマ講師（バルト、フーコー）もまた国民的関心の的となった。教師を教育功労賞で飾ったり、また詩人や陸軍元帥ばかりでなく、東洋学の先駆者、スコラ哲学の論理学者、生粋の数学者をたたえるために、通りにその名前を付ける政府をもつ国がフランス以外どこにあるというのか。パリのカルチエ・ラタンを散歩することは、精神の歴史を旅することである。それゆえ、フランス語が、中国の典礼にかかわる「マンダリン〔官吏〕」という語を取り入れて自国のものとしてきたのも、きわめて正当な理由があってのことなのだ。

フランスの学校教育の特徴は、言語に力点が置かれていることである。小学校から生徒たちが心に刻むべきものは、正確さと明晰さと聞いて快い優雅さの点で他の言語を凌ぐと考えられているフランス語の特質である。「国家」の運命を規定し支える点において、言語が手段として首位にあることを子供は把握しなければならない。この信条は、顕在化している場合も内在化している場合も、レトリックの保護、雄弁さへの信頼、書き言葉や話し言葉のスタイルへの尊敬の念を伴っている。「文は人なり。」一度ならず――その一例がド・ゴール――高度なレトリックが現実を覆い隠し、災厄を寄せ付けなかったことがあった。幼い頃からフランスの生徒は言葉による発表と「作文」の技術を鍛えられている。生徒はこの国の古典という語彙的文法的埋蔵物を学び模倣している（テキスト分析やパスティーシュ〔模作〕は若きマルセル・プルーストのお気に入りの練習教材であった）。まず第一に、生徒は長さと密度を着実に増していく章節を暗記し記憶させられる。まずラ・フォンテーヌ、後にヴァレリーが来る。記憶が鍵なのだ。これは注意力を目覚めさせ、養育する――注意と精神集中はマルブランシュが教えているように、精神の「本来の敬虔さ」である。これは言及対象を共有する社会を創始し、遺産と認められているものの速記表現を始める。これはわれわれの内部に、検閲も略奪もされえない感情の源を蓄える。正確で適切な引用、偉大なテキストという遺産を模写する誇り、市民生活のあらゆる面におけるレトリックの装飾、これらは学校と国家のあいだの直接的なつながりを確立する。リセには卓越した作家や思想家の名が付けられている。最近の社会改革やグローバリゼーションも、この明確化の軸をほんの一部分浸食したにすぎなかった。

伝統的なフランスの学校教育のさらなる目立った特徴は、すでに中等学校で哲学の教育を行っていることである。以前であればバカロレアを受験するまえに、学生は哲学的論議・論争の古典書の手ほどきを受けた。学生はプラトンやデカルトの形而上学的概念、コントの実証哲学、おそらくは現代の実存主義の諸相を、入門篇というかたちではあったが、よく知っていた。著名な教師は大学よりもリセの「テルミナル〔最終学年〕」のクラスで教えることを選んだ。公開試験やエコール・ノルマルの入学試験で出される問題は、ベルクソンやサルトルはいうに及ばず、ルソーやヘーゲルに関する知識を求めるかもしれない。「倫理学は知識といえるかどうか」や「存在のあらゆる証拠は循環論法になるか」について、十代の者に議論を求める教育システムがフランス以外のどこにあるだろうか。正典となる思想や文学を体現する正当な資格を有する者として、田舎のリセあるいは設備の悪いリセの教師であっても、教師は慣習的に市民の尊敬を受けていた。これに匹敵するのは、一九一四年以前のドイツやオーストリア＝ハンガリー帝国で教師が享受した尊敬だけである。リセの教授を自宅にゲストとして呼ぶことは特権であり、なかなか実行できないことであった。ベルクソンもサルトルもシモーヌ・ヴェイユも若い人たちを教えた。マラルメもそうした。

こうしたことのうちのどれほどが今日に残っているであろうか。伝統的なフランスの教育におけるいくつかの理想像が生んだ時代遅れの古典主義、レトリック上の誇張表現、未熟な詭弁法、高等ゴシップ、これらに対するつねに執拗な批判にどのように対抗してきたのか。フランスは科学が比較的衰退しているが――それでも純粋数学と工学技術のある分野ではまだましか――それは人文主義的な、古めかしくさえある価値観が浸透した学校教育を反映しているのかもしれない。記憶の技術は自発性を妨げるだろうか、それらは科学の進展にとって重要な革新性、異端性を押さえ込むだろうか。因習的な言語に浸ることは、フランスの知的生活を守勢においてしまった。英米の思潮が国内に深く入りつつある。フランスの知的生活は守勢にある。英米の思潮が国内に深く入りつつあるのに、フランスの文化はなかなかそれに対抗できない。美術においてさえそうである。フランスの大学の官僚制に内在する抽象性と順応性は委縮しつつあるのか。私の人生を生きる価値のあるものにしている非常に多くのものは、リセの教師のおかげで手にした。しかし、ヴァレリーの『テスト氏』よりも、不器用なチップス先生のほうが、人間味のある生活への有用なガイドだったのかもしれない。(6)

この数十年間、イギリスの中等教育や高等教育における変化は重大かつ混乱したものであった。当局の委員会やあらゆる政治的色合いをもった教育のシンクタンクが打ち出した改革案は馬鹿馬鹿しいほど山積みになっている。組織の再編成が押し付けられては撤回された。入学資格やシラバス〔教授細目〕がいじくりまわされた。伝統的な崇拝の的はほとんど消えてしまった。幾世代、おそらく何世紀にもわたる社会的不公平を、大部分政治的な方法で正そうとしながらも、全体的な傾向はレベルダウンしている。受け継がれてきたものごとのいくつかは存続している。そのなかにはスポーツの重視がある。これは当初、自国と古代スパルタ、アテネ、ローマとの、帝国主義的、ヴィクトリア朝的同一視によって支えられた。フランスの子供たちが教科書用バッグを背負って重たい足で帰宅しがちであるのに対し、イギリスの子供たちは運動場で汗を流しているのである。ウェストミンスター校やウィンチェスター校のようなひと握りのエリートのパブリックスクール(ここで「パブリック〔公立〕」は「プライヴェート〔私立〕」の意)は、古典語の教育を続け、かなりの水準にまで熟達している。このいくぶん厳粛な要塞においては「プリフェクト〔監督生〕」が支配する階層的な学生自治がまだ行われている。他のいかなる教育制度の中の学生自治とも異なっているのである。しかし変化が根底にあり、同時にそれは混沌としたものでもある。テューダー朝にまで起源がさかのぼる「グラマースクール」の組織は——ストラットフォード・アポン・エイヴォンのグラマースクールは将来有望なある少年〔シェイクスピアのこと〕にオウィディウスを教えた——廃止された。傑出したものも多くあったいわゆる「直接助成校〔政府の援助で一定数の学生の授業料などを免除している私立学校〕」は、平等主義への強い志向という名の下に廃止になった（とはいえ別の名目で復活が望まれている）。新しい大学が雨後の竹の子のように出てきたが、そのうちのあまりにも多くの大学が二流とされ、職業訓練に当てられている。料理や美容、水上レジャーのマーケティングでさえ学位がとれるのだ。工学技術や諸工芸に関わる短大並みの大学での訓練が、本物の大学のカリキュラムや学術研究の端の端に不安定な状態で群がっている。イギリスの高等教育のさまざまな部門で、学生の数が急激に増えたのは明白である。以前は驚くほどに少なかった。若い女性や民族的マイノリティ出身の新入生の数もまた急増した。移民、中心過密地域での需要、海外の学生にまで広げられた受け入れ態勢——予算獲得が見え透いた動機であれ——が、根本的に教育現場全体を変えてしまった。この弁証法はなかなか解消できない。もしメディアや出版界における他国が最も羨む功績の多くをレベルダウンさせた文化的マゾヒズムがイギリスにあるとするなら、公正さへの真の熱望、つまりあまりにも長いあいだ閉じられていた好機と進展へのドアが開くことへの真の熱望もまたある。ジョウエットやマシュー・アーノルドならば、現在の事態を把握しようと懸命になるであろうことはまちがいない(7)。

しかし格差はいまだ残っている。オクスフォード大学、ケンブリッジ大学、ロンドン大学、ブリストル大学以外にも傑出した学科、学部、研究所はある。地方ではシックス・フォーム・カレッジ(8)が異彩を放っているところがある（イギリスの中等教育の最終学年は、アメリカの大部分の大学教育の水準に匹敵する）。多少なりとも自由入学制をとっているいくつかの都市部の「アカデミー〔専門学校〕」の多くは、比較的国家の功績となるものを示した表のなかですばらしい成果を上げている。ある一群の女子校は世界のなかで最高にランクされるに違いない。しかしながら全体的に格差は広がっている。そしてその結果は暗い。イギリスにおいては、精神的未熟のために学校にうんざりして退学した青年で、現代の生活や仕事にとって必要な基礎的な言語能力や計算能力をほとんどもっていない者があまりにも多い。彼らの読解能力は十一歳の子供のレベルであると推定される。小学生レベルの算数でさえ、未知の領域である。歴史や地理や外国語についての無知は途方もない。この教育制度は、うようよいる半文盲の底辺層を生み出している。彼らの語彙や文法能力は、感情と向上心の両方を荒涼とした低俗さへと貶めている。次々と報告書が出ている。議会での議論や公開討論会がひっきりなしに開かれている。統計資料が怒ったブヨのように押し寄せる。その一方で淘汰が秘かに増大し、子供に質の良い学校教育を受けさせるために、中流家庭の親は異常行動をとるまでに至る――借金を背負ったり、転居したり、宗旨を替えたふりをする。労働党政府の非難や周期的な脅しにもかかわらず、上位の学校は（そこでは幸運なことに昔ながらの体罰の楽しみは消えてしまったが）特別に入学を許可する顧客を保持し増やしている。それほど恵まれていない者に対しては、奨学金や個人指導がまさに役立っている。しかし障壁は依然として存在する。

アルカディアもまた重圧にさらされている。おそらくイギリス独自のものであろうAレベルの教育と試験に具体化されている早期からの内容の濃い特殊教育という伝統が、ますます——このことについてはまた後で繰り返し述べるが——現実世界に適合しなくなってきているのだ。昔は徹底的な訓練が及ぶのは三教科かせいぜい四教科で、それらの教科は互いに関連したものであることが多かった。一般的な広がりをもっているバカロレアやマトゥーラ〔オーストリア、スイス、ポーランドなどの大学入学資格試験〕に比べると、Aレベルは対象が狭いことが不利に働いた。家庭であれ、社会であれ、若いイートン校生が育った深い教養という背景は、中等教育レベルできわめて特殊な教育を可能にしたのかもしれない。この特権的背景はもはや当然視できなくなっている。一流大学でさえ、一般的知識と知的能力の驚くべき欠乏に対処しなければならなくなってきている。古典学、歴史、外国語、文学、あるいは数学というシックス・フォーム・カレッジの教科だけで、学生がより高度な教育や就職に十分備えることのできた全盛期はほぼ終わっている。それゆえ国際的なバカロレアや、十三歳の子供が数学や科学とのこれ以上の関わりを晴れ晴れとした気分で断つことができないカリキュラムなどのやっかいな方向へと進んでいる。(誰がこの新しい階層を教えなければならないのか。そういうわけで、オクスブリッジでさえも、アメリカをモデルとした入門講座や概論を導入する必要が生まれている。）エリートの大学は厳しい財政状況にある。これらの大学が、マンツーマンの個人指導や、個人個人に毎週課され、添削して返される小論文などの重要な贅沢を、いつまで維持するだろうか。しかしこうしたことこそが、イギリスの教育の最良の部分に上品な卓越性を与えていたのである。

聡明さには強固な実利主義を覆すことが認められていない。イングランドでは——スコットランドではまだしも——「頭のよさ」やあまりにも明白な知的情熱、「知能的」野心、フランスでは浸透している官僚主義的価値観、こうしたものは長いあいだ信頼されてこなかった。これらは学校でも政治団体でもひどい扱いを受けている。「インテレクチュアル〔知性のある〕」という言葉は非難と嘲りの言葉に近い。「シンカー〔思想家／考える人〕」という言葉は、英語にはなじまない形容語句である。英文学、ロジャー・ベーコン以来の科学、一時のイギリスの哲学論文、これらの輝かしい業績はこの根強い否定的態度を払拭してこなかった。国民の意識にとって最も重要な人物のリストを作るための最近の調査では、ダーウィンは十位であった。政治家や運動選手がこの表の上位を占めていた。ダウニング通り十番地〔首相官邸〕の来客リストにひしめいているのは今日のポップスターである。しかしこれが産み出したものは完全にマイナス面しかもっていないというわけでもない。まさにこの実利主義、「オディウム・テオロジクム〔神学者同士の憎悪〕」への嫌悪（イギリスがドゥンス・スコトゥスやヘンリー・ニューマン以外に一流の神学者を輩出したことがあるだろうか）[9]、まさにこうした抽象的なもの、イデオロギー的なものへの不信の念が、他国が羨むほどの忍耐の記録、知的カリスマに対する皮肉じみた免疫性の記録をイギリスの歴史に与えた。侃々諤々たる議論、知性によって抑えた怒り、現実参加――フランス語でいうアンガージュマン――に尻込みしつつ、イギリス人は皮肉じみたプラグマティズム、自分は関係ないとする無関心さのほうを好んできた。ファシズムにも、レーニン・スターリン主義にも、ひと握りの者をべつにすればイギリス人は誰も感情をたかぶらせなかった。パスカルも、ニーチェも、キルケゴールもマルクスも、イギリスのパンテオンでは高位を占めない。肝心なのは、ジョン・ロックが模範として示している、血気にはやらない控えめの忍耐であり、落ち着いた良識である。必要なのは、イギリスの教育と治癒力のあるこの反知性主義とのあいだの関係を徹底的に分析することである。そしておそらくそこからは、抑制された称賛の声が出てくるであろう。

ロックの希望にみちた穏健主義は、アメリカ憲法の理念やアメリカの政治制度創設に浸透した。しかしまもなく歴史的に、北アメリカ大陸の大きさと地域の独自性が圧倒的なものとなる。職業教育、技術教育、高等教育といった万華鏡のような、アメリカで急増した多様な学校制度は、いかなる一般化や要約の試みをも無責任なものとしてしまうほどにきわめて多様である。人種や宗教のようなきわめて複雑な圧力が介在する。方法や水準が州ごとに異なっているばかりか、州の行政区分内でもそうなのだ。学区は独自の歴史と目的をもっている。ペンシルヴェニア州やオハイオ州のような州には、特定宗派の信者のための大学から、数万人の学生のいるマンモス州立大学まで、数百校ものカレッジがある。公有地供与によって設立されたカレッジや大学は、ひとりのパトロンの篤志によって設立されたと言ってよい（スタンフォード大学、デューク大学、ペパーダイン大学）。これに匹敵するくらいありとあらゆるものを提供してくれる社会はアメリカ以外にはない。私はシカゴ大学とハーバード大学の学生であった。プリンストン大学、イェール大学、スタンフォード大学、サンタバーバラ大学の客員教授であった。しかしこうした経験でさえごくわずかなものにすぎない。

アメリカの中等学校教育を包み込んでいる下位リテラシーの氾濫に注目するのは陳腐なことである。証拠はいくぶん超現実的である。人口に膾炙する聖書の言葉や世界の古典への言及があっても、それとは気付かれない。重要なできごとの日付けは、アメリカ史のものでも分からない。高等学校の卒業生の約八十パーセントが、アイルランドが大ブリテン島の東側にあるのか、西側にあるのか分からない。名の通ったカレッジや大学の学生でさえ、アクィナスやガリレオやパストゥールがどの世紀に属していたのか正しく言い当てることができない。従属節のついた文の理解力は落ちつつある。使用できる語彙についても同じである。大多数の者にとって、計算法の基本でさえ未知の領域のものであり、そうした者の数は増えつつある。中身ゼロの事例が次々と列挙される。途中退学者や、ほとんど読み書き能力のない者についての統計結果は、十年ごとに悪化している。イデオロギーがからむと、アメリカのオブザーバーたちが「われわれのイディオクラシー〔愚民支配〕」と呼んできたもののもつジレンマが増してしまう。「ポリティカル・コレクトネス〔政治的公正〕」による子供だましや検閲がある。保守主義の中心地ばかりかアメリカ中西部においても、宗教の保守主義者から、それどころか原理主義者からさえ、脅迫状が送りつけられる。皮肉や懐疑的な問いは反愛国的である。進化論を抑圧しようとする試みは、最も悪名高い事例に過ぎない。しかし最上のところでは、アメリカの大学院教育は比類のないものである。純粋科学、応用科学、ビジネスの研究においては世界をリードしている。アメリカは科学に関わる国際的な発表、医学研究、情報理論、工学技術の原動力となっている。マイクロソフトやグーグルは地球全体に及んでいる。ヨーロッパの学者が頼りにしなければならないのは、アメリカにある大図書館や古文書館である。都市過密地区の高校の派手な暴力や教育の悲惨さは、カレッジや大学のキャンパス、また世界が羨む研究の中枢と隣同士になるだろう。

このようなアンチテーゼは、すでにトクヴィル(10)が見抜いていた根本的な矛盾状態から生じる。この共和国の基礎は、機会の均等と絶え間ない改善の約束である。アメリカはつねに未来を志向する。アメリカは他の社会がけっして夢にも思わない平等な共同体における「幸福の追求」を宣言する。希望との契約は公平無私の知識、とくに過去の知識には向けられず、将来の「カリフォルニア」の実現に向けられる。今日では、これまで以上に、学校教育の目的は、ひとつになった愛国心であり、国家の誇りであり、アメリカという神のもとでの統合となっている。「ひとつになった多数」から生じるのだ。授業が始まるのは、古典や九九表の暗誦からではない。アメリカという神のもとでの忠誠の誓いの文句から始まる。そのうえ、景気後退にもかかわらず、経済的窮乏や社会的権利剥奪を味わっている地域の広がりにもかかわらず、手に負えないほどに執拗に続いている人種的緊張にもかかわらず、アメリカの実験の成功は多くのユートピア主義の傲慢を正当化するほどである。物質的であれ、心理的であれ、気前のよさという点で、またアメリカが前例のない安楽と繁栄を与えている人々の数の点で、他のいかなる国がアメリカに匹敵するというのか。アフリカやアジアの何億人もの人々にとって、アメリカのスラムなどエデンの園のように思われるであろう。それゆえ教育はそれ自体が目的となっているのではない。それは孤独や、歴史に残るような危機に備えての訓練ではない。アメリカでは教育は社会的政治的夢への入門なのだ。夢から醒め、夢が記念として残ったヨーロッパとの距離は厖大である。私の息子はアメリカの教育の理論と政策において重要な地位についているが、「ヨーロッパは形式を保持し、アメリカは中身をもっている」と言っている。これは間違った通念に違いない。しかしそうであろうか。

重要なことはこうした希望にみちた理想が、人間の現実に反しているということだ。肉体的な面と同様に知的な面でも、男も女も同じように多種多様な資質が与えられている。援助の元での改善は大きな成果をあげることがありうる。しかしその境界はかぎり無く広がるものではない。大きな不公平が才能ある者と凡庸な者とを分ける。この不公平が民族と相関関係にあることが分かったら、それは悪夢になるであろう。アメリカなら、とりわけ際立って悪夢になるだろう。またもし不公平に遺伝子的要素があることが判明した場合も悪夢になるであろう。生物学的現実が品位と調和すると、またそれを可能にすると、誰が人類に約束したのか。社会的公平は優秀さとは無関係である。それは下のレベルに水準を合わせるものだ。アメリカが自然におけるこうした傾向に抵抗しようとしていること、アメリカが——いくらか偽善的になることがたびたびあるが——人間の状況のこうした絶え間ない不公平を正そうと努力していることは、アメリカ人の名誉となることである。払った代償は不当に高い。政治的凡庸、腐敗、文盲の大衆主義がはびこっているだけではない。知的卓越性がごく頻繁に片隅に置き去りにされている。また言語への愛着が、マスコミの幼稚化の圧倒的な力のもとに衰えている。まさにプラトンやトクヴィルが予知していたように、民衆のデモクラシーと精神の生命とは本質的に相容れない。知性に取り憑かれることは孤独という癌に冒されることであり、アメリカの風土の社交的な喧騒とは異質のものであり、その喧噪のなかでは非常に胡散臭いものである。

おそらく問うべきことは次のようなことであろう——多数の国家からなり、ますます互いに絡み合うことになるであろうこの惑星において、男女の精神的実際的な必要事項に十分対処できるコアなリテラシーとはいかなるものであろうか。

西欧における「リテラシー」についての考え方は、ローマ帝国崩壊以後の修道院制度や教会が立てた学校の成長と切っても切れない関係にある。「リテラシーをもつ」とは、聖書を読む能力、紙の上に文字を形成する能力があることを表していた。たびたび基本となったこの能力は、聖職者と学僧の特徴となり、この二つは緊密に結びついていた。たびたび異種の言語が混じったり、過渡期の形態をとることはあったものの、ラテン語に通暁していることは、そしてまたごく稀なことだが、ビザンツ文化やイスラム文化を通して古代ギリシャ語を修得していることは、教会、法律、官僚、外交の権威に結び付けられていた。こうした読み書き能力をもつエリートたち、これらの著述家たち（そのうち女性は例外的少数であった）が、最もプラグマティックな意味で、古代の文明を部分的にしっかりと保持し伝えた、その伝達はキリスト教的啓示によって和らげられ、修正されることはあったが。このようにリテラシーは「知識階級」の特徴となり、またイデオロギー的権力と政治的権力との関係の特徴となった。この関係は教会と国家の統治を可能にした。ラテン語訳聖書と文学教育についてのダンテの論がみごとに説明しているこの遺産に、近代西欧の――この場合「近代」とはたんに中世以後を意味している――のリテラシーとその運用能力についての考え方が由来しているのである。

この遺産相続は「リテラシー」という言葉の曖昧さを伴った。それは少なくとも二つの主な意味合いをもっていた。高度なレベルでは、リテラシーは互いに分かち合うコムニタス〔共同〕、知識ある者がもつ共通の指示コードを表すようになった。リテラシーは読み書きの具体的手段の所有を示した。リテラシーはそれ自体暗示的な言葉であるが、エラスムスやモンテーニュから二十世紀中頃までの個人の書斎という偉大な時代を引き受けるようになった。リテラシーは文学――このリテラチャーという語の起源と中身に注意――の生産者と消費者、立法者と聖職者、自然科学および哲学的科学双方の科学者、政治思想家と歴史家、形而上学者と詩人を含意していた。机に向かう聖ヒエロニムスは、ラテン語文法のあの共同体の聖像である。文芸と「愛書家」、大学での職階における「リーダー」〔准教授〕」（この慣行は今日までイギリスの高等教育において消えずに残っている）、ヨーロッパのシビリタス〔文明国〕を股にかけて公私の出来事を伝える通信員、「文字を書く」ことのできた男女、これらが「リテラシー」という語の広さと中心性を例証するカテゴリーである。非常にゆっくりと、気が進まないながらも少しずつ浸透し、高い文化と伝達技術は下のほうに降りてきた。ある程度、それは読み書きの基本的な、たびたび最小限の能力に影響を与えた。書斎は公共の図書館となり、学校教育は広がった。啓蒙主義、フランス革命と産業革命、ヴィクトリア朝の教訓的な社会改良主義——ジョン・スチュアート・ミルやマシュー・アーノルドにおけるリテラシーの中心的機能を考えよ——、福祉国家の早期モデルに続いて、リテラシーは民衆のほとんどに広がった。印刷や安価な新聞のような印刷物の役割は、必要かつまた顕著なものになった。しかしわれわれは注意しよう。この二番目のより広い意味においてでさえ、リテラシーは二義的なものであったし、また依然としてそうである。何世代ものあいだ、教育は初歩的なままであった。農業従事者や労働者階級、家事や雑用の仕事に従事していた女性たち、早々と学校から離れた者、これらの大多数が、リテラシーがあったと言っても、最も表面的な限られた意味でのみそうであった。せいぜい彼らは初歩的なテキストを理解できるだけであった。彼らの書く能力はほとんど死んでいた。所持することは言うまでもなく、どのような本を彼らが読むことができたというのか。社会史家はこの不明瞭な状況を掘り下げ続けている。彼らが示した数字はどぎつい。一九一四年から一九一八年までのフランスの徴集兵の三分の一以上が、その場しのぎのやり方で、読みの再教育を受けなければならなかった。イギリスの退学者のうちにある、同様の学習の遅れについてはすでに言及したとおりである。アメリカの広告代理店もマスメディアも、可能な場合にはかならず二音節以上の語や仮定法を避けるべく努力している。従属節などほとんど消えている。薬剤を購入する者の多数がラベルや取り扱い説明書を解読できるかどうかという問題は、重大な緊急事態に達している。いわゆる「第三世界」であるアジア、アフリカ、ラテンアメリカの多くの国では、そしてまたそればかりか地中海ヨーロッパの地方においては、リテラシーは散発的に見られる程度である。教育におけるテレビの潜在的な力は明らかである。しかし今のところ、その恩恵はあやふやである。画像が字幕に君臨している。トルコ、ソビエト連邦、そして中国の多くの地域では、大衆のリテラシーが上層部から課されて効果があった。これらは専制的な政治意思の直接の結果であった。独裁者なら命じることができる。大量市場の民主主義国家はもっと寛大である。イギリスのスポーツ界、ファッション界という至福の場でのスーパースターとして、何百万人もの人にとって手本とされるある人物はこう尋ねた。「でもどうして本を読まないとならないの?」

リテラシーの不公平な配備と相前後して、理論科学、応用科学、純粋科学、技術的科学など、諸科学の大きな発展がもたらされた。この発展はバビロニアの天文学、ピタゴラス、プラトンの賛美する幾何学に遡る。われわれはニーダムが科学の古代中国の起源をいかに探究したかを見てきた。しかし決定的な進展は、自然の言語、活動している現実の言語は、人間の理性によって把握され秩序づけられたとき数学の言語となるというガリレオの基本原理に帰することができる。ガリレオやケプラーからニュートンやアインシュタインまでの宇宙論と物理学の歴史を活気づけたのは、数学的な手段と概念の急激な拡大であった。数学的統計学がダーウィンの進化論や分子生物学を形成している。代数的、位相学的手段がなければ、系統だった気象学や遺伝学、実験心理学、行動科学などは成立しない。言語学、社会理論、人類学というような、数学とまったく無関係と長い間みなされてきた学問分野も、ますます代数的アルゴリズムに依存するようになってきた。「計量経済学」とか「計量歴史学」といったぎこちない分類名も、この遍在性を物語っている。コンピュータ、情報理論、人工頭脳、ウェブといった世界は数学の世界なのだ。

必然的にニュメラシー〔計算能力〕[11]に必要なレベルは、世代を経るにしたがって上昇した。大学一年生は、今やガウスやハーディーをまごつかせたであろう代数的操作に慣れ親しまなければならない。保険数理学や人口統計といった分野を学ぶ経済学専攻のまじめな学生は、少し前まで純粋数学の領域とされていた定理を使っている。小中学校の生徒たちは、パソコンで結晶形の次元分裂図形をいじっている。科学、工学技術、哲学的論理、日常生活の機械化、これらの中の数学的要素の帝国主義的支配を観察すると、比類ない内在的躍動性と獲得衝動が印象づけられる。ガリレオやデカルトが述べたように、ある知識体系、データや洞察の蓄積は、多少なりとも数学化されうるなら、大成した先は科学であり、首尾一貫した学問分野である。

ひとつの結果は「二つの文化」をめぐる議論である。C・P・スノーが始めたこの気難しい論争すべてにおいて、絶対に重要な点が見過ごされているように私には思えるのである。人文学と科学の根本的な違いは、矢のように流れる時間にある。ほとんど当然のように科学と工学技術は前へと進む。明日は今日よりも豊かになり、より多くのものを成就する。次の月曜には、新しい知識、新しい理論的可能性が手に入る。毎日同じような仕事をしている科学者や技術者でも、質の高いチームや研究所にいるならば、上昇エスカレーターに乗っている（今の科学は主にチームワークである）。活動の大部分において、西欧のヒューマニストは後ろを向いている。過去の哲学、文学、音楽、美術、歴史について彼は研究し、教え、意見を述べる。彼はバッハの記念祭やモーツァルト・イヤーを賛美する。彼は古文書館、記念碑建造物、博物館に閉じこもっている。歌劇場やシンフォニーホールや室内楽の演奏会では、曲目の約九〇パーセントがクラシックである。人文学は新しい生活のなかに、過去の事物の思い出をよみがえらせようと努める。理論的にも、帰納的にも、新たなシェイクスピアやミケランジェロやベートーヴェンが明日の朝にでも現われない理由などひとつもない。次なるゲーテが、隣の高層マンションで、これまでにない『ファウスト』の草稿を書いてはいけない理由などひとつもない。しかしたとえ現代の実験芸術にどれほどに情熱をもっていようとも、われわれのうちの何人がこのような顕現の瞬間を実際に信じているであろうか。できることなら、安易なペーソスやシュペングラー的黄昏の誘惑に抵抗したいし、ヴァレリーの文明の死についての警告を無視したいし、受容の精神をもってコンセプチュアル・アート、電子の偶然性音楽、ポストモダンの著作に接するように心掛けたい。それでも直観が私を悩ませるのだ。西欧の人文学と芸術は黄昏と思い出の匠である、と。

これに対する理由は自信にみちた診断をくぐりぬける。この現象自体が目の錯覚ということもありうるだろう。ルネサンスの理論家たちは始まったばかりの衰退について語った。しかしもし黄昏があるとしたら、それは「疲労」が生理学上の事実であるばかりか、心理的集団的真実でもあるという可能性を指しているのかもしれない。過去の歴史のイノーミティは、この語のもつ巨大さとひどさという二つの意味において、ヨーロッパに、そしてまたアメリカ的エデンにおける古文書的存在に重くのしかかっている。思想においても美術においても、先行的存在は、刺激することがあるのと同時にだめにすることもありうる。白紙のページの上に身を屈めながら、キーツはソフォクレスやシェイクスピアが彼の肩越しに覗いているあいだ、どのようにして「悲劇」という語を記したらよいか思い悩んだ。二十世紀の数多くの巨匠たちの立ち直りのための狡知に留意せよ。ジョイスはホメロスに協力を要請している。ピカソは洞窟画からベラスケス、マネに至るまでの西欧美術の展開を公然とアンソロジー化している。ストラヴィンスキーはルネサンス音楽、バロック音楽、十八世紀音楽をテンプレートとして変成的転調を奏している。エリオットの『荒地』やエズラ・パウンドの『キャントーズ』は、博物館が閉まるぎりぎり前に、ほとんど狂乱状態で駆け込み、過去の目録を作っている。(12) 歴史家の推定によれば、ヨーロッパおよびヨーロッパのロシア領において、一九一四年八月から一九四五年五月までに、戦争、飢餓、強制送還、強制労働、明らかな大量虐殺によって死に至らしめられた人数は、七千万人から一億人までのいずれからしい。両世界大戦はどんなに世界に広がろうとも、ヨーロッパの内戦であった。現在の物質的な復興は、多くの点でだまし絵であって、電気ショックが死人の手足を動かしているようなものだ。大量虐殺（これはいまでも続いている）の世紀、ショアーの世紀が、個人の死のステータスそのものを変えてしまったのかもしれない。このステータスこそ過去の芸術や文学や形而上学の基本となっていたものであり、西欧人の意識のなかに超越への渇望を注ぎ込んでいた。『神曲』が教えているように、人文学は最も深く最も創造的な意味で人間を「永遠化」する――「人間が自らを不滅化するように」(come l'uom s'eterna) ――ことを目指している。われわれはこの目的をいまだ信じることができるであろうか。第一級の人文主義的達成に回帰することは奇跡ではないのだろうか。

この二十一世紀において「リテラシー」が何を意味しうるか、何を意味するべきかという、リテラシー問題は、新たな、そして多くの点で決定的な要素を現在もっている。私はこれを「第三の文化」と呼びたい。それは第二次大戦中の暗号作成と暗号解読というアルゴリズムから花開いた電子工学によるコンピュータ革命という文化である。グーテンベルク後の約八十年間は、手書き原稿が依然として生み出され尊ばれた。現代のコンピュータ、インターネット、世界に広がるウェブ、通信衛星を介した世界的な情報のマーケティング（知識というのは所有できるものであろうか）、人工頭脳、メモリーバンクや検索機構（グーグル）における理論的には無制限の貯蔵と修正、こうしたものを生み出した革命ははかり知れない力と影響力をもっている。ヘーゲルやハイデガーが使った類いの「技術」という語は、概念として不十分である。コンピュータの世界は、その家庭や小学校にも及ぶ発展と普及の加速度的速さとともに、知識、情報、通信、心理的社会的統制、それどころか人間の頭脳と神経系統（「ワイアリング」）についての理解を含む具体的定数が根本的に変更され再評価されている世界なのだ。ロボットはわれわれの知らないうちに思考という行為へとにじりよっている。宇宙学者や神経生理学者は、われわれの宇宙と人間の脳皮質の場所が、コンピュータによって設計され、「ウェブの中のウェブ」のシナプスによって生み出されるものとして想像するのが最善であろうと推測した。この推測は空想科学小説以上の推論的迫力がある。

日ごとにコンピュータ・リテラシーが、青年や成人の領域に入るための「通過儀礼」になりつつある。工業化した西欧では、コンピュータの訓練はほとんど幼児期に始まり、高等教育を受けるために、絶えまなく増強されるその能力が必要とされる。コンピュータはビジネスや金融、政治やマスメディアの機構や医療の機構、デザインのあらゆる面、戦争での作戦などにおいて必要な道具である。コンピュータの、個人の生活やレジャーのあらゆる面への進出は、止めようがないようにみえる。確かに人間が火を自由に扱えるようになって以来、過去のいかなる人工品も発明品も、人間の日常的営みに、パソコンやラップトップ、メール通信やインターネットがもたらす形成的影響力を与えたことはなかったであろう。コンピュータの画面は人間にとって鏡となった。プロセッサーや「マウス」、検索エンジンや「サーフィン」をマスターできない社会や個人（私自身、そのひとり）は、どうやら新しい最下層階級、忘れ去られる下層民へと追いやられる情勢になってきているらしい。さらに、印象深いことは、この「第三の文化」は人文学と科学の両方の性質をもっていることだ。その根本は数学的論理であり電子と磁気の方程式である。しかしその情報内容、図像、指示の範囲は、文学であれ、歴史であれ、美術や形式論理学の研究であれ、そのなかにあらゆる記号論的構成、あらゆる言語学的応用を含んでいる。この広がりが時間をかけて少しずつ「フィードバック」して、人間の思考パターンや知覚の習慣を変化させるであろうことは疑いようのないことだ。

いかなる伝統的な方法であれ、人文学的リテラシーを保持したり、蘇らせたりする希望は、私にとっては幻想であるように思われる。そのようなリテラシー、そのような古典学の領域はエリートに属していた。すでに述べたように、学校教育や政治社会の民主化は、アンシャン・レジーム期、あるいはヴィクトリア朝とエドワード朝イギリス全体にわたって行われた教育における階級的区別や権力関係のなかで目標とされたプラトン的理想に反するものである。高度な教養に対する受容力は、けっして自然なものでも普遍的なものでもない。それを養い、深めることはできるが、ある一定限度までである。ギリシャ語の不規則動詞やホラティウスの韻律論の研究に関わる者は、つねに少数になってしまうだろう。完全に明確な意味で、とは言えないまでも、もっと一般的な意味では、複雑な議論についていく能力、プラトン的対話に応ずる能力、スピノザの論文やカントの論文あるいはシェイクスピアのソネットを理解する能力は、少数派の特徴となっている。このような事情は、美術、古典や現代音楽にも当てはまる。政治の世界の偽善や教育の世界の空念仏《からねんぶつ》という霧が、この問題全体を包んでいる。「政治的公正さ」や、大衆主義の権利への懺悔まじりの屈服は、深層の障害に立ち向かうことを実質的に禁じてしまう。この障害は男女の大半を高い場所、イェイツのいう「不老の知性の記念碑」〔詩「ビザンティウムへの船出」I〕への接近から切り離してしまいかねない。

高度な文化が効果的に自分の窮地を守ることができないことは、これまで「聖職者の背信」と呼ばれてきたが、抑圧されることが多い、あるひとつの冷酷な洞察から生じる。二十世紀の蛮行は、ヨーロッパ文明の中心部から突発した。まさに美学的功績・哲学的功績を持つ地域から盛んになった。大量処刑用収容所はゴビ砂漠にも赤道直下のアフリカにも作られなかった。そして蛮行が挑んできたとき、人文学、美術、そして哲学的探究の多くは無能であることが判明した。さらに悪いことに、文化は独裁主義や大量虐殺に協力して、それらを飾りたてた。殺戮者のなかには美術や古典音楽を愛する者が多くいた。追従者のなかには偉大な文学の教師も多くいた。リテラエ・フマニオーレス〔人間の学〕というたんなる指示語は今や空虚に鳴り響く。

かれこれ五十年以上にわたって、私は偉大な文学や哲学書を学生と一緒に読もうとしてきたが、ある可能性が私の脳裏を去らない。それを「コーディリア・パラドックス」と呼ぶことにしよう。『リア王』の三幕、四幕、五幕を読んだり再読したり、その劇を見たりしたあと、またどのように不十分であろうと、こうした経験を把握したり、評価しようと試みながら家路をたどるとき、テキスト中の、また舞台上の叫び声がわれわれの意識に取り付く。叫び声はわれわれの存在に充満する。フィクションがフロイトのいう「現実原則」を圧倒する。さいなまれるリア王の叫び声、グロスターやコーディリアの苦痛が世界を消し去るのだ。通りでこの叫び声を耳にすることはない。いやたとえ耳にするとしても、急いで援助の手を差し伸べることはおろか、それに耳をすませることもないのだ。アリストテレスやマシュー・アーノルドならそう主張するように、一流のフィクション、芸術の傑作、魅力的な旋律は、われわれの内省に人間性を与えるどころか、身近な人間の要求、苦痛、不正へのわれわれの責任能力——これがキーワード——を抑圧する。これらは麻痺させて人間性を失わせることがある。リアの苦しみに没入し、内面化し、共鳴し、その結果われわれの道徳的市民的資質が強まり、より具体的なものになるかどうかは、私には答えられない問題である。トルストイはそのようなことはできないと断定した。

政治学であれ、社会学であれ、心理学であれ、人文学の危機の根底にあるのは、私が冒頭で提示した組織だった宗教の減退である。伝統的なリテラシーやそれが生み出した教養や学校教育は、実際のところ神学の仮説や価値観と強い結びつきがある。われわれの文明が当てもなく進むときリテラシーは放っておかれる。いわゆる「ポストモダニズム」が進軍ラッパを鳴らすと、「何をしてもかまわない」。だからといってわれわれは本を生み出すことも読むことも——なかには価値ある本もある——、博物館を訪れたり、コンサートホールを建てたりすることもやめはしない。これからもそうするのはもちろんである。聴衆は広がるかもしれない。インターネット上で多くを読んだり、ホログラフィーであれこれの複製を鑑賞したりできる。『荘厳ミサ』[13]をなぜダウンロードしないのか。ペシミズムにはどこかスノッブなところがある。それが意味することは、こうした楽しみ、またこうした楽しみに必然的に伴う努力は、名声や経済的援助といった共通の物差しで測ると、最も粗暴で騒々しい大衆娯楽やスポーツ（真の神義論とはサッカーのＰＫ戦のそれである）といい勝負であるということである。馬鹿馬鹿しいほどに不公平な条件下で、まともな本屋は隣のポルノの販売店と競合するだろう。いつか官僚や芸術家が、次々にマスコミのスターダムを目指してがんばる時が来るであろう。孤独な生活、静寂、非通俗などという厳しい恵みは、これからますます得がたいものとなって行くだろう。こうしたものに頼ってこそ、真剣な思想や独創的な創造行為が生まれることがじつにたびたびなのだが。デモクラシーは、一人きりでいることに用心ぶかいものだ。プラトンやゲーテ、プルーストに対してさえ、スーパーマーケットの判断基準があてがうのは、シニカルで矮小化するこんなフランス語表現である。「たかが文学に過ぎないではないか。」

レーニンのよく知られた問いかけにならえば、「それなら何をなすべきか？」

すでに述べたように、教育法、改革宣言書、学校教育の危機についてのカレッジ連合のヒアリング、これらは軍団の如くに勢ぞろいしている。けっして終わることのないこうした一連のお節介な愚行を供給するのに、どれだけ貴重な樹木がパルプにされたことか。

ある治療法がいくつか手元にある。最も有能で献身的な教師でさえ、制度的に屈辱を受けており、山のようなお役所的形式主義の書類や威圧的でお役所的な面倒な手続きで、ちゃんとした仕事ができなくなっている。彼らの俸給は低く、蔑まれている。その結果は自己破壊の自動化であった。学問への気概を最も喪失している人たちが中等教育に漂ってきて、彼ら自身の哀しむべき凡庸さを、退屈している生徒たちに何世代にもわたって伝えることになるということがあまりに多い。教室における基本的な規律と礼儀の腐食ぶりについては言うまでもないだろう。この腐食は体罰や親からの脅しやお役所的形式主義の干渉によって早まる。イギリスのAレベル試験もアメリカの高等学校のカリキュラムも——数学の教師の給料よりもバスケットコーチの給料のほうが高いという基盤の上に、これは成り立っている——、現代の世界を生きていくだけの準備をさせていないことは自明の理であり、このことは長いあいだ認識されてきたことだ。しかし真の改革、すなわち、イギリスにおいて国際的なバカロレアが、重要な技術の愚かな収縮を是正し、人文学と科学の両方の基礎工事を行わせるために導入されることは、特別な利害関係者と革新を恐れる既成の体制によって何度も棚上げされてしまった。アメリカの学校教育において、真の作文技術の達成や、外国語の使用能力や計算能力の獲得を押し進めようとした試みを誰が挙げることができるであろうか。こうした目的は良識と政治的意志(スターリン体制は教師の給与と社会的地位を上げることによって、非常に高いレベルのリテラシー、数学的能力、言語学習をまとめあげた)によって達成できる。このどれとして魔力を借りる必要などないのだ。

水準が再確認されるためには、ポピュリスト〔大衆主義者〕の主張が価値の序列に屈しなければならない。この序列においては、真の卓越性を、雨後の竹の子のようにはびこる寄生形態と区別することができる。ここで欠けているのは、知的生活へのああした侮蔑や、後期資本主義の大量消費に趨勢となっているああした不信の念をさらけ出し、それらをものともしない政治的勇気である。(ソ連の宇宙旅行開始後のアメリカを活気づけた、短いしかし心弾むような教育への呼び掛けと知的冒険が思い出される。) 繰り返し言う。われわれは、人間の才能、精神を統一しようとする努力のための手段が不均等に配分されていると認めなければならない。カントの総合的演繹論や非線形方程式を、すべての男女が飲み込める(劇作家ベン・ジョンソンの印象的な言い回し)わけではないのである。「エリート」の意味は非常に単純である。この言葉が意味するのは、他のものよりも素晴らしいものがあるということ、数学の能力がなければ物理学科には入学できないということ、ボブ・ディランは魅力的な才能をもってはいるがキーツに及ばないということである。思うに、最後の審判はフランスの試験官たちが開催するコンクールになるのではないか。

だがこれらの問題は差しせまったもので広範囲に及ぶものではあるが、事態の核心にまでは到達していない。それは根本的なリテラシーという問題であり、今日や明日の男女にとっての考え方のコアという問題である(「コア・カリキュラム」というのは便利な略語である)。「リテラシー」という語を、私はわれわれの社会のなかで最もやりがいのある創造的な仕事に従事し対応する能力という意味で使っている。また教養のある議論のエネルギーを経験しそれに寄与する能力、またエズラ・パウンドが言う「いつまでも新しいままでいる新しいもの」と、短命なゴミ、迷信、非理性主義、商業的搾取というその時の動向とを区別する能力のことを言っている。われわれは知性と感情の両方のための中心となるシラバスの草稿を書くことができるであろうか。潜在的な想像力に対応する「土台」、つまり世界の要求および魅力と双方向的に関係する覚醒した自覚の中軸を書くことができるであろうか。いま私が打ち出した暫定的な提案は、ユートピア的だと、たぶんひどくユートピア的だと思われるであろう。しかしユートピアだけが現実的である危機の時代が存在するのだ。

われわれの文化全体の計算能力の低下と、数学的思考法と手続きを自分は学んだと考えている人たちの無知は、陳腐なものであり、また悲惨なものでもある。われわれの世界が作動する仕方には、数学的操作が大きな役割を果たしていない要素はほとんどない。数学を語るのは自然ばかりでない。現代の生活もまたそうである。しかし数学にかかわる要素は、われわれの大多数にとって、おぞましい謎か、下手なやり方で教えられ、みごとに忘れてしまった学校の授業のぼんやりとした思い出である。家族にでも友人にでも「中間平均」の定義を訊いてみればよい。

その損失は実際的損失をはるかに超えている。人間という、強欲で縄張り意識が強く、たびたびサディスティックになる哺乳類は、非功利的な、超越的な美をもつひと握りの活動と意識の構築物を生み出してきた。これらの「精神の動き」（ダンテ）のなかには、音楽、詩、形而上学がある。これらの起源はいまだ心和む謎のままである。とりわけこのなかには純粋数学がある。数学的抽象が、プラトンが考えたように、外の現実世界に妥当する対応物をもっているかどうか、またその数学的抽象が自立的な精神の「遊戯」であり、いわば内部から発展した魅惑的な深さと純粋性をもつ公理というゲームなのかどうか、こうした論議はいまだ解決がなされていない。この論議は人間精神の根源と願望の最も謎めいたものに触れている。疑いようのないものは数学的企てのもつ完全な美であり、展開する優雅さであり、ある点においてはウィットでさえある。エドナ・セント・ヴィンセント・ミレー〔一八九二―一九五〇。アメリカの詩人〕が表したように、ユークリッドに出会ったことは、「むきだしの美に直面した」ことであった。しかし、キーツの言ういくぶんレトリカルな真と美の等価性が実現しているのは、実は数学においてなのである。この美はしかし、計算能力を持たない人間には分からない厳密で実体的な意味を持っている。それは、「神が自らに対して歌う」とき「神は代数を歌う」とライプニッツが考えたときに彼の意図したものを受けとめられない者すべてにとって、分からないものなのである。

一般に広まっている見方は、初歩の機械的な暗記の段階を越えると、数学は特別に才能ある者にしか伝授できないというものである。冷酷な事実は、教育のきわめて多くが、敗北者、達成したことのない者たちの手に委ねられているということである。このようにフィードバックはマイナスに働き、螺旋状に下降していく。もちろん計算能力の適性には、生まれつきの、おそらくいかんともしがたい差がある。しかしこのことはひどく誇張されてきた。こういうわけで私は、たとえ高等な数学の概念でさえ、「歴史的」に提示するならば、想像力によって人の心をつかんで離さないもの、実地教授可能なものになりうると確信するに至った。提示しなければならないのは、その概念の背後にあり、解決あるいは未解決――後者はたぶん最も魅力的で教育的なカテゴリーであろう――に至った知性の、そしてまた社会の歴史である。頻繁に個人的な競争心、情熱、挫折感をともなう人間精神の偉大な航海と冒険を経て――この船は解決不能という氷のなかでは沈没するかそこに閉ざされてしまう――われわれ非数学者は至高の決定的な領域を覗くことができる。二つの例を挙げさせていただく。

数千年のあいだ、多くの文明において、数学の公理と証明は、人間の思考のなかで最も確かなもの、最も反駁の余地がないものと考えられてきた。プラトン、デカルト、スピノザ等はその確実性を神の必然的な存在と結びつけた。数学の公理は永遠と完全の表象であった。パラドックスが非ユークリッド幾何学から生じた十九世紀、いくつかの疑いが現れ始めた。一九三〇年十月七日に、カントの町ケーニヒスベルグで、非常に若い無名の数学者兼論理学者が、ずいぶん時を経てからのハーバード大学での彼に対する表彰状によれば「デカルト以来の人間の思考のなかで最も偉大な一歩」を踏み出した。このクルト・ゲーデルは、どのような無矛盾の形式論理学体系においても、論証不能の命題が存在することを証明したのである。その体系が無矛盾であるためには、いわばその公理全体の外側からひとつあるいはそれ以上の規則あるいは命題をつねに導入しなければならないのだ。ゲーデルの証明が理解され応用されるようになったとき、結局は科学全体の基礎である数学の基礎は、回復不可能なほどの断裂が生じたと考えられた。新しい世界は不確定の世界ということになるだろう。アインシュタインはゲーデルを尊敬していたが、感情的な理由でこの地殻変動を受け入れることがけっしてできなかった。さらにその影響は、数学、物理学、論理学をはるかに越えて広がった。算定的合理性は無限に証明によって進展すると長い間受け取られてきたことが、根本的に疑問視された。これによって数学者・物理学者のロジャー・ペンローズは、コンピュータと人間の大脳皮質とのあらゆる誘惑的類推に反駁した。この威勢のよい批判は、「ゲーデルの定理のおかげで、精神がつねに最終的決定権を持つ」という発見で頂点に達した。たとえこの最終的決定権が不確定性に含まれるとしても、いやとりわけ不確定性に含まれる場合には、精神がつねに最終決定権を持つのだ。最高の自由が再び得られた。ガリレオやスピノザの反応がどのようなものだったろうか、推し量ることはできない。

第二の例では素数を使用する。素数は宇宙の建築用ブロックである（「神のみが」とある大数学者が言っている。「素数を発明しえたであろう」）。鋭敏な子供なら、素数の魔法を扱い始めることができる。ベルンハルト・リーマンが一八六〇年代に展開したリーマン予想は、素数の分布――知ってのとおり素数は無限にある――および素数とゼロとの関係についてである。リーマン予想は、素数の分布は「レイライン」上に位置づけることができ、素数がどこに現れるのか予想することができるというものである。その多くがそびえ立つような資質をそなえた一群の数学者たちが、リーマンの、直感的に説得力をもつ仮説を証明しようと乗り出した。彼らの努力は没頭する天才を活気づけたばかりか、猛烈な個人的競争心をあおった。再三再四、証明はわれわれを焦らせながらも近づいているようにみえた。再三再四、一連の証明に傷が見出された。時として証明の提唱者が精神異常となり、自殺までする者も出た。この魅力的な冒険談についてのごく最近の歴史家（彼自身も高名な純粋数学者である）が言うように、「この神秘的な音楽の転調と変形を説明しようとする最も偉大な数学者たちの最大の努力にもかかわらず、素数はいまだ答えの出ていない謎のままである。素数に歌を歌わせた数学者として永遠にその名が生きるであろう人を、われわれは依然として待っている」。

この探求を知性的枠組み、歴史的枠組み、社会的枠組みのなかに、そしてイデオロギー的枠組みのなかに置いてみよ。子供や学生を、未解決の問題がもつ尽きることのない楽しみと挑発に向かうよう駆り立てよ。そうすれば地球上のいかなる海よりも深く、豊かな蓄えのある「思考の海」に至る扉を勢いよく開いたことになろう。

数学と音楽の用語や概念がひっきりなしに重なり合うことは、また「素数はそのなかに音楽をもっている」という主張は、けっして偶発的なことではない。ピタゴラス以降、音楽の理論と数の理論との関係は有機的であると理解されてきた。「天球の音楽」という非常に影響力のある奇想はケプラーの確信を支えた。すなわち、天体の動きを治めている楕円の働きは音楽的秩序をもっており、「ハルモニア・ムンディ〔世界の調和〕」という名称は完全に実験で実証できる意味をもっているという確信である。ピタゴラス、ケプラー、ライプニッツならば、われわれの宇宙を誕生させる引き金となった「ビッグバン」の痕跡と証拠と今ではみなされている電波が「バックグラウンド・ノイズ」と命名されていることに喜びをおぼえたであろう。バッハのカノンやピエール・ブレーズの総譜を調べてみれば、そうした曲と代数のコードやパターンが類似していることが明らかになる。

「文学」の名に値するほどのものを現していない民族共同体や伝統の数は多い。けれども、いかに「原始的」であろうと、いかに経済的あるいは社会生態学的に恵まれていなかろうと、音楽をもっていない社会はこの世に存在しない。形式をそなえたものであってもなくても、音楽の記譜法は算数の記法と似ており、考えられうる限りのいかなるエスペラント語の目標をもはるかに越える普遍的言語である。ヒット曲はパタゴニアの裏庭とウラジオストックのバーの両方で同時に鳴り響くであろう。電子技術による送信やダウンロード、そしてあらゆる種類のディスクが、地球における音楽の遍在性を無限に増大してきた。音楽という言語は（そしてまた微積分という言語も）いかなる通訳も必要としない。しかし個人生活、集団生活における音楽の役割は明らかではあるが——音楽のない生活をわれわれのうち何人が求めるであろうか――、まだ残っている謎はいくらでもある。組織化した音、と音楽を定義してしまうと、疑問が生じる。小鳥や鯨が発する調和のとれシンコペーションのきいた音を、正しい意味での音楽と定義することはできるであろうか。音楽は人類だけのものであろうか。直観的に分かることは、音楽形式が、たとえそれが複雑なものであれ、言語の進化に先行したということである。もしそうなら、音楽形式の起源とはどのようなものか。マルクス主義は共同作業中の集団的な、声をあわせた発声を提示している。レヴィ＝ストロースはそれよりも慎重である。「メロディーの発明は人間の科学において最高の謎である。」われわれは誰もが――真正の音痴などいるのか？――われわれの感情を捕らえ、悲しみや喜び、獰猛さや優しさ、躍動的な期待や郷愁に生気を与える音楽の力を経験したことがある。音楽はわれわれの内部でどのように働いているのか、神経系統や内臓とのつながりはどのようなものか。他人には忘れがたい曲に、なぜ無関心でいるのか。例えばシラーの詩『歓喜に寄す』に付けられたベートーヴェンの曲〔交響曲第九番第四楽章〕のように、同じ曲が完全に相対立する政治活動、イデオロギー活動の賛歌としてどうして役立ちうるのか。まず第一に意味論的核心がある。音楽や作曲は意味を帯びている。しかしこの意味を明確化したり、それを言葉にしようとすると、その結果は漠然と比喩的になるか、どうしようもないほどに陳腐なものになる。翻訳可能なのはプログラム・ミュージック〔標題音楽〕ぐらいのものである。音楽は極端に意味にみちている。多くの者にとって音楽は、人間が関わる他のいかなる出来事にもまして、ほとんど超越的と言えるものを伝えるところまで近づいている。しかし厳密に考えると、音楽は無意味なのである。本質的には、その圧倒的な力は無用のものなのだ。この強力な非有用性が、プラトンをいらだたせ、不安がらせた。このアナーキックな「非有益性」のために、プラトンはその理想とするポリスにおいて、音楽を運動競技と軍隊の儀式のみに限定した。

自分の生まれつきの能力の範囲内で歌を歌えたり、楽器を弾けるようになることは——当代最高のパーカッショニストはまったく耳が聞こえない〔例えばエヴェリン・グレニー〕——精神的もしくは社会的な資力の大きな高まりである。また医療の観点からみれば音楽は、長いこと疑問視されてきたものの、傷ついた精神の治療法にもなりうる。音楽を理解することは、驚くほど範囲の狭い言語の限界と直面することである。おそらくダンスのみが音楽を解明できるだろう。難しい練習曲を説明するように求められて、シューマンはただ二、三度それを弾いただけであった。まさにこの、言葉による言い換えや証明を越えた、また論理的分析を越えた絶対的存在こそが、「ボーダーライン」でありながらも信仰、エロス、死といったきわめて意味深い現象に属しているように思われる。ウィトゲンシュタインには失礼ながら、言語の限界は私の世界の限界ではない。ニーチェが、計り知れないほどに明確なものがもつ「ミステリウム・トレメンドゥム〔巨大な謎〕」として音楽を定義したとき、ウィトゲンシュタインよりもはるかに深く見ていたのだ。

建築は「凍れる音楽」と呼ばれてきた。またそれは「動いている幾何学」とも表現されてきた。音楽と建築の近似性は、古典古代の神話や風習で賛美されている。音楽は都市の建設に仕える。アテナイ人がピレエフスの壁〔紀元前五世紀、この町からアテナイまで市壁を築いた〕を建てるときにはフルートが鳴っている。テーバイ人は歌い手アリーオーンの竪琴の音で起きる。ヴァレリーがプラトンふうの対話篇『エウパリノス』のなかで建築について言っているように、建築家の目的は「知的形式と音楽的と言える均整が与えられた光を、人間がうごめいている空間に再配分する」ことである。耳のすまし方を教わった人にとっては、「ファサードは歌うことができる」のだ。建築においても音楽においても、調和、均整、テーマの変化という本質的な面が連関している。さらにこれらの面は根本的に幾何学的であり代数的である。数の調和はその美と真を生み出す。生き生きとした寺院は「コリントの少女の数学的イメージである」とヴァレリーは言っている。直喩をはるかに越えた言い方をするならば、神の創造は、地球上のあちこちの創造神話やプラトンの『ティマイオス』のなかで、卓越した建築家、大工の棟梁の行為なのだ。（イプセンによるこのモチーフの皮肉めいた反復を相互参照してみればよい。）コンパスや測鉛線は宇宙の青写真のシンボルである。

今日は建築にとって歴代のうちでも輝かしい時代のひとつである。公私にわたる建築物や驚くほど美しい革新的な橋は世界中で作られている。それに関する理論的な考え方や技術は、地質学、物質科学、工学技術、デザインから高等数学にまで広がっている。また経済、社会計画、輸送、都市化、そして最も緊急で広い領域にわたる環境に関わる。現代の生活における建築の機能について初歩的なことを知ることは、われわれの都市、われわれの移動性、社会正義や健康管理についてわれわれが抱く理想にある主要なジレンマに遭遇することである。ひどい暴力による破壊を目撃し、われわれが誇っていたタワーの悲惨な脆さを目の当たりにした今でもなお、われわれは建造熱に浮かされている。コンストラクション〔建造〕は語源にもかかわらずエディフィス〔建築物〕に由来するエディフィケーション〔教化啓発〕ではない。さらに今日の建築では、最も創造的な状態にあるコンピュータにかかずらわざるをえない。コンピュータ以前の建築と、以後の建築とが存在するのだ。両者の境界と推移は、シドニー・オペラハウス〔一九七三年〕の、まだ実験段階にあった触知可能な数学と、ビルバオのグッゲンハイム美術館〔一九九八年〕やベルリンのユダヤ博物館〔二〇〇一年〕がもつコンピュータが生み出し管理する驚異とのあいだの違いによって例証できるだろう。後者のどちらも設計にせよ実現にせよ、強力なホログラムのモデリングと正確な計算がなければ実行不可能だったであろう。ビルバオのプロジェクトについて述べながら設計者ゲーリーは、「金メダルはコンピュータに上げてくれ」と皮肉を込めて言った。それと相関関係にあることだが、ロンドンのテート・モダン美術館に近づくと、概念空間を生き生きとさせる、つまり「主張」しようと電子音楽が発せられる。建物を「読む」ように教わることは、現代の最も美しく表現豊かな多くのものに関してリテラシーを伝授されることである。

われわれのコアなリテラシー、新たな「クアドリウィウム〔四学芸〕」における第四のシナプスは、分子生物学および遺伝学の入門となろう。DNAと二重螺旋がマッピングされてからというもの、この分野のまぎれもない爆発的発展は、公私のことがらの質を変えつつある。クローン技術、試験官内での自己増殖分子の生成、ヒトゲノム計画、生体臓器移植——記憶を含め——の可能性は人間の条件に変化をもたらすほどに重要なものになっており、またそうなるであろう。倫理、法律、人工統計、社会政策、これらのいかなる面が、身体生活と意識のこうした再組織化を免れるというのか。個人の責任、アイデンティティ、寿命、遺伝をプログラム化する権利、性別の決定における国家の（軍事目的のための）干渉の制限、遺伝子の奇形の阻止、これらに関わる問題はすべて再び系統だって説明されつつある。どんなに控えめに見ても、人間存在の限界がなくなったばかりか、脅威にみちてもいるようである。成熟した責任ある認識は、初歩的レベルであるにもかかわらず、言わば前技術的に、新しい錬金術についての考え方に近づく必要があろう。そうでなければ男も女も政治、社会、個人に関わる必要不可欠な議論から締め出されるであろう。すでに、治療目的の堕胎、安楽死、クローン技術、「優生学的」操作が、激しくこれらの問題に巻き込まれた科学の門外漢たちに対して、高度な知識を要求している。昔からの格言を繰り返せば、生命科学は科学者の手に委ねるには、はるかに重大なものである。気になる門外漢が、もし自分の声を世間に届かせたいのなら、宿題を果たさなければならないだろう。すでに原理主義者による検閲、粗野な無教養への政治的要請が、問題の緊急性と、ある程度の生物学についての、また遺伝学についてのリテラシーの不可避的必要性を示している。

数学、音楽、建築、生命科学、これらの中心的カリキュラム。教育できる環境ならばどこであれ、歴史的に教育できるものである。これら四つの領域は、初期の学校教育から始まり、コンピュータを通して学生の精神と想像力に接することができ、それと相互に作用することが可能である。これらの四つの軸は感受性を、即座の挑戦と、思考のできうるかぎりの広がりの両方に解放する。驚くことに、それらはまた、戯れ、遊戯、美的喜びの比類なき可能性を具体化している。「ホモ・ルーデンス〔ホイジンガの造語で遊ぶヒトの意〕」はその存在の荒れ狂う中心部へと入っている。数学のなかに機知を、音楽のなかにユーモアを（ハイドンやサティ）、建築のなかに遊戯性を——ロンドンにはびこるキウリの木——、分子構造のなかに完璧な愛らしさを見出すことは、希望に向かう教育に加わることである。非線形方程式を把握しなければ、また音楽がいかに世界語を話すか、その暗示を受けなければ、また新しい建物が地平線上に急に現れるときに、美的であれ、実際的であれ、形式的であれ、政治的であれ解決を迫られている問題を認識しなければ、またわれわれのアイデンティティの生物発生説的再構成への理解力がなければ（アリストテレスやデカルトのエゴは、もはやわれわれのものではない）、いかなる人もこれからの新しい千年において、自分にリテラシーがあると感じるべきではない。さもなければ、いかにしてわれわれは、マルティン・ハイデガーの言う「存在の家〔言葉のこと〕」でくつろぐことができようか、知識ある客人になれようか。

これらの発見や提案については、統計的証拠をともなう系統立った比較研究であっても、協力体制による努力とチームワークが必要になるだろう。この必要不可欠な戦略に対し、残念ながら、私は適性を欠いている。私のアナーキーな不作法に恩恵を受けた委員会はこれまでになかった。それゆえ私自身の仕事をやってみる時なのだ。

数学の、音楽の、建築の、生物遺伝学のリテラシー。無謀な計画にちがいない。それがもっと無謀であればと願うばかりである。

（1）エルンスト・ゴンブリッチは、オーストリア系ユダヤ人の美術史家（一九〇九―二〇〇一）。イギリスで活動。社会的理論的背景、図像学、心理学の視点から美術を研究。

（2）イートン校は一四四〇年に創設されたロンドン郊外の男子全寮制パブリックスクール。ウィンチェスター校はイギリス南部にある、一三八二年創設のイギリス最古のパブリックスクール。この二校は、ハロー校と並んで三大名門校と称されている。

(3)　アメリカ北東部にある私立大学(ハーバード、イェール、コロンビア、プリンストン、ダートマス、ペンシルヴェニア、コーネル、ブラウン)で構成される体育競技の連盟組織、またはこの八大学の総称。
(4)　フランスでバカロレア合格者が進学する一般大学以外の、特定の職業のための高等教育機関。エコール・ポリテクニーク、エコール・ノルマル・シュペリウール(高等師範学校)、国立行政学院(ENA)、国立高等音楽院などがある。
(5)　一八九四年ユダヤ人のフランスの大尉ドレフュスが、ドイツのスパイ容疑で孤島への流刑に処せられた事件。後に特赦される。当時の反ユダヤ運動の影響が色濃く出た事件。後述の哲学者・評論家のアラン(一八九〇—一九五一)はドレフュス事件でジャーナリズムに初めて執筆した。
(6)　『テスト氏』はポール・ヴァレリー(一八七一—一九四五)の書いた小説。「私」がオペラ座で出会ったテスト氏の哲学的な話が中心内容となっている。チップス先生は、ジェイムズ・ヒルトン(一八七一—一九四五)作の小説『チップス先生さようなら』の主人公。パブリックスクールの温和で誠実な教師で、心暖かく学生に接し、彼らの尊敬を集める。
(7)　ベンジャミン・ジョウエットはイギリスの古典学者(一八一七—九三)でパウロ書簡の編注、アリストテレス、プラトンの翻訳等の業績がある。マシュー・アーノルドはイギリスの詩人、批評家、教育家(一八二二—八八)。批評が時代思潮の先頭に立つと言って批評の地位を高め、また教養がなければ社会は無秩序になると述べ民衆の教育の向上を説いた。
(8)　イギリスの中等教育は十一歳から十六歳までだが、さらに高等教育へ進む者がAレベル試験に受かるために二年間通う進学準備教育としての教育機関がシックス・フォーム・カレッジ。Aレベルはイギリスにおける大学進学するための資格試験。
(9)　ドゥンス・スコトゥスはスコットランドの神学者(一二六六?—一三〇八)で人間の尊厳を重視し、人間が神にまで高められうる存在であることを説いた。ヘンリー・ニューマンはイギリスの神学者(一八〇一—九〇)で、当初はイギリス国教会の信仰復興に力を注いだが、後にローマカトリックに改宗。
(10)　フランスの政治学者、歴史家、政治家(一八一五—五九)。自由主義的な思想をもち、アメリカのデモクラシーについて分析した。後に二年間外相も務めた。同時代の政治家の活動の様相を記した著書もある。

（11） フリードリッヒ・ガウスはドイツの数学者（一七七七―一八五五）。ゴッドフレイ・ハロルド・ハーディはイギリスの数学者（一八七七―一九四七）。解析的整数論についての業績がある。

（12） T・S・エリオットはイギリスの詩人、劇作家、評論家（一八八八―一九六五）で、モダニズム運動の旗手。前衛的な詩を書きながらも、ヨーロッパ文学の伝統を重んじる文学観をもっていた。エズラ・パウンドはアメリカの詩人（一八八五―一九七二）で、簡潔なイメージを重んじるイマジズム運動を起こすが、のちの長篇叙事詩は、精神支柱を求める政治詩であり、鋭い文明批評になっている。

（13） ミサ曲の一種で、典礼文のうち「キリエ」「グローリア」「クレド」「サンクトゥス」「アニュス・デイ」の五つを含むもの。ベートーヴェンの『荘厳ミサ』は名高い。

人間と動物について　ON MAN AND BEASTS

おそらくその過程に数十万年を要したのであろう。それがどこで、どのように起こったのか、われわれは知らない。朝の光が徐々に射し込むように、先史時代のホミニッド〔原始人類も現在のヒトも含む名称〕は、自らを他の動物とは異なるものと見なし、認識するようになったに違いない。あるいは、これまでになく激しい意識革命によって、特別な種類の動物であると認識するようになったのに違いない。この認識の刺激になったこと——感覚的な、大脳的な、あるいは、まだ社会と呼ぶには不十分で流動的であったにせよ、社会的な刺激——が、実際に、成熟しつつある精神の内奥から発現したに違いない。もしわれわれが、われわれが「セルフ〔自我〕」と呼ぶものの夜のマグマに十分深く入り込む方法を知っているなら、その「ビッグバン」の痕跡を発見できるかもしれない。人間の理性が崩れるところの、あるいは夢の隠れた序奏部の、現われ始めはするものの再現不可能な縁辺に、いつまでも何か背景音のようなものが鳴っているのかもしれない。しかし宇宙論的比喩は誤解を招く。突然の爆発、信じられないくらいの急速な拡張などはなかった。この展開は、無数の退化、後ろへと引っ張る重力の牽引力、そしておそらくは失われた動物的安楽への強制的逆行、これらのものに特徴づけられる微小な段階を経て起こったに違いない。自らを人間、動物ではない動物として知覚するという最高至上の状態であると同時に破局的状態でもあるこの特異な状態に至るには、百万年、あるいはそれ以上の年月、敷居をまたぐ――単純すぎるイメージだが――前の潜在意識の躊躇と郷愁の百万年が必要だったのかもしれない。「私は人間であり、非＝人間ではない」という言明のなかの否定の衝撃を受けとめるためにヘーゲル流の論理学者である必要はない。この自己定義の命題は、つねに仮定であり、つねに心理的、あるいは道徳的、あるいは発生的条件に従属する。最も根源的な「他者性」の主張をこの命題は伴う。この「根源的な」という語は、マルクスが強調したように、われわれの根と関わるものである。

地上にあふれるさまざまなファウナ〔動物相〕を伴う自然の秩序との初期的遭遇、孤立への誘因となった「発達初期の」人間よりもはるかに大きな身体力との頻繁な初期的遭遇、これらのいくつかについては推測することが可能である。直立し、立体視力をもち、ますます効率を高める道具を作り出せる把握可能な親指をもつわれわれ二足動物は、殺される数よりも多くを殺すようになり、食われる数よりも多くを食うようになり始めた。一部の人類学者は、火を扱えるようになったことを決定的移行と考える、あるいは「侵犯」とみなすべきだと考える。自由に火を起こし燃やし続けられるようになった原始人は、動物のなかで最も思慮に富んだ動物にさえ入ることのできなかった、計画や先見という領域に踏み込んだ。プロメテウスのような動物たちは、今や食物を調理し、冬の間も暖かさを保ち、日没後も光をもつことができた。他の理論的枠組み、なかでもマルクス主義のそれは、人間が「人間」になることを、食料の集団的耕作と貯蔵と結びつける。このような生存の技術は、たとえどれほど脆弱で原初的な組織であろうとも、ある進化的段階にある社会組織を伴うように思われる。（しかし、この点においては、アリやハチのほうが、ホモ・サピエンスよりもうまくやっている。）基本的に、孤独な人間は、まだ完全には人間であるとは言えないのである。ルソーがそうであったように。古代の英知は、孤独な人間を神、あるいは獣と見なした。

ほぼ普遍的に——興味深い例外はあるが——創造神話と哲学的人類学は、言語との関わりで人間と動物の間に線引きをする。人間は「言語動物」（ゾーン・フォナンタ）である。鳥、クジラ、霊長類、昆虫は伝達手段を発達させてきた。その中にはきわめて複雑精巧なものがあるようだ（ハチの記号的ダンス、クジラの信号歌）。しかし、人間だけが革新的な、包括的な方法で話す。この決定的な独自性の起源が、遠く古代から、神学的、認識論的、詩的、社会学的推論を促す。今日、議論と推論の実質は、比較解剖学（喉頭の進化）、情報理論、神経生理学、人間の大脳皮質の写像に移動した。コンピュータ映像、脳のシナプス〔神経細胞の連接部〕の電気化学に基づくモデル、生成変形文法[1]が、きわめて精巧な仮説を生み出した。根本的洞察はほとんど得られていないと言うのは公平さに欠けるだろうか。これらの実証主義的アルゴリズム〔問題解決のための手順〕は、証明しなくてはならないことを前提にしていることがあまりにも多い。人間の言葉は神から与えられた神秘的な力であるという古典的信念は、少なくとも率直ではある（堂々と言明したのはハーマン[2]である）。生成文法が前提する生得性は、神経生理学的基盤を欠いており、発生の問題を黙殺している。言語の外で、あるいは言語に先立って概念化は可能か否かという難問はいまだ未解決のままである。共有する基盤は、現実——本当に「外部の」言語があるとするなら——を分類し、現実から抽象し、現実を隠喩化する言語の能力は、人間の本質を構成するばかりでなく、動物性との根源的境界を形成するという認識である。（またもや聾啞者の事例は、謎の核心部となるかもしれないことを体現している。）われわれは話す、それゆえに考える、と、われわれは考える、それゆえに話す、との間に、われわれを特徴づける躍動的な循環がある。初めにあった「言葉」が、たとえそれから神学的神秘的含意がはぎとられても、人類の始まりを画した。それはまた、人間の、競争相手としての、「コンパニョン〔相棒〕」としての、そしていわば同時代者としての動物との決別を画するものでもあった。人間男女の刻むさまざまな時間は、動物のそれとは異なるものとなった。われわれは言語（それも複数の）がなければ、われわれの内的あるいは外的状況、知識あるいは想像、歴史あるいは社会、回想あるいは未来を概念化することはできない。この公理の絶対必要性が、言説化を要しない本源的機能を忘れさせる傾向がある。私はすでに言葉とセクシュアリティの曖昧な関係について指摘した。飢えと渇きは言葉のない命令法をもっている。憎悪も同様だ。戦闘の雄叫びに統語法は要らない。しかし全体的に見て、われわれは、どの動物と較べてもそれ以上の存在である。あるいはもっと公正に言えば、われわれは他のいかなる動物、われわれのゲノムのおよそ九十パーセントを共有する霊長類とも異なる存在である。それは、発見したことを明確に話し、概念化できるからである。動物は返答できない。われわれのなかのほんのひと握りの神話的人物――小鳥の警告に耳を傾けるシーグフリート、魚に説教をする聖フランチェスコ――のみが、境界を渡って、動物の言語でない言語に踏み入ることができる。人間だけが、自分自身に、そして仲間の人間に話しかける。

直観と省察は、この特異性を、人間の死に対する不安と長いあいだ結びつけてきた。人間の言語的特質が、自らの死の宿命を概念化し、言語化する力を人間に与える。同時に、動物は自らの死を予知することはない、動物は恒常的に現在に生きていると考えられてきた。しかし、そうなのだろうか。寓話と目撃証言のいずれも、ひっそりと身を隠し自分だけになることによって示される自らの死の予知をその属性としているのが象だけではないことを示している。家庭で飼うある種の動物、とりわけ犬に親しんでいる者なら誰でも、明らかに死の予知を示唆する行動パターン、態度の変化を観察したことがあるだろう。哺乳動物の間にも、死者の遺骸に対する哀悼と弔問を反映しているように思われる現象がある。繰り返すが、象は最も目立つ一例なのである。それに対応して、神話と民話は、動物から、われわれ自身の死の先触れを作る。もし死が匂いをもっているなら、動物が早くそれを嗅ぎ付けるというわけだ。死にゆく者の住居のまわりで、フクロウはほうほうと鳴き、ワタリガラスはかあかあと鳴き、オオカミは遠ぼえする。アキレスの馬たちは差し迫った運命を知っている。長いあいだ大事にされていた猫は、致命的な病気の匂いから遠ざかり、死に対しては毛を逆立てる。人間と動物の違いは他のところにあるように思われる。私は『バベルの後に』において、人間の意識と社会の歴史の活力と前進は、仮定法、願望法、反事実的条件文の文法と密接に関係していることを示そうとした。われわれの有機体的状況の発する動物的要請を超越して否定し、死と論争する意味論的能力は、動詞の未来時制の帰納法的「不条理」と魔力に依存している。その根拠のない主張を立ち止まって考えることもまずない文法的自由のおかげで、自分自身の死の翌日のことを描写し、会話することができる。人間は、来たる一千年紀の社会的な目標を計画し、科学情勢を分析することができる。本質的に人間的なものと思われるのは未来の統語法である。これがわれわれ人間を本体論的に切り離すものである。動物が差し迫った危険を予知することは明らかである。動物は、地震がわれわれの都市をもぎ取る何時間も前に地震を感知しているかもしれない。私の飼っている犬たちは、雷が人間の耳に聞こえてくるずうっと前に震える。動物は飛び上がり、偽装し、穴を掘り、食物を貯蔵する。しかし、彼らが「自分を越えた」ものを想像すること、彼らが精神的にあるいは象徴的に明日に参入できることを暗示するものは何もない。彼らの文法は現在と過去の文法であり、それは本能の説明になるかもしれないのだ。

それにもかかわらず、これまでの歴史の大半において、そして今日においてもなお、この区別、境界は不安定なままなのである。動物が人間に先行した、動物がわれわれの祖先であるという理解は、原理主義者の場合は別にして、今やしっかりと確立されている。創造神話、人間進化の原因論は、動物が親であることを喚起する。先史時代の人間はダーウィン主義者であった。寓話では、われわれは鳥の卵、動物の糞、竜の歯から生まれる。われわれはオオカミの乳を飲み、哀れむオオガラスに養われ、イルカの跳ねる背に乗って安全な地に運ばれた。人間と動物の序列の差がぼやけていて、変身を許すものでなかったら、宗教の起源も神話の起源もありえないだろう。崇拝への回帰は動物の表象とともに始まった。アヌビス〔ジャッカルの頭をした墓の守護者にしてミイラの神〕とエジプトの神殿は動物たちの頭を戴いている。初期の人類は動物トーテムによって宇宙の法則を求め、部族の一体性を求めた。トーテムの熊、鷲、蛇は、超自然的なもののもつ保護者としての力に、文字通りに、そして象徴的に直接近づかせてくれる。シャーマンはジャガーの面を被る。憑依状態、成人への入門儀式という晴れの場に一族郎党が集まるとき、彼は本当にジャガーなのだ。近代の初めまで続く紋章学はひとつの動物学なのである。ユニコーンは王家の紋章を支え、式服を着て仕える。そのうえ、初期の寓話の世界、われわれの成熟を画す生き生きとしたフィグラエ〔図像〕は、ある部分は神、ある部分は動物、ある部分は人間という混成的生物にみちあふれている。歴史のいかなる時点においても、想像力あるいは潜在意識は、厳密に人間的なもの以外のものというカテゴリーとの関係を絶つことはない。部分的なものでしかないが――ホモ・サピエンスの歴史は短い――人間化の過程は深い傷と郷愁を残したように思われる。われわれは人間へと追放されたのである。

こうして混成形態の厖大な目録ができる。ケンタウロスは疾駆し、セイレーンは歌い、ハーピー〔顔と上半身は醜女で、翼・尾・つめなどが鳥。死者の霊を運ぶ〕は急降下し、マーメイドは泳ぎ、彼らは伝説や悪夢のなかを進む。女の顔をもつ鳥、魚の尾をもつ女、半分人間の種馬が、雑な下絵、無差別、暫定的魔術にみちみちている被造物の世界について語っている。記されていない境界を往還し、語の本来の意味で侵犯する生物がいる。オオカミ男は民話やおとぎ話にあふれている。人間と熊の分離は一時的なもので、修正可能である。ヒョウ男はアフリカの夜に出没する。キルケが変えた豚からは人間の目がまばたきする。終末論的図像、黙示録、『天国篇』、神の啓示、超越的光輝のなかに住まう知識を伝える幻影は、動物に似た姿を帯びる。「トラのキリスト」、教権と軍事の至上権を表わす王冠を戴いた鷲がいる。結合の可能領域において、神的なものが人間的および動物的なものと共存することができる。古シベリア人の神々、オリュンポスの神々、アメリカ大陸先住民の神々が、われわれのあいだを徘回するとき、人間にして動物の外見を帯びるというだけではない。宇宙論には英雄的もしくは魔的なムラート〔混血〕、混血児、オクトルーン〔八分の一混血〕にみちみちており、およそ考えうるかぎりの神と人間の、神的なものと獣的なものとの混交が詰め込まれているのである。起源は一枚の切符である。外見は人間のひとりの男あるいは女のなかに、レダ〔ゼウスが白鳥の姿で言い寄って妻とした女性〕あるいはセメレー〔カドモスの娘。ゼウスに愛されてディオニュソスを生んだが、ヘラの計略によりゼウスがヘラのもとへ行く時と同じ荘厳な姿で彼女のもとへ来ることを望んだため、ゼウスの携えてきた稲妻と雷電に打たれて死んだ〕の子供たちのなかに、神の精子、動物の姿での子供作り、人間の受け手が、入り組んだ網の目状になっている。ヘラクレスあるいはアキレスのなかで、神の血統と人間の血統、不死なる者の神秘のなかの人間の脆弱な組織が、カリスマ的であると同時に分派的であるという緊張を生む。「創世記」六章にある、地上の女を訪う不可解な「神の子供たち」、キリスト教の神学論争を長きにわたって騒がせている天使の階級、ニーチェの未来学の「超人」、空想科学小説やコミックの「スーパーマン」は、終わりなき混成を証言している。われわれは合金なのである。もし人間が、目が覚めたら半神半人、タイタン、ライオンキングになる傾向をもつならば、同じく、目が覚めたらゴキブリになる危険をもっている。カフカの寓話が、おそらく他のどのような寓話よりも、われわれの不安定な状況を象徴するようになったのは偶然ではない。

その結果、セクシュアリティの輪郭は、いまだに可鍛性を保っているのである。民族誌学者、社会学者、犯罪学者は、法が「ベスティアリティ〔獣性／獣姦〕」というけばけばしく粗野な語によって示していることを推論する。人間と獣とのあいだの性愛的親密さと性交の諸様態は、年中絶えず、広範囲にわたることは疑いない。人間と動物とのあいだの性愛的親密さは、羊飼いの生活の孤立、アルプスの牧草地や大草原の眠りを誘う孤独を多く伴う。あの「腰の震え」、生気の瞬間的な暖かみとほとばしりは、神話、パシパエ〔クレタ王ミノスの妻。白い雄牛と交わってミノタウロスを産んだ〕と雄牛の神話の題材であるばかりでなく、農業、ハズバンドリー〔畜産〕（この語は興味深い）、移住の領域ではよくあることである。これらのことは、寓意によって洗練され、オウィディウスの『転身物語』、シェイクスピアの『真夏の夜の夢』、キーツの『レイミア』に、物語の躍動を提供している。しかし、直接的観察は言うまでもないが、純文学に関するかぎり、人間と動物の交接というテーマは事実上タブーである。現代人のなかでは、D・H・ロレンスとモンテルランによって大胆にも試みられている。あまりに早く世を去ったカナダの女性作家によるある中篇小説は、孤独な女と好奇心旺盛な熊との恋愛を、説得力があり深く感動的な話に描いている。これは稀有な傑作である。税関吏ルソー(3)の描く夢のジャングルと月光を浴びる砂漠には、侵犯的リビドーが浸透している。ほとんど隠されていない性的熱望が『キングコング』の忘れがたいキッチュ〔悪趣味〕の根底にある。アプレイウスの『黄金のロバ』のきわどい機知の場合と同様である。世界中に見られる「美女と野獣」のモチーフ、女の肉体が誘惑者の毛皮と覆われた蹴爪に触れられ、愛される女が相手に蹴爪を出すよう命じるとき抱擁がますます不気味なものになるというモチーフがなかったら、おとぎ話はどんなものになるだろうか。

動物とセックスをする者は、自らの生物学的精神身体的過去と性交しているのである。彼らは、先行人類と人類が自然の秩序の直接性、有機的なものの拡大家族からまだ分離していない恐ろしくもあれば同時に牧歌的でもある失われた現実に復帰しているのである。肉欲的な意味の「動物の愛人」は、侵入する専制、私が前に言及した言語の独占から逃亡する。バルトークによって作曲されたハンガリー民話では、女をむりやり従わせるのは、人間から転身した発情のうなり声をあげる森の雄鹿である。

花嫁と花婿が婚姻の床に戻ると、裏切られたと思い、歯や爪をむき出しにしたペットの憎悪と熱病にかかったような復讐心にでくわすという寓話が数多くある。トルクメニスタンの諺の言うように、「婚姻の床に入るときには、飼い猫の目を見よ」。

動物に対する人間の振舞いの歴史は断片的にしか残っていない。その決定的な発端はわれわれにはわからない。旧石器時代の洞窟の動物の絵、マンモスやセイウチの牙に、おそらく二千年前に刻まれた動物の小像は、生気でビリビリしている。それらの絵は、捕食動物仲間に囲まれた捕食動物を表したものである。それらの絵の「インスケープ〔本質〕」、動物独特の雰囲気に対する洞察力に匹敵するのは、デューラーとピカソだけである。しかしその意味は依然として隠されている。それらの絵は、狩人が殺して食べた親類に敬意を表し和らげるための宗教的崇敬と和解の対象であったのか。これらの霊感あふれる壁画は、獲物を射程におびき寄せるためのおとりとして使うためだったのか。あるいは、ラスコーの驚異は、人間固有の模倣的創造と美の本能による「芸術にほかならない」作品であったのか。実際、このような行為は、人間と動物を切り離すであろう。その場合、洞窟画の多くの難解さは、さらなる問題を提起する。確かなことは、知覚の強烈さ、相互的隣人関係の強烈さ、先史時代の共同生活体を、彼らがそのなかで黎明期の生活を送った馬、熊、マンモス、オオカミ、鹿に似た四足獣と隣り合わせにする敵意あるいは親しみの相互作用の強烈さである。そのあとに起こったことは、壮大な規模で数千年にわたってゆっくりと行われた殺戮と家畜化であったに違いない。野生の動物であれ家畜であれ、行動の自由な動物であれ繋がれた動物であれ、動物は人間の犠牲者、奴隷となった。動物は狩猟の気晴らしを提供した――中世とアンシャン・レジーム期の君主、エドワード朝のインド成金、アメリカの大平原の狩人は、余ってけしからぬことをする猟鳥猟獣を殺戮した。あるいは動物は食料、衣類、道具、装飾に必要な物を提供した。今でも、マグロ漁では海が血に染まり、鳴鳥が慰みのためショットガンで空から射落され、絶滅危惧種の生き残りが、金持ちや密猟者によって絶滅させられている。神々をわれわれ自身の無法な血の喝望の共犯者とするために、動物の犠牲が宗教の儀式の固有の一部となっている。このような展開が、人間の犠牲と比較して、人間的進歩の例として挙げられる。いかがわしい讃辞である。アブラハムが「息子の代わりに燔祭に雄羊を差し出した」とき、「茂みに角が絡まった雄羊」にどのような罪があったというのか。喉の渇いた死者の霊をおびき寄せるためにオデュッセウスが若い雌牛の喉を切って血を出したとき、その「美しい」若い雌牛にどのような罪があったというのか。

トーテム動物は氏族をつかさどる。動物の姿をした神々が崇拝される。民族的英知と神話は、動物たちに、予知、復讐、防衛の超自然的な力を与える。黄道十二宮では、星々が動物の名前をもち動物の輪郭を描く。明察の一瞬、われわれは自分が裸のサルにすぎないと知る。しかし、人間は「海の魚、空の鳥、地の上を這う生き物すべて支配せよ」、というヤハウェの命令に誰が疑問を呈したというのか。その上、動物に対する実際の処遇が最も残酷なのは、仏教、ジャイナ教、アニミズム信仰が生きとし生けるものへの敬意を説いているところなのである。中国人の動物への残酷さと搾取は今でも言語道断である。アリストテレスは、動物が魂に相当する機能をもちうることを、信用し難いと考えた。ピタゴラスのそれのような輪廻説では、死者の魂は懲罰による一過的な動物という鞘から自由になり、人間という清浄な地位を回復しようと格闘する。地球のいたるところで数千年にわたり、動物は屠殺され、狩り立てられ、死ぬまで酷使されてきた。人間の罪の刻印は見きわめられることはほとんどなかった。人間の卓越性と安楽という検証されることはまずなかった特権は、生体解剖（身の毛のよだつ慣行）を正当化するために多くの者によって行使されている。動物の権利、動物に対する倫理的責任という考えは、突発的に起こったが、依然として奇矯なものと見なされた。一生労役に服したラバが、水も与えられず放置されて餓死する。つながれた犬が、所有者（誰が動物を所有するのか）が引っ越すときに捨て置かれ、恐怖と飢えで気が狂う。効果のある同情と責任の始まりの歴史は、ひと握りの社会史家と哲学的人類学者がむりやりひき出そうとしているが、依然として不明瞭である。文書に残された事例は多くはないが、格闘場における動物の虐待と殺戮に対する抗議は、ローマの道徳家と教父の書いたものに実際現れている。ほんの一部しか解明されていない過程を経て、動物の犠牲はユダヤ教からは退却する。（しかし、動物の犠牲なくして神殿の回復はありうるだろうか。）動物の犠牲がミトラ神崇拝の血の儀式で広く行われていたまさにその土地において、動物の犠牲を撤廃したことは、初期成長期のキリスト教の栄光のひとつである。おおむね潜行していたが、間欠的に現われる感受性の流れは、フランチェスコの動物に対する優しさを先導するものである。キリスト教の象徴体系とキリスト論の寓話に現れる子羊とロバの図像は、発見的教育法の役割を果たしたかもしれない。聖フーベルトゥス(4)もかつてそのひとりであった殺害をなりわいとする狩人が、手負いのシカの角のあいだから聖なる十字架が突然現れるのを見て、立ち止まり悔悟する。伝説であろうと物語であろうと、餓死するまで主人の遺体を見張っていた猟犬には名誉が与えられる。おそらく潜在意識によるものであろうが、古代の儀式に先祖返りし、ワグナーのような偉大な芸術家が、ペットの傍らに埋葬されることを求める。プラハの「旧墓地」を汚すために犬の死体が投げ込まれると、ラビは敬虔に埋葬するように命じる。根本的なつながりを示唆するこのような感情移入は、しかしながら、散発的に起こる逸話のようなものである。啓蒙運動は、過激なときでも、動物に対する庇護意識はとくに生み出していない。「フィロゾーフ〔啓蒙哲学者〕」は、動物に対する特別な愛情は幼児的な感傷だと見なす傾向があった。動物の人間への隷従は自明のものなのである。

部分的とはいえ意義深い現在の視点の変化をもたらしたものは何か。ここでもまた、話は込み入っており、今のところ不明瞭である。今日人食いザメの保護を求め、マムシへの配慮を求める人間感情の変化を引き起こしたものは何か。実際にある法体系に動物虐待の禁止を記させたものは何か。ダーウィン主義がきわめて大きな重要性を帯びている。進化論への反対を活気づけ、アメリカ合衆国の原理主義者を激怒させ続けているのは、われわれが動物、霊長類に由来し、同族関係にあることに対する、先祖返りへの古来の恐怖心である。分子生物学と遺伝学は、私がすでに言及したように、人間と霊長類のあいだの遺伝子の実質的同一性を実証することにより、ダーウィン主義を強固なものにしてきた。われわれが動物を殺害したり虐待したりするとき――イモリもまたわれわれの先祖である――われわれは遺伝子的父殺しをしているのである。動物行動にかんする科学的、エソロジー〔行動生物学〕的研究は同等の重要性をもっている。チンパンジーに囲まれたジェーン・グッドール(5)、マウンテン・ゴリラを絶滅から救おうと奮闘しているダイアナ・フォシー、ビルテ・グラディカス（「猿の母」として知られる）は、われわれのいとこ以上の親類の社会的複雑さ、感情生活の豊かさと哀調にわれわれの注意を喚起してくれた。ハチのダンス、アヒルの子が親子関係を捜し求めるときに起こる刷り込みを驚きの目をもって見るようにわれわれは教えられた。クジラやイルカは伝達手段、われわれにはまだ的確に理解できない信号コードをもっているという可能性、渡り鳥が広大な海をそれによって渡る天体あるいは磁気の地球的規模のナビゲーション・システムについて観察の深まりが、有機体存在の序列における動物の地位を改めるのに貢献した。われわれがチンパンジーの目をのぞき込むとき、われわれは悲しい鏡、非難する鏡を見ているのだ。

誘因が何であれ、動物の生命に対する新しい態度は、子供の権利の新しい評価とともに〔両者は心理的に結びつきがある可能性は高い〕、現代におけるきわめて少ない道徳的進歩のひとつである。ある悪夢がわれわれを襲う。ある惑星が汚染され、破壊され、搾取され、月のように活動しなくなり、われわれの狂気の貪欲さによって放たれた気候の大破局が襲う悪夢である。すでに地球の多くは、その自然界の動物相を剥奪された。すでに何百種、おそらくは何千種もの動物種が絶滅させられた。川、池、魚を取りすぎた海は、海の、そして水生の生命体のうっとりさせられる連鎖をもはや維持することはできない。飢餓は、トラ、ユキヒョウ、シロクマのような種を発狂させ、激減させる。日本の捕鯨者は、ぞっとする皮肉だが、殺戮したものを、家のペットの餌にし、絶滅するまでサイを略奪する密猟者は、陰気な中国人のために角で催淫薬を作るためにそうするのである。アルパカは、西洋のブティックにセーターやスカーフを提供するためにおおかた除去された。しかし抗議の声はますます多く聞かれるようになった。その声は、ある動物権利擁護団体の犯罪的なヒステリーから、理性的な批判、広く行き渡った不快、共有される罪悪感という感情に及ぶものである。われわれはこの混み合った地球にいて、孤独を感じ始めている。野生生物の保護、オリックス〔アフリカ産レイヨウ〕やジャイアントパンダの消滅の瀬戸際からの救出、動物虐待を防ぐ法律は、個人と集団のますます広範囲にわたるエネルギーを借りている。アメリカライオンとクロクマには、ハンターや「戦利品」の収集家からの可能なかぎりの保護が与えられる。暖房過剰のヨーロッパでまだ毛皮が着られている。しかし抗議の声は高まっている。おそらく極東の人々には、犬を食べるより、もっとよい犬の扱い方を教えることができる。医療研究における実験動物使用の問題は、きわめて複雑である。この問題は、きわめて微妙な倫理的心理学的関心を引き起こす。しかしその論争と怒りは、はかりしれない価値がある。それらは、感受性、被造物のなかで人間の占める場所についての認識と不安における激烈な変化を語っている。実験室の動物の叫び声や喉を詰まらせる音は、医学の進歩によって正当化されるか否かは、少なくとも問うに値する問題である。

性的要素を意識することもなく、あるいは例外的場合における潜在意識にある性的要素を意識することもないので、人間の動物に対する愛は、他のどのような愛にも匹敵し、それを凌駕することもある。われわれはこのことを理解しようとしたことがあるだろうか。人間同士の最も情熱的で献身的な愛とも異なる動物への愛は、完全に無私の愛になりうる。われわれは、動物はわれわれに対する何らかの様式の愛情を育むことができる、彼らは応じて「愛する」ことができると信じたい。彼らは実際に、相互の求め、愛情あふれる信頼、忠誠（オデュッセウスの飼い犬）のしるしを示す。しかしこのような内省は、相当な程度、われわれの側での願望、比喩的で擬人的な思い上がりかもしれない。われわれは少しでも確信がもてるだろうか。絶対確実なことは、生活をともにする動物あるいは動物たちに対する、まったくお返しの保証のないわれわれの愛である。ほとんどすべての動物が愛の対象になりうるということが、この絶対確実なことの奇妙な論理の一部である。象、馬、ヤギ、そしてハムスター、オウム、カナリアもまた、人間の愛を引き出し、張り裂けそうな思いをさせてきた。一匹の金魚、一羽の小鳥の死が、子供にも初老の人にも、消えない心の傷を残し、愛と死の一致を突然気づかせる。人間は大事にしているニシキヘビを燃え上がる家から救い出すため命を危険にさらしたことがあった。犬を救うために凍てつく、あるいは荒れ狂う川に飛び込んだというのはよく聞く話だ。純然たる人間の愛の愚かしさを具現するものは、われわれ多くの者にとっては犬である。猫は別の王国だ。リシュリュー(6)の足元にいようと、コレット(7)の「ミツ」の姿をしていようと、私のフランス語版翻訳者の机の上の目がくらむような「雪だるま」の姿をしていようと、猫はわれわれの愛情に、アイロニー、傍観者的な超然たる態度で応じる。猫の眼に古来からある何かが、人間の愛を少し馬鹿げたことだと考えている。人は犬に、神経繊維のすべてに至る愛情を注ぐことができる。犬の様子は、相互認識の護符になりうる。犬は、神秘的な予知によって自らの死とわれわれの死のきざしを思索しているように思われる。われわれは、自分の心臓の鼓動を聞くように犬の足どり、ほえ声、寝ぼけて出すうなり声を聞き、それとわかる。犬が死ぬと、われわれの存在に裂け目ができる。家ががらんとなる。残された毛布、ボウルは耐えがたいものに思われる。このような状況が、シェイクスピアの、それ以外の点では包括的な人間の内省の記録に残されていないことはきわめて興味深いことだ。

この愛にはやっかいな逆説がつきまとう。人間よりも動物のほうを大事にする人が、たぶん数多くいる。この事実が議論されることはめったにない。動物の病気あるいは死は、人間の病気が引き起こす感情よりも深い感情を引き起こすかもしれない。動物の苦しみは、遠くから見ていても、私の心を暗澹とさせる。詩人で旅行家のルース・パデルは、トラをめぐるすばらしい本のなかで、ボア〔大蛇の一種〕が生皮をはがされるときの叫びを報告している。その一節を読まなければよかったと神に祈る。むかむかさせる夢は日の光のなかでも晴れない。動物を人間以上に大事にすることは、人間の非人間性、「獣性」に対する、言葉にされることはないが腹の底にある侮蔑を証言しているのかもしれない。動物は、ひと握りの人間以外には不可能な、苦痛と不正のなかでの威厳、忠義、忍耐を保つことができるのかもしれないという直感が私にはある。このことは、動物に対するとりわけ激しい愛と同情が、横暴な、忌まわしいイデオロギーに凝り固まった気質の人間に現れるという気になる事実の説明になるかもしれない。彼らはホッとさせてくれる連中ではない。カリグラと馬、ワグナーとニューファウンドランド犬、馬がむち打たれるのを見て精神が崩壊したニーチェ。ヒトラーは、言い伝えられていることが本当なら、ドイツシェパードの愛犬ブロンディを地獄のような地下掩蔽壕に入れなくてはならなくなったとき涙を流した。私は、自分が身体的に臆病者で、暴力に不快感と恐怖感を抱くブルジョワ的マンダリン〔保守反動評論家〕であると信じてよい十分な理由がある。でも私にはわかっている。もし私の犬に危険が迫ったら、もし誰かが傷を負わせたら、私の怒り、割って入ろうとする私の衝動は、殺人的なものに変わりうる、と。妻や子供が拷問にかけられたら、私は彼らに踏みこたえろと叫び、私自身もそうするだろう。拷問人が私の犬をむち打とうとしたり、目をえぐりだそうとしたら、私は心が張り裂け、すべてを白状するだろう。こういうことは美しい事実とは言えない。理性と、あるべき人間愛の秩序に反するものである。これらの事実は、根源的な不安定、われわれの脆い人間性を覆す動物的同族性と薄明領域の残存に関して問題を提起する。にもかかわらず、事実は事実である。

われわれのなかの、公然と認められているよりもはるかに多くの者によって共有されている事実であると私は思う。オデュッセウスは、叙事詩的帰還のあと、ほどなくしてペネロペイアに別れを告げる。犬のアルゴスが生きていたら、彼はイタケーを後にしただろうか。

暖かい嵐がわれわれを飲み込んだ。私の二人の子供が、日曜日の新聞のカラー版付録で、ボブテイルとしても知られているオールドイングリッシュシープドッグの写真を見たのだった。妻は、この犬はわが家にとって大きすぎる、ふさふさした毛にはいつもブラシをかけなくてはならない、この犬にはジェイムズ・サーバーの漫画のような、ちょっと滑稽な雰囲気が漂っている、と的確な指摘をした。もっと程よいものに期待を寄せなくてはならなかった。ゴールデンリトリーヴァーでよいではないか。まったくの偶然であったが、わが家から二つ三つ離れた通りにオールドイングリッシュシープドッグのブリーダーがいた。ちょっとのぞいてみたってよいではないか。腰をおろすや、応接室のドアが勢いよく開いた。五匹のうれしそうなモンスターがわれわれのところに転がり込んできた。息子と娘は、灰色と白と薄青の毛、真っ黒な鼻、本当とは思われない足の騒乱のなかで、喜びの悲鳴をあげながら姿を消した。マーカスという長老は妻の膝の上に腰を落ち着けた。目はまるで黒真珠のようだった。抑えようのない愛情のつむじ風が、最適者生存や適応のための生態的地位に関するダーウィン的戒めを帳消しにしてしまった。それから輝かしい三世代にわたる一群が、われわれの足元に落ち着き、われわれを見上げた。どうしてわれわれに他の種類の犬を考えられようか。妻は笑いと受諾の涙を頬に流した。

子犬がやってきた。あまりにも小さく、毛でおおわれた足でふらふら歩くので、子供たちが庭でひざをつくとき、子供たちの間でうまく距離を置くことができないのだった。二、三週間後、家に戻ると、庭の戸のかんぬきが思いがけなくはずれていることに気づいた。子犬は迷い出てしまったのだろうか。名を呼んだときの妻の声の苦悶のきわみ、心痛をけっして私は忘れないだろう。長く感じられたが、ほどなくして白い毛のかたまりが暗闇から走り出てきた。

ロウィーナ〔「アイヴァンホー」の恋人の名をとった〕、淑女ロウィーナ（デイヴィッドとデボラの読書ではサー・ウォルター・スコットが大きな存在だった）は、成長して威厳のある光輝を身に帯びるに至った。さまざまな明度の灰色と白、さまざまな色合の灰色がかった青が、月の光のなかでさえ輝いた。彼女はわれわれを徹底的に訓練してくれた。一匹のオールドイングリッシュシープドッグがいると、一日二十四時間、やさしくあるいは傲慢に要求をやめないことがある。その眠りでさえ、家に暖かい活気、行きわたる存在感を与える。言葉では表現しがたいものである。ロウィーナはわれわれに、足から垂れている塊は開いた傷ではなく――もちろんわれわれは慌てて獣医のところへ駆け込んだ――ただの凍った泥であることを教えてくれた。海外で教えるために通勤していた頃の話。彼女は私の旅行荷物を見ると悲しい顔をして機嫌が悪くなったものだった。家に帰るためにジュネーヴの空港を発つ頃、彼女は昂奮して玄関に向かったものだった（人間は期待の匂いを発散する）。別れは別れの匂いがする。貴婦人ロウィーナの先祖はウェールズの山地で家畜の番をする労働犬だった。しかし、ケム川に沿ってわれわれが散歩しているときに出会った悲しそうな牛は彼女をある種の不安な気持ちでいっぱいにした。他の犬に会ったときの彼女の態度の変化は、『ゴータ名鑑』〔ヨーロッパの王侯・貴族名鑑」と同じくらい多様で序列があった。同輩と認めたのは群を抜くアイリッシュセッターだった。通りの先にいる聡明さがはっきり見てとれるラブラドールには、わざと少しへりくだったような敬意を表した。けたたましくほえる小型犬、ときどき出会うラーチャー犬、スパニエル犬は、多少優しい軽侮の念を引き起こすにとどまった。犬も悪夢に苦しめられる。ロウィーナは眠っているとき震えおののき、当惑して目を覚まし、安心を求めて私の傍らにうずくまったものであった。ほんのちょっとした苦悩が明らかな憂鬱のきっかけとなることがあった。不安なとき、あるいは誤解されていると感じているときのオールドイングリッシュシープドッグほど、それ自体で悲しいことはこの世に存在しない。一度、たった一度だけ、われわれは彼女を犬小屋へ入れた。ロウィーナは門に通じる車道の上に寝そべり、びくとも動こうとしなかった。妻と私は罪悪感で互いを見つめた。子供たちはワッと泣き出した。予定の休日は終わりだった。犬が戻ってきて車のなかへよじ登ったときの批判的な許しの態度を私はけっして忘れないだろう。この要求の多い品種は、たいてい十歳から十二歳までで、それを越えて生きることはない。私の妻は、これまで一度も、いかなる種の四足獣を飼ったこともなかったのに、きわめて明敏な専門家的な調教師になった（彼女は立派な歴史学者であるが、こちらのほうがより日課のように見えた）。ロウィーナは十六歳まで生きた。午後の散歩をしているとき、彼女は自分の力が衰えていることをわれわれに合図した。われわれは彼女を抱えて寝かせなくてはならなかった。私の気力は完全に萎えた。ゼアラはそこにいて彼女が眠るのを見た。その後、わたしたちは悲しみで力を失い、車のなかですわっていた。ひとつの世界が崩壊したのだった。

われわれはグロースターシャーのゴミの中からジェマイマを拾った。子犬の頃から、彼女の優雅さ、彼女の動きの神経質な快活さはまぎれもなかった。しかし彼女はあまりにも身近で育てられた。あらゆる種類の騒音、不意の会合が彼女をおびえさせた。彼女は気まぐれで、気分と愛情の点で猫に近かった。食事にはうるさかった。ジェマイマを結婚させようと何度も試みたが、滑稽なほどの大失敗に終わった。彼女はこの過程全体を、彼女の千変万化の威厳にもとるものと見なしているように思われた。彼女が頭をぐいと上げるとき、ピサネッロによって描かれた紋章の力強い猟犬の一匹のような雰囲気があった。われわれは彼女を大事にしたが、ジェマイマは客、ほんの少しだけわれわれも触れられる寓話の生物の領域から来た短期滞在者であるという印象を克服することはけっしてなかった。長寿には至らなかった。

「愛らしさ」という語に意味があるなら、それはルーシーのものである。彼女は救助犬だった。体は小さかったが広大な心をもっていた。彼女は、われわれのところに来る前に、苦痛を経験していたかもしれない。彼女の模様は繊細で、ベージュ色の柔い毛をしていた。良い家を見つけたという満足感がはっきりと現われていた。彼女ほど気立てがよく、順応することに熱心な動物を私は知らない。彼女は子供といることを喜び、子供たちは彼女といることを喜んだ。大きな物音は彼女をひるませた（ジェマイマならごみ収集車や缶の立てるガチャンという音にひどく腹を立てた）。ルーシーのこぢんまりとした骨格には攻撃的な骨は一個もなく、彼女の輝かしい存在に敵意の衝動はまったくなかった。彼女は穏やかに眠りながら世を去った。彼女の足は、彼女らしい歓迎の仕草で丸まっていた。

私が執筆中は、ベンが支配している。彼は、われわれの日々の生活を統轄する。雌犬が三匹続いたあとの初めての雄犬である彼は、その強靭さと突きの強さの点でライオンのようである。猫、リス、騒がしいカラスを追い駆けるとき、引綱を離さないでいるのは不可能である。ベンは尊敬を要求し、半月刀のような歯をむき出すことのできるマフィアである。しかし連中のなかでは明らかに抜きん出て情が深い。膝の上にのる癖があり、あいさつしたり撫でたりすると毛むくじゃらの足を差し出す癖がある。出会った誰とでも、玄関に来た誰とでも、完全にくつろぐのである。われわれの寛大さを余すところなく巧みに利用し、くわえて逃げた靴や部屋ばきをビスケットと物々交換し、午後の眠りにテレビの映像が流れていないとすねる。ベンの体内時計は完璧である。彼は完全に正確に、自分の定めたいつもの時間に行動する。食事時であろうと灯りが消えていようと。彼の音楽の趣味は差別的である。ブラスバンドにはたじろぎ、ラヴェルの《ボレロ》が聞こえると低いうなり声をあげる。彼はハイドンやあらゆる種類のバロックの器楽曲には安らかな気分でいられる。インタヴューの合間に撮られた写真や肖像写真に顔を出し、権威ある文芸誌の表紙を飾ったこともあるので、彼はある種の名声を博している。彼は「カリスマ的ムッシュー・ベン」と形容されたこともあった（ルーシーなら隠れたことだろう）。彼は自分の地位を十分に自覚しているように思われる。その地位に励まされて他の犬たちに横柄な態度をとるのかもしれない。愛玩犬、ミニチュアテリア、小型犬は、彼のいくぶん威嚇的な侮蔑をかきたてる。いろいろなことがあった（調査に来た若い警官は、ベンの感覚刺激的な抱擁にとろけた）。しかし、ベンの関心の中心は犬ではない。大きく飛び跳ねて彼が捜し出すのは犬の飼い主たちである。ベンは自分の抗し難い魅力を当てにしており、目的達成を阻まれることはめったにない。花火と雷は彼の苦悩の元である。でも、救世軍のクリスマスの訪問は、その騒々しい行進にもかかわらず、双方に喜びをもたらす。ベンは言訳を許さないほど強要的である。ほんの短い間でも、彼を家に残すと、傷つき叱責する彼の目は、メデューサを石に変えるだろう。彼はわれわれのあらゆる気分を読みとり、われわれの悲しみあるいは幸福感を彼なりのやり方で反響させ模倣する。彼の存在は日々の生活にみちている。彼がわれわれのもとを去る日がそう遠くないことを私は知っている。今のところ彼のいない生活は考えられない。

私は四匹の親友に一冊の本を書き、挿絵を描きたかった。イソップやラ・フォンテーヌのように、動物から人間の声のメガホンを作ること、象のババール[8]や小鹿のバンビを考え出すことはむずかしくはない。動物の内面的個性についてわれわれが直感すること、動物がわれわれをどう見ているかということを説得力をもって描くことはきわめてむずかしい。私は二人の孫娘のためにおとぎ話の連作を書きたいと思っていた。そこに夢の店があり、ロウィーナ、ジェミー、ルーシー、ベンが長い夜に集い、アラジンの洞窟にあるチョコレートのあめ玉を全部食べても気持ち悪くならないのだ。あるいは魔法使の庭があり、そこでは彼らのほうが飼い主なのだ。レベッカとミリアムに、そして私自身に、死後にわれわれが再会できるアルカディアがあることを信じさせたいと思っていたのだ。このような物語を書くことに成功した人々、風が柳の木々の間でひゅうと口笛を吹き、オオカミがささやくのを聞いたことのある人々は、概して例外的な人々なのだ。彼らは天才作家なのだ（ジャック・ロンドン[9]、ラドヤード・キプリング[10]、ヴァージニア・ウルフ[11]、コレット）。子供が彼らのなかに生き続けているのだ。うらやましい不思議さ。私はとうてい仲間には入れない。

しかし、人間の残酷さ、色欲、強欲な縄張り意識、傲慢さは動物界のそれを凌駕するというのが私の確信である。われわれの動物虐待、口蹄疫騒動の際にわれわれが手段とする非情な大殺戮は、暴君的な盲目あるいは無関心の徴候である。すべてに述べたように、毎日毎時間、必ずや地球のどこかで、動物がむち打たれ、みじめに死んでいくまで酷使され、娯楽（「ゲーム〔猟獣〕」という語が雄弁に物語る）のために狩り立てられる。まるで人間は、失われたエデンの痕跡をすべてぬぐい去ろうという意志に取りつかれているかのようだ。痕跡は人間に、無垢、天地万物の親密な交わりからの耐えがたい原初の脱落を思い出させるように思われる。われわれが動物を辱しめ殺戮するかぎり、われわれが動物の目に、警告と苦難の信号を読みとることを拒むかぎり、われわれの憎悪と相互殺戮の政治に終わりはないだろう。おそらくまだ時間はある。自然災害は増加しているようだ。津波、火山の噴火、地震、人名を奪う落石、泥流。まるで虐待され破壊された地球が反乱を起こしているかのようだ。動物がきわめて本質的なその要素である有機的世界は、人間の浪費的略奪支配にうんざりしているのかもしれない。ニューイングランド北部では、汚染物質をまき散らす工場が閉鎖されたところで、森が生き返った。高層ビルの軒壁にトビが巣を作る。一度は絶滅しかけたイノシシがヨーロッパの森で鼻をならしている。ハドソン川では鮭が見られる。

以上の信条告白には混乱していて不合理と思われるかもしれないところがあることを私は自覚している。私は実際肉を食べる。動物実験と結びついている医療の進歩の恩恵を受けている。この三十年間私が犬に対して抱いてきた愛には、感傷、自己惑溺的ペーソスが漂っていることは疑いえない。これら善良な伴侶を失った悲しみは、ほとんどひと握りしかいない親友を失った悲しみより、どういうわけか痛切で、長引く。このことは、感情面の欠陥、私自身の精神の未熟を示しているのかもしれない。このことは、子供がテディ・ベアのぬいぐるみを失った寂しさと関係しているのかもしれない。

もし私に死後遺贈できるものがあるなら（疑わしいが）、きっとそれは貧しい人々あるいは子供の保護にではなく、盲導犬の調教のために遺贈されるだろう。彼らは神々しい生物だ。彼らには隠居所が必要だ。このような選択を私は少しも誇らしく思わない。変えようがないし、たぶん弁解の余地はない。このような選択は、私のなかにかろうじてあるユダヤ人的なところだろうか。

私が「動物本」を書くには、傑出した心理学と物語の技術を必要としたばかりでなく、生々しい内観を必要としただろう。私にはそんな気力はなかった。

（1）　生成文法とは、文法を、文法的な文をすべて生成し、かつ非文法的な文を生成しないような明示的な規則の体系と考える文法理論。生成変形文法あるいは変形生成文法とは、変形部門を含む生成文法で、ある言語の深層構造を句構造規則によって生成し、それを変形規則、つまり深層構造から表層構造を派生するのに必要とされる変形部門に含まれる規則によって表層構造に関係づける文法体系。ノーム・チョムスキー（一九二八―　）は、変形生成文法こそ母国語話者が頭のなかに内蔵している言語能力のモデルであるとする。

（2）　［ヨハン・ゲオルグ・］ハーマンは、「北の賢者」とも呼ばれたドイツのプロテスタント思想家（一七三〇―一八八）。近代理性の純粋性・自律性追求のアポリアを指摘して、理性に対する言語の根源性を唱えた『理性の純粋主義に関するメタ批判』（一七八四執筆、一八〇〇刊）は、カントの『純粋理性批判』（一七八一）への対決であった。ハーマンは理性の歴史的規定性を示し、具体的啓示・言葉への信従を強調し、伝統・歴史的現実性のもつ決定的意義に注目する。近代啓蒙理性の自明的妥当性が霧消し、言語の超越論的・解釈学的意義が強い脚光をあび、ポスト・キリスト教時代のキリスト教が問われる現代、再解釈・再評価の只中にある思想家である。

(3) 税官吏ルソーと称されるアンリ・ルソーは、フランスの画家(一八四四―一九一〇)。四十歳近くから絵を描き始め、毎年アンデパンダン展に出品した。一風変った素朴で幻想的な画風で、民衆の生活、メキシコの想い出による原始林の動物、風景、肖像などを描き、ジャリ、グールモン、アポリネール、ピカソ等の立体派の人々からも称讃された。
(4) 聖フーベルトゥス〔聖ユーベル〕は狩人の守護聖人(六五五―七二七頃)。伝説では狩の途中で頭に十字架の紋をもつ鹿に出会って回心したという。
(5) ジェーン・グッドールは、イギリスの動物行動学者(一九三四―)。一九六〇年からタンザニアのゴンベ国立公園でチンパンジーを長期観察し、チンパンジーの道具使用や子殺しなどを解明し、霊長類学の発展に貢献した。
(6) リシュリューは、フランスの枢機卿・政治家(一五八五―一六四二)。ルイ十三世の宰相で事実上のフランスの支配者(一六二四―四二)。
(7) 〔シドニー＝ガブリエル・〕コレットは、フランスの女性作家(一八七三―一九五四)。ブルゴーニュ地方の小村サン＝ソーブール＝アン＝ピュイゼに生れた。郷土の人や風物、動植物に親しみ、「シド」と呼ぶ最愛の母から深い影響を受け、自然を愛する心と動植物を観察する目を養われた。代表作に『シェリ』(一九二〇)、『牡猫』(一九三三)がある。
(8) ババールはフランスの児童読物作家・ジャン・ド・ブリュノフ(一八九九―一九三七)の『小象ババール物語』(一九三一)に始まるシリーズに登場する、人間のようにふるまう象。
(9) ジャック・ロンドンはアメリカの作家(一八七六―一九一六)。一九〇〇年、初めての短篇集でゴールドラッシュのときの経験を生かした『狼の子』を出版、文名を高めた。長篇にも手を染め、クロンダイク地方に連れて行かれて野性に目ざめる犬バックの物語『荒野の叫び声』(一九〇三)や、逆に野性から文明の美徳を身につけるに至る犬の物語『白い牙』(一九〇六)、さらにはアザラシ狩りの船の超人的な船長にまつわる異色の物語『海の狼』(一九〇四)や、プロボクサーの悲劇を描く『試合』(一九〇五)などを出した。
(10) ラドヤード・キプリングは、イギリスの小説家、詩人(一八六五―一九三六)。ボンベイに生れ、早くからインドのジャーナリズム界で活躍、日本、中国、アメリカ、オーストラリア、アフリカなどを広く世界を旅した。インドを背景に在留イギリス人の生活や怪談、迷信などを語った短篇集の出世作『高原平話』は、一八八八年にカルカッタで出版された。狼の群れのなかで育ち、熊のバルーの教育を受け、黒豹のバギーラからジャングルの掟を学びつつ成長していくモーグリ少年の生活を挿話風に綴った短篇集『ジャングル・ブック』（一八九四）、『続ジャングル・ブック』が代表作である。

(11)　ヴァージニア・ウルフは、イギリスの女性小説家、批評家（一八八二―一九四一）。数々の傑作の執筆の合間に楽しんで書かれた『フラッシュ』は、エリザベス・ブラウニングとロバート・ブラウニングとの結婚のいきさつとイタリア生活を愛犬の目を通して描いたもので、空想的で機知に富む作品である。

論点回避　BEGGING THE QUESTIONS

私の著作に関心をもっていただけるほど、あるいは反感をもっていただけるほど心のひろい人々は、よく同じ質問をした。私の本を読んだあとに、セミナーの合間に、公開講演のあとに、ためらいがちに丁重に、あるいは叱責を込めて、「あなたの政治的見解はどういうものでしょうか。あなたが歴史と文化、教育と蛮行について書かれたもののどこにも、なぜあなた自身の政治的イデオロギーの率直な表明がないのでしょうか。あなたの本当の立場はどういうものですか」、と。この問責とそれが含意する不快が正当なものであることは私にはわかっている。もっと私にダメージになることは、私の沈黙あるいは回避の心理的原因についてはいまだに確信がもてないことである。外的事実は実にはっきりとしている。私はこれまでの人生で、一度も政治的な行動をしたことがないし、特定の政党に加わったことはない。とるにたりないことかもしれないが、いかなる政党綱領も党派運動も、私の支持を引きつけたことはない。地方選挙であろうと国政選挙であろうと、投票したことはない。このような抑制にただひとつ例外があるとするなら、前の章で述べたシオニズムとイスラエルのある種の政策に対する苦痛の表明である。他の点では、私の行動、著述、教育は、アリストテレスなら「白痴」、つまり、家に留まり、都市の用務や責務に関わることを拒む者と特徴づけるであろう者のそれである。とは言っても、アリストテレスは、この拒絶、このプライヴァシーへの固執は、政府、専制的な政府、腐敗した政府、凡庸な政府の公務に近づくことを強化する、ある意味では正当化することに気づいている。政治過程に加わることを拒み、「家に閉じ込もる」ことを選ぶ男、あるいは最近なら女は、本質的に傍観者である。彼もしくは彼女は、さまざまな力——実際には生活の多くを形成しているもの——から傍観者遊びを作り出す。厳密に考えれば、隠者のみがそのような超然としていられる権利を手にした。孤独は国家にとって治外法権的なものにしかなりえない。しかしそれでも、さまざまな不明瞭さと汚染するものがある(ソーローの『ウォールデン』に古典的な表現が与えられている)。ポリスはけっしてはるか遠くにあるものではない。モンテーニュはボルドーの市長になるだろう。

どのような近視眼的あるいは自閉的衝動に導かれたのか、私はすべての集団を、それが委員会であろうと群衆であろうと、学術団体であろうとチームであろうと、本質的にうさんくさいものとみなすようになった。どのような用心深い傲慢さあるいは無精が私を「非社交的」にしたのか、そしてたとえ他人が私の考えに賛成しても私は平凡な意見あるいは無意味なことを言わなくてはならないと私に納得させたのか。なぜ私は、その提案と緊急性の多くに同意見であるマニフェスト、アピール、プロテストに署名するのを拒んだのだろうか。孤独の達人であるキルケゴール、ニーチェ、ウィトゲンシュタインにはそれなりの理由がある。しかし私のような者がどうしたというのか。加わるのを拒む政治機構がそのような拒絶の自由と免責を保証しているという逆説を痛切に感じている私のような者が。民主主義も専制政治もともに、それぞれ独自の考えから、受動性を許容する。

私の境遇に関わる自伝的動機を推測することができる。ファシズムとナチズムの狂気じみた脅威のもとで成人し、父親の明晰な洞察によって、ユートピア的社会主義とマルクス＝レーニン主義は隷属化に終わる、しかも急速にそうなると確信していたので、政治的なことには最初から警戒していた。この警戒心は、さまよえるユダヤ人という境遇、前にその概略を描いたような、自分は歓迎されないことさえあるためらいがちな客人であるという感情によって強められた。客人は家族の口論に介入すべきだろうか。加えて父親の、選挙過程に対する皮肉な態度があった。彼は何度も、ゲーテの金言、「政治の調べは下品な調べ」（*ein garstig Lied*）を引用した。しかし、まさにこれらの事実こそが、アメリカ合衆国に避難し、イギリスで教育の仕上げをしたとき私がそこに見出し恩恵を受けた「開かれた社会」、民主主義、リベラルな制度に対する熱烈な支持へと向かわせてしかるべきであった。ディアスポラ〔大離散〕にひそむ全体主義化の可能性とユダヤ的辺境性に対する私の自覚こそが、寛容な民主主義、あるいは例えば北欧型のある種の民主制社会主義方式を熱烈に擁護する方向へと私を向かわせてしかるべきであった。しかし私はそうならず、ほとんどまったくと言ってよいほど超然としていた。ダンテの傲慢な言い方を借りれば、「ひとりの党派となるため」である。なぜか。

決定的だと感じていることはプライヴァシーへの固執である。政治的大義と関与は当然のことながら、レス・プブリカ〔公的なこと〕である。政治的な事柄は本質的に私的な事柄の否定である。とは言っても政治的な事柄はたぶん私的な事柄を可能にする枠組みであろう。現代生活におけるプライヴァシーの剥奪――それが精神分析学の計画的無分別であれ、官僚政治の侵略的な調査であれ、マスメディアの身体的親密さの露出であれ、文学や社交における自己告白であれ――に対するほとんど病理的な嫌悪が長いあいだ私に取りついていて離れなかった。そういうもの、今日のテレビで支配的な「リアリティ・ショー〔実録番組〕」に出会うと胸が悪くなる。アンケート、書き込み式の横柄な書類、面会訪問者や質問者の狂暴な俗悪さ、「無遠慮なカメラ」、けたたましい電話は、私にとっては、情報テクノロジーによって放たれた悪夢に思われる。「インフォーマー〔情報提供者・密告者〕」の意味を忘れないようにしていただきたい。臨床的効率化、国民的安全、財政的透明度という名のもとに、われわれの私生活は調べられ、記録され、操作されている。パスカルが真の礼儀と大人らしさの核心に位置づけた孤独、慎重な思慮、神聖な沈黙の技術がそれと同時に衰退した。ロンドン中心部の通りを歩く人は、隠された監視カメラで平均三百回撮影されると推定されている。私の政治的信念を公表することは——関心のある人がいるかもしれないと仮定してだが——プライヴァシーの根本的侵犯であるように私には思われた。政治的光景や修辞は、それが民主主義的であれ全体主義的であれ、ヌーディスト村に類似している。しかし、どうして私的政治がありえようか（この問題はウィトゲンシュタインの「私的言語」批判と気がかりになるほど関連している）。

すべての男女は平等に創られたという主張が民主主義の公理ともいうべきよりどころであるが、それにはどういう意味があるのだろうか。今日、人工授精、クローニング、そしてその他の急速に発展している遺伝子工学が、この問題をはらんだ生物学的常套句を侵害しつつある。神学的に言えば、この信念は正当化される。神の似姿として創られたということが何を意味するにせよ、すべての人間は神の前では平等である。人間は、その世俗的地位が何であれ、無限で平等な存在論的価値をもっている。神の審級のみが最終的なものである。われわれはみな、法の前では平等である、あるいはそうあるべきだという主張もまた理性的には可能である。たしかに、歴史上、記録に残る最も古い時代から、この主張はユートピア的虚構である。幸運に恵まれた者、権力のある者、金のある者は、窮乏した者、奴隷の身分の者と同じ法的機構に直面したことは一度もなかった。法は、どれほど過酷なものであれ、あるいはどれほど開明的なものであれ、妥協や不公平だらけである。教育のある者、抜け目なく助言を受ける者、雄弁な者は、法律を実体験し利用するが、貧しい者や言葉を知らない者はそれができない。それにもかかわらず、抽象的な願望と理想は本当に意義のあるものである。ある種の社会は、それを達成するために、他の社会よりも誠実な努力をしている。しかし、神学的教義や司法原理以外のどこに平等が存在しうるだろうか。

われわれは根本的に不平等な世界に押し込まれている。カメルーンの飢饉に直面している奥地に生まれることは、ひとつの運命であり、マンハッタンの恵まれない地区であれ、そこの新生児のそれとは大きく異なる「真理条件」である。生まれつき目が見えない、あるいは耳が聞こえない人は、「正常」人のそれとは無限に異なる生活領域に住んでいる。身体の障害があることは、障害のない人の生活とは存在論的に無限に異なる生活を送るということである（ということを私は知っている）。遺伝によることが多い精神の病気はこの差をより激烈なものにする。遺伝的な病気は罪なき者の呪いであり、遺伝的な能力、遺産による富や特別な地位は受ける価値のない者が受ける祝福である。不思議な資産である美はでたらめに配分される。天才児の才能、それが運動能力のそれであれ、頭脳のそれであれ、演奏能力のそれであれ、それとどもりの低脳児とのあいだにどのような平等性があるのか。形式的で実質的に平凡な意味による場合以外は、私の知的資産、私の感受性、表現上の発見を、プラトン、ガウス、シューベルトのそれと同等と見なすことは馬鹿げた妄想である。逆に、私自身の才覚と有用性を、たとえそれがつつましいことは疑いないとしても、半文盲の者、知力が乏しく感情的にも野蛮な者のそれと同等視するのは偽善的なことである。私のように必要な程度以上に教育を受けた特権的でしばしば有閑的な人間と、スラムをさまようちんぴら、麻薬中毒者、うつろな狂人とのあいだに——繰り返すが、宗教的信仰や法律的虚構以外で——どのような平等性があるのか。人間の平等性という原則に基づくどのような政治的信条も、エデンの園のような夢想か自己欺瞞以外のものではありえない。

進化論的時間尺度に基づいて地球の年齢と対比して測定すると、ホモ・サピエンスはきわめて遅れて現われた。われわれの歴史は、あっと言う間の出来事だ。われわれの知的身体的資力の限界と潜在力はその大部分がいまだ推測の域を出ない。ハイデガーが教えてくれたように、われわれは適切な思考方法を知り始めてさえいないかもしれない。われわれは人間らしさの端緒の扉を手探りしているのかもしれないし、われわれのこれまでの経験はぞんざいな下書きかもしれない。証拠は矛盾している。われわれという種は徹底的なサディズムの傾向をもつ。この種は、拷問、強姦、大虐殺、辱めを事とする。われわれの性欲には制限が組み入れられていないようである。人間は幼児を虐待し強姦する。われわれは共食いをすることができ、殺人の欲望を抱きうる。カンボジアであれバルカン諸国であれ、われわれは無力な囚人の目を潰し、去勢し、生き埋めにする。念入りに測定された強制と報償は、通常は慈悲深く洗練された人間を拷問者に変えうることを実験が示した。冷静な人間たちが血に飢えた群衆のなかで混ざり合い、精神錯乱的な、あるいはことごとくでっち上げの理由で長年の隣人を殺害する。いわゆる文明社会の初めからずうっと、男は女をたたき、子供を隷属させ、動物を——しばしばたんなる気晴らしと快楽のために——不具にする。「人間的な動物」とは、すでに論じたように、動物に対する名誉毀損である。他方、人間男女は輝かしい知的美的創造性が付与されているばかりでなく、同情心、愛他精神、自己犠牲の衝動が付与されている。彼らは沈没する船で救命胴衣を譲り渡し、炎上する家のなかへ閉じ込められた人々の救出のために戻り、大量処刑用収容所で最後のひと口の食物を分かち合う。彼らは信じられないような英雄的行為と忠誠心を示すことができ、彼らをある種の死に直面させることになる人間的連帯感を抱くことができる。深遠な思弁的問題が人間男女を火刑へと導いた。歴史には暴政や社会的不正義に対する望みなき蜂起にみちみちている。政治は道徳的卓越性を産み出しうる。エイブラハム・リンカーン、マハトマ・ガンジー、ネルソン・マンデラのような人々がいた。とりわけ、愛、無私の熱情、代償の望みのない自己贈与の神秘がある。愛のさまざまな空間と多様性を厳密に定義しようとするのは、大海に索引をつけようとするようなものである。われわれはただ、擬人的類似によって他の種が同等に取り付かれた存在であるか否かを推論できるにすぎない。洞察の総和は、人間という種は、予想できることだが、われわれが知っているよりも善良かつ劣等、獣的かつ進化した存在であるということのようだ。われわれは「ねじれた木」という成句通りのものである。しかしわれわれは礼節と卓越性へと輝くこともある。

これがすべての政治が扱わなくてはならない原材料である。それ以外は何もない。

教育、講演、ルポルタージュのために私は、その頃、あるいは現在もなお、程度の差はあるが全体主義的統制下にある数多くの社会を訪れた。そのなかには、バティスタのキューバ[1]、サラザールのポルトガル[2]、フランコのスペイン、アパルトヘイトの南アフリカ共和国があった。ソ連、毛沢東以後の中国を訪れたこともある。程度はさまざまだがスターリン的統制下にあるプラハ、ブダペスト、ワルシャワ、クラクフ〔ポーランド南部〕に繰り返し招待された。かつてのドイツ民主主義共和国ではセミナーをもち講演をした。分断されたベルリンのチェックポイントチャーリー〔外国人が通行可能な唯一の検問所〕ではひとつの世界から別の世界へと横断した。モロッコでは神権政体的専制主義を垣間見た。このような体験で二つの大きな仮定が示唆された。独裁君主国は通常、氷山の目立つ先端部である。その下に生活の大きな塊がある（私はまだ北朝鮮のような狂信的で極端な国へは行ったことがない）。「カリギュラ的瞬間」とも言うべき独裁者の狂気と主張される危機の突風のあいだを除いては、大部分の一般人は多かれ少なかれいつも通りの生活を送っている。科学的、芸術的、知的生産の許可された領域は連続し、栄えることさえありうる。美術史、古典、音楽学、医学の学術的研究はドイツ第三帝国時代〔一九三三―四五〕にも持続的に行なわれ、傑出したレヴェルに達することも多かった。音楽訓練、劇場上演、数学と物理学の研究、運動競技はスターリン主義の膝元で大規模に行われた。独創的な天才に火をつけるのが検閲であることがきわめて多い。「われわれを圧搾してくれ、われわれはオリーヴなのだから」とジョイスは考えた。日常的尺度では、男女は、専制政治という背景のなかで間欠的に影響を受けるだけで、通常の生活を続けている。ヒトラーの支配下でもそうであったことは疑いないし、スターリン、ムッソリーニ、フランコの広範囲にわたる日常生活でもそうであった。重要な点は家庭生活である。「自宅」、家庭の日課という領域を維持できる場合には、精神は耐える。人は政治的な事柄からは退く。私の二つ目の仮定はこうである。われわれ大多数にとって、優先事項、決定的重要事項は、市街の安全、人並みの医療保険制度、子供のための健全な教育、そしてまず老後の蓄え、安心できる隠居生活である。国家の官僚の管理に求めるのはこれらのことである。これらのことが手近にあるとき、受容は合理的な選択肢である。

ほんのひと握りの少数派がもっと上を見ている。彼らは、自由な言論、妨げられない旅行、出版の権利と選挙により変化する権利を否定されると窒息する。彼らは政治的公正さと開かれた討論という理想に固執する。彼らはグーラーグ〔旧ソ連の強制収容所・政治犯収容所〕がおぞましい醜聞であることを知っている。しかし私は繰り返し言う。このような活力にみちた情熱と目標は、きわめて少数の人々の生命線である。大衆とはほとんど関わりがない。実のところ、スターリンと毛沢東によって冷笑的に利用された事実である。彼ら少数派は、共同体全体に無関心あるいは激しい憤りを引き起こすのである。国家機構によって大事にされる炭坑夫は、寄生する柔弱な知識人と彼がみなす者の頭を心から楽しんで叩き潰すであろう。このごまかしの論法は、国家の庇護のもとでもやもやくすぶっている反ユダヤ主義の地で年中絶えることなく機能している。暴動が起こるとき、もし暴動が「壁が崩れ落ちて」起こるならば、その動機は知的芸術的自由という動機であることはまずない。議会の議決過程に参加したいというハンマーの音の高鳴る欲望という動機でさえない。動機は支配階級の腐敗と非効率に対する怒りと憎悪である。身の安全という契約が破棄されたのである。食料が欠乏し、家の暖房が切れ、輸送機関が止まり、とりわけ年金がもはや保証されなくなるからだ。皮肉なことに、過去へのあこがれが始まるのは「ビロード革命」〔一九八九年十二月に平和的に達成されたチェコスロバキアの民主化〕と歓喜のあと、解放のあとなのである。かつての独裁的体制は地獄のようなところもあったが、完全雇用、無料入院、それに威厳のある老後を保証してくれた。これらのものが自由市場の規則無視によって一掃される。新聞は今や自由に、好きなだけ質の高いニュースも下らないニュースも掲載し、起業家的マフィアが栄える。しかし仕事はなく、移民だけが唯一残された未来に見え、老後は悪夢となる。ほろ苦い追憶へと振子が動いたことは東ドイツとウクライナ共和国にはっきりと現れている。スターリン体制の恐怖でさえも後悔の念をもたらしうるのである。

民主主義の美徳は理論的には反駁の余地はない。独裁国でさえこの言葉には偽善的な尊敬の念を払っているほどである。民主主義の美徳とは選挙権と憲法に法的に保証された自由である。権力の行使は、参加のもとでの是認によって共有され拘束される。民主主義の理想は、個人の潜在力の展開を可能にするばかりでなく、物質的な設備の整った社会においては、生活水準、科学的テクノロジーの創造性の前例のない進歩を可能にするだろう。社会移動の動態性、教育と医学の進歩への投資の力動性が民主主義の——プラトンの『法律（ノモイ）』の一節を思い浮かべると——「静かなドラマ」を形成している。地方の後退がどうであれ、好機というエスカレーターは世代を経るごとに上昇していく。一般人の境遇はもっと繁栄し、もっと安全で、今日よりも好ましい明日の好機に恵まれるだろう。フランスで革命が起こったとき、「生きて迎える夜明けは歓び」〔『序曲』より〕とワーズワースは証言した。重大な問題が残っていることを誰が否定しよう。つまり、社会の現実の出来事は民主主義が約束したことにはるかに及ばないことが多いという問題である。アメリカにおいてさえ何百万人もの人々がいまだ貧困状態にあり、最低限の健康保険というセイフティネットの外に落下しているのである。選挙は幽霊のように実体がないことが多すぎる。アメリカの大統領を選ぶのに選挙資格者の三分の一で十分だったのだ。公職に立候補するには莫大な金が必要である。それはほんの少数の人々に開かれた道である。それに買収されやすい人々であることがあまりにも多すぎる。形式的法律主義のなかにサディスティックな異常性がキノコのように成長する。二十年以上死刑囚棟へ入れられたあと、盲目で不具の囚人が儀式的に処刑される。すでに論じたように、平等主義は大衆教育をまがいものにしてしまうことがある。議会制民主主義は、それが西ヨーロッパのものであろうと、アメリカ合衆国のものであろうと、人種間の緊張と差別はほとんど手に負えないものであることが判明している。しかしながら、民主主義的体制のなかでなら、これらの弱点に対して異議を唱え、自由に批判し、改善することができる。他のいかなる政治理論も実践も、建設的変革を制度的手段としては内蔵していない。奴隷制は廃止された。多くの民主主義国において死刑も廃止されている。民主主義は人間の希望に比類ない敬意を払っている。このことを知らず、深甚なる価値を与えないのは馬鹿者だけだろう。

しかし、だ。民主主義と精神生活の卓越性とのあいだのある種の不一致は本質的なものである。民主主義、つまり多数派への肩入れは、一般人のためにファンファーレを鳴らす。彼の神は、地球の多くの場所では、サッカーなのだ。啓蒙主義の信条、大衆教育を文化の向上と政治的英知への確実な道とみなした十九世紀の世界改善可能論はおおむね幻想であることが判明した。社会正義の追求は下降した。スターリン体制の狂暴さのなかでさえ、学問の威信、タルムード〔ユダヤ教の解説付き法典・伝説集〕的知識、人間の出来事における理念の優越性に対する、しばしばトラウマとなるほど激しい肩入れ、こういうものが残っていた。今日、西洋と発展途上国の大量消費とマスメディアの民主主義において、政治的リベラリズムと代表制政府とを資本主義から切り離すことはもはや不可能である。「第三の道」を見つけるための熱心な努力がなされている。人間的な社会主義的資本主義が、スカンジナヴィアやスイスのような牧歌的で特異な国において散発的に起こった。しかし多元的文化をもつ成熟した民主主義においては、主権は金が握っている。権力関係は、本来の中立的な意味での金権政治の、程度の差こそあれむき出しの権力関係である。金はそのあくどい全能性に勝ち誇っている。金は公的生活と私的生活のあらゆる隙間に侵入している。サッカー選手崇拝、ポップスター崇拝、大資本家の虚飾は気違いじみた富の反映である。同時に、報酬にならない知的情熱と創造性に対する軽蔑と無関心は、まさに財政的序列と対応している。画家が真面目に扱われるのは、マスコミの誇大報道が作品に金銭的価値があることを認める場合である。歴史的偉人の株式取引所における最近の調査では、デイヴィッド・ベッカムとマドンナがシェイクスピアとニュートンのはるか上にある。富の追求、それがかき立てる夢と妬みがきわめて直接的に、私的生活に重くのしかかっている（バルザックと『ウスラ』詩篇のエズラ・パウンド(3)はこの悪魔的な伝染病を劇的に描いている）。ブルジョワ家庭内の諸関係、愛とセックスのゲームは、意識的あるいは無自覚な金銭的動機にみちみちている。金銭本位、「価値」という語の純然たる物質的意味への偏りを考えてみていただきたい。破産の「価値」とは何か。この点でマルクスはフロイトよりも深いところを見た。警察国家が思想と芸術に加える強制は本当にぞっとするほどである。しかし、加えられる損傷は、結局、大量市場の絶対性がもたらすものより大きくないかもしれない。質の高い書店、「リトル・マガジン」、大学の教育と研究における秘教的もしくは少数派的領域、前衛的音楽のレコード会社がまだ残っているとするなら、それはお情け、個人的寛容によるものである（アメリカでは見事なものだが、それ以外の国では渋々、そして軽蔑まじりであることが多い）。利潤がメディアに課す検閲は、政治的専制のそれと同じくらい、おそらくはそれ以上に破壊的である。ポピュリスト、テクノクラートによる民主主義が、金をもうける権利になっているが、その金は、合理的必要性あるいは人間的威厳が求めるものよりはるかに多い金なのである。そのため若者たちのしばしば激しい幻滅と市民的過程への不参加ということが起こる。黄金はトイレの便座に使うのが一番よいだろうということをレーニンは少なくとも知っていた。

私の政治学はプライヴァシーと知的執念のそれである。私の政治学は、オデュッセウスの声を通して述べられたダンテの忘れがたい召喚である。「われわれは獣のように（*come bruta*）生きるために作られたのではなく、どんなに個人的あるいは社会的犠牲を払おうと、美徳と知識を求めて、それらが導くところへと行くために作られた。」このような信念は、ある点で病理的で自己惑溺的かもしれない。非妥協的思想、芸術や科学への没入は、精神の癌であるかもしれない。それは社会正義から「小さな正義」を作るからだ。それはわれわれの境遇の暗部においてくつろぎを感じることがあまりにも多いからだ。それと同時に、非妥協的な思想と芸術や科学への没入は、人間を正当化し、非人間的なものからの突発的上昇をもたらすように思われる。政治体制に希望することはただ、このような執着に息をする空間を許容してくれること、功利的集団的恩典ではないかもしれないものに息をする空間を許容してくれることだけである。また、金への異議に敬意を示してくれることだけである。私は「ひとりの党派」の反抗的なプライヴァシーのための何らかの防御手段を希望している。そして才能ある者に対してありとあらゆる門戸が開かれることを希望している。私は自分のことをせいぜいプラトン主義的アナーキストとしてしか考えない。

それは勝利の切符とは言えない。

上品な集まりにおいては、個人の宗教的信条もしくはその欠如について直接尋ねることは、長いあいだ、粗野な干渉と見なされた。この問題についてはプライヴァシーが聖域であることを許された。話が宗教的感情に関わってくるとき、きわめて正直な人でも言葉に戸惑うか、あるいは理性の前史時代に属する慣用句に頼るという真実をこの健康的な禁止事項は認めている。この点でもまた、慣習が劇的に変化した。発言上の思慮が時代遅れのものになりつつある。公の場での露出、告白が、セックスのそれとまさに同じように、興味の的になりつつある（これら二種類の露出の相関関係は印象的であり、かつ分析は困難である）。すでに述べたように、私的な政治というのはたぶん言葉の矛盾であろう。宗教的なものの領域は私にはまったく異なるもののように思われる。肯定するにせよ、否定するにせよ、宗教的なものとは、むき出しの意識の内奥、牙城を具現するもの、すべきものである。宗教的なものは自我の不可侵の聖域で守られなければならない。たとえその聖域が空虚、つまり、幕屋のなかの至聖所のそれのような活発に脈動する空虚であっても、である。窮極的なプライヴァシー、心と精神の閉域の資格をもつものがあるとするなら、それは、死の唯我論あるいはその棄却へと成熟する途次の個人の信仰であることは確かだ。直接的な意味での公表は取返しのつかない価値の切り下げ、よりよい名辞がないため「魂」と呼んでいるもの、つまりわれわれの迷宮的存在の急所にして核心部分のストリップショーである。それは派手で下劣な逆説、つまり自己冒瀆、自己レイプの実践である、あるいは私はそう考えてきた。裸ほど俗悪なものがあるだろうか（こう書いているとき、テレビでは手淫競争が流されている）。

そのうえ、この無思慮は、たんなる言語表現の過程によって矮小化され、歪められる。言葉に置き換えられることによってそうなるのだ。たとえその言葉が詩的哲学的霊感にみち、思考が歌う場合でも、である。宗教的言説の頂点、形而上学的神学的議論の頂点において、そしてダンテの『天国篇』や詩篇のように隠喩、アレゴリー、象徴、類比が忘我の輪となって織り合わされるところで、言語は自らの避けられない限界を激しくたたくのである。偉大な作家や思想家によって、「ヨブ記」やアウグスティヌスの『告白』、『神曲』、パスカルの覚書のような書物を生み出すことのできる者によって、キルケゴールやホプキンズのような人々によって、言語は本当に自らを超え、それ以外には表現できないものに向かって「突き抜ける」ように思われる。しかし、この自己超越は幻想である。それは修辞と巧妙な文体がもたらす驚くべき効果である。言語は、宗教的体験に関しては、自らを超えたものはけっして言うことはできない。本体論的肯定、超越的なるものの称揚は同語反復的である。そのような肯定と称揚は、表現しようと決意したことを、たとえどれほど輝かしく見えても循環論法によって表現するのである（ふたたび、その威圧的イメージはダンテのものであり、T・S・エリオットの『四つの四重奏曲』のなかのその「再演」である）。暗示と形象化の手段がどれほどの広がりをもっていようと、言語という道具は、自らの語彙的文法的資力の境界を越えられない。それらは歴史的社会的形式的生成物ゆえに限界づけられている。「神」について語ろうとするとき、言語は自らを映し出す。そのことが、この上ない歓喜にみちた祈りであっても、その底から聞こえる不明瞭な悲しみの声の説明になるかもしれない。その形而上学的詩的頂点においてさえも、神的なものの明確な分節化は崇高なるおしゃべり、ハイデガーが「ゲレーデ〔むだ話〕」と性格づけたものである。それに対して、冗長な数千年間にわたって、「神の聖なる炎のなかの賢人たち」、預言者、詩篇作者、神学者はこう答えた、「人は神について間接的に、イメージと類比によって、論理あるいは忘我の推論によって語ることができる。言語の「奥義」が人間には与えられているので、人間はその宗教的直感と信仰箇条を声明し、議論し、体系化することができる。人間に与えられたもののまさにこの境界が神の不可測の「他者性」を証言している」。

この命題は、その最も精妙なもの、アクイナスのものであれマイモニデス[4]のものであれ、たんに自己充足的なものにとどまっている。高遠で深い趣意が実感されるが、詭弁的な議論である。隠喩的構成概念、類似、類比、存在論的証明――聖アンセルムス[5]やデカルトにおいてきわめて誘惑的な明敏さをもつもの――はデルウィーシュ派[6]の踊りである。それらは理性と欲望を活気づけて恍惚状態に陥れる。それらはけっして自らの重層決定的運動の周辺外へ踏み出すことはできない。これらの問題は、言語が自らに提示し、精神が内向的対話で明確化するものである。解答は言語のなかに、たぶん、いわば大脳皮質の地図のなかにすでにプログラム化されている。われわれはそのような問いかけをしつつも解答を知っているのだ。啓発的な慣用句にあるように、われわれは「ベッグ・ザ・クウェスチョン〔証明すべきことを初めに真と仮定して論じる〕」のである。あのラビ的弁証家カール・マルクスが述べたように、人間は、すでに解答をもっている、あるいはもつであろう問題だけを提起するのである。われわれは言い方に新奇な創意があるかもしれないが、「神」について言える何か新しいことはまったくもっていない。われわれの神学、われわれの典礼は、まったく永遠に変わらない主題をめぐる変奏の組み合わせである。かくして、本源的啓示、最初の権威、石に刻まれたメッセージあるいは場合によって一文字を求める熱狂的な探究が起こる。しかし、そのような啓示、無謬なるものの奥義を求めるそのような探究は、どれも、人間的尺度による、人間的偶然性の拘束のなかでの発話行為でしかない。最も正直で、確信からの自制が最も強いのは、言語を一番疑い、言語の誤りやすく陳腐な慣用表現を一番節約して使う――カフカやベケットのような――「物語の語り手」だけである。

神的なものを表現し、概念化し、実体化する非言語的試みについてはどうだろうか。言語の出来合いのフィードバック〔自己反応〕の外部にある伝達的遂行的メディアはどうだろうか。巨石像、キクラデス諸島〔エーゲ海南部〕の豊穣の女神像、システィナ礼拝堂に描かれた一目散に逃げる髭をはやした創造主のフレスコ画、これらは本質的に同等のものである。今地球上のどこにでもある宗教芸術がなかったら、われわれの感受性は貧弱なものになり、われわれの内面的および外面的な風景は測り知れぬほど貧困化しただろう。プラクシテレス〔前四世紀中頃のギリシャの彫刻家〕の大理石の神々、ビザンツのモザイク画、アフリカと南洋諸島のトーテムの仮面や装飾、タントラ〔経典〕の抽象と仏陀の微笑は人間の手と想像の力の産物であり、全身的な畏怖の念の供給物である。それらは人間的意識と模倣から生まれるものである。「もし牛に神々がいたら、彼らは角のある神々を描くだろう」とソクラテス前の哲学者たちは言った。神々は人間の似姿で作られる。転調と混乱がそのあとに必然的に起こる。聖なるものの図、像、顔かたちが現実の存在性を帯びる。代表象が自らの目的となる。崇拝者はブロンズ像のつま先に口づけし、神聖なイコンを抱き、象徴ではなくそれが具現していると見なすものの前に頭を垂れる。グリューネワルトの三連祭壇画の絵としての強烈さから発するものと較べて、神の切迫さがそれ以上に実感されるものがあるだろうか。ある種の信仰が神を絵に描くことを禁じているのは、イメージと実体の同化、その結果生じる偶像化を否定しているからである。モーセのユダヤ教、イスラム教分派、ピューリタン正統派においては、偶像破壊主義が支配的である。像や絵画に誘惑されないようにしよう。神はその通り名の十全な意味において想像できないものでありますように。代表象や形態的類比が必要な場合には、抽象的で非形象的な線状のものにしよう。イスラム教の装飾的書体には、動いている聖なるものに対する尊敬と瞑想の舞踏が感じられる。私がこれまで体験したなかで超自然の近接性の最も圧縮され熟成された暗示を受けたのは、イスタンブールのブルーモスクの生きている空間内の静かな空虚であり、ブルゴーニュの谷間に誰にも注目されず放置されたカロリング朝の聖堂の壊れた後陣だった。ある種の神秘的なテクストとの比較が適切かもしれない。最も親密に感じられるものは最も簡素なもの、自らの欠如に最も鋭敏であるものだ（マイスター・エックハルト[7]しかり、ある種の禅の公案しかり）。芸術は、最も抑制された抽象的な場合でも、象徴と具現とのあいだの混乱から厳しく身を退こうとする場合でさえも、神の現実的な存在や性質について何も語ることができない。また何も証明することはできない。宗教的感情が未見の儀式へと流れて行くのは、まさに、イコン、トーテム、小像が神聖と見なされる場所においてなのだ。そういう観点に立つと、ジョットーのフレスコ画やラファエロのキリスト論は「原始的」である。それらは燦然たる幻想を産み出す。

音楽がある。純粋数学の記法以外のすべての表現および制作手段のなかで、音楽のみが言語の有刺鉄線を切り抜ける。すでに示唆したように、音楽は至高の意味をもつが、その意味は依然として定義不可能であり、言い換えや翻訳を拒絶する。燃える柴から聞こえる「私はある」という同語反復と同じように、音楽は音楽であるものなのだ。その意味する存在は普遍的なものである。多くの人々が、音楽の絶対必要性、その圧倒的な潜在力を説明しようとしてきた。ショーペンハウエルは、音楽は世界が消滅しても残るだろうと提案する。レヴィ＝ストロースにとって、韻律は「至高の神秘」である。歴史上のどの時代どの社会にあっても、多くの人間にとって、音楽体験は、診断したり言語化したりはできないが、「超絶的」体験である。音楽以外にはない名状しがたい意味作用力は、宗教体験の自然な似姿、「体験外」体験の似姿であるように思われる。極限的な、しかし説明不可能な明瞭さで音楽は、経験的あるいは日常的存在を越えた真実、感情、想像を創始し伝達する。音楽の光と影、音楽の支配力――プラトンやレーニンが恐れたもの――は、分析的論弁的理性の「反対側」にある。音楽への没入は、控え目ではあるが真の意味で「神秘的」と性格づけられる。一方では音楽、他方ではエロスと死、両者の結びつきは、ラップの場合と同じくらい、モンテヴェルディ[8]とシューベルトにおいて親密なものである。宗教は、歴史上禁欲的な時期には音楽の影響力を制限しようとしたけれども、宗教は音楽の感覚的役割に大きく依存した。宗教は音楽的歓喜と嘆き、そして証明しがたいが、それらから類推される創造的現実に助力を得てきた。心理学者は、音楽の、他のどのような人間的事象にもできないほど誘発し散布する「大海のような感情」を援用する。われわれの多くにとっては、この「大海のような感情」は、それを意識するかしないかには差があるが、宗教的上昇感と高揚感を表している。この秩序の「凌駕」は、バッハあるいはあらゆる拡散的ではあるが浸透力をもつ暗示においてそうであるように、教義を明らかにするのに役立つかもしれない。この範例となるのは、そしてほとんどけばけばしいほどそうだと言えるのは、マーラーのアダージョ〔緩徐曲〕である。しかし、バッハの賛美歌もブルックナーの華やかな吹奏曲も、われわれを恍惚とさせるかもしれないが、神の存在あるいは不在に関して、いかなる証拠も提示しない。この問題については何も語らないのである。

たぶん舞踏は、実感される神秘に最も近い。ダビデは聖櫃の前で踊った。デルウィーシュ派は旋回する。ニーチェは形而上学的思想と認識の、舞踏への置き換えを、つまり「真理の舞踏」を取りつかれたかのようにほのめかす。ヒンズー教の神々は踊る姿で描かれている。繰り返すが、いかなる証拠も現われそうにない。

私が初期の本から、つまり『トルストイかドストエフスキーか』、『悲劇の死』以降論じてきたこと説こうとしてきたことは次のようなことである。ごく最近まで多くの偉大な芸術、文学、思想的構築物に活力を補給してきたのは、「神問題」、神の実在もしくは不在をめぐる問題、神の存在に「住まいと名前」を与えようとする試みなのである。それらが意識にその中心を与えてきたのである。

人間の意識に刻まれ、おそらくは進化の道具となっていた超自然的再保証への熱望、慰藉を与えるものであれ懲罰を与えるものであれ、愛情深いものであれ激怒するものであれ、神の監視への渇望が、人間の感受性が真剣に活動するとき、それを形成してきたのである。信仰は、信仰がなければ無感覚な孤独であるものを、耐久性があり挑戦的なものに変える。神話体系、その多層的意味をもつ物語と寓意がなければ想像力が涸渇する神話体系は、宗教の談話体表現なのである。われわれは、絶対的意味での内的あるは外的世俗主義を考えることはできない。無との接触を考えることはできないのである（とはいっても、境界線を漠然と予示したのはハイデガーの力である）。クロマニヨン人の洞窟画からマティスの描いたヴァンスの礼拝堂に至るまでの、グレゴリオ聖歌からシェーンベルクに至るまでの、『ギルガメシュ』とアイスキュロスからドストエフスキーとT・S・エリオットに至るまでの芸術を生み出し支えてきた超越性という公準を承認することは平凡陳腐なことかもしれないが、つねに注目されてきたわけではない。本質的にポイエーシス、つまり創作は、神の制作と考えられているもののイミタティオ〔模倣〕であり、それとの格闘である。「存在せしめよ」が、原初の産出を模倣する芸術家と思想家を促す。われわれは、リルケが美の恐怖と異様さと呼んだ、超自然的なものと同様に定義されない概念を通じて神々と遭遇することを憧れている。

　その憧れが停止するとき、われわれの心のなかの渇望が成熟した欲求と活力から退いていくとき（マシュー・アーノルドの「ドーヴァー・ビーチ」で、まるでそれを予言するかのように潮が引いていくように）、詩学、哲学的言説、芸術のある種の大きさも衰退するだろうというのが私の直感である。銀河系が「境界」を越えて不活動状態になるように。ますます、「超自然的」次元、まばゆい光あるいは飲み込まれるような闇に向かう開放性は、手の届かないものになるだろう。しかし、こういうものがなければ、「ヨブ記」、『オレステイア』、『神曲』、『リア王』、『荘厳ミサ曲』は存在しえなかっただろう。また、ゴヤのエッチング版画やプルーストの小説のような内在する全体性も存在しえなかっただろう。音のアーカイブにあるテープ録音と同様に、「大小説」も、うやうやしく扱われながらもほこりをかぶることだろう。たとえばレオパルディ[9]、シェリー、ランボーに見られるような堂々たる無神論者の詩はきわめて稀になった。無神論的音楽という概念に私は明確な意味を与えることはできない。超越的可能性がなかったら、形而上学を経験論的心理学や観念の歴史からどのように区別するのだろう。まるでわれわれは、まだ不明瞭な変身に先立つ混乱と断続の段階にいるように思われる。ベケットのような天才がこの転換期を代表する人であろう。

しかし、自己欺瞞はやめよう。芸術も哲学も、システィナ礼拝堂もカントの『批判』も、たとえどれほどわれわれの人間性に欠かせぬものであったとしても、たとえどれほど人間の上昇という点で素晴らしいものであったとしても、神が存在するか否かという問題を解決しないだろう。ゴドーを待つことについてそれらはあらゆることを語るかもしれない。彼の到来については何も語らない。夜は長くなるばかりだ。

神の人間に対する方法を正当化すべく神学とそのボディガードである弁神論が登場する。それは世紀を追うごとに「老いることのない知性の記念碑」を生み出した。果てしなく続く何百万もの真摯な言葉を生み出した。そして神話、寓話、幻想、啓示、論文、包括的体系、論争、論文、散文、詩を終わりなく生み出した。そしてあらゆる分野にわたる歓喜、肯定、証言、分析の知識。どの塔よりも高い山なす手書き本と印刷本。神をめぐる神学的議論以外のどのような説得と論争の領域で、これほど精力的な論理の離れ業、これほど喜びにあふれたエピファニー、これほど激しい批判と悪口、これほど密に圧縮された学問、これほど持続的な瞑想、これほど赤裸々な告白があっただろうか。至高善についてのプラトンの教説、不動の動者[10]をめぐるアリストテレスの教義、アウグスティヌスの三位一体の立証、アクイナスの『神学大全』、デカルトの存在論的証明に精神の頂点がある。パスカル、キルケゴール、カール・バルト[11]の『ローマ書』に、人間の弱さをめぐる比類ない提示がある。ヘブライの、イスラムの、極東の神学と弁神論のごったがえすほどの豊かさについては言うまでもない。ニューマンの精妙な標題を使うなら、豊かで霊感にみちた「同意の文法」である。神の先見と神慮、原罪と償い、永遠に続く創造か無からの創造かをめぐる二千年間の論争を取り去ってみよ。タルムードとスコラ学の分析学とそれらの隠喩への転調を消し去ってみよ。ペルシャの神秘主義と中国の宇宙論をぬぐい去って見よ。何と風景は不毛になることか。神々について語ることは、人間の体内に根差した強制力であるように思われる。

神の存在を証明しようとして投じられた知的エネルギー、感情の鋭敏さには畏怖すべきものがある。それらが説き伏せた人々の数は無数である。彼らの中には最高の資質を備えた人々がいる。何世代にもわたって人々は確信した（あるいはおびえた）。何百万人、何億人もの人々がアラーの自明性を宣言する。『唯一神信仰』がユダヤ＝キリスト教への信仰を公言する。

しかし、これらの論証のどれが、論証がそれにより言いあらわされている言葉を飛び越えるというのか。自らの影を飛び越えることができるのか。アンセルムスの巧みな存在論的証明――神の完全性は神の存在を必然的に伴う――は明らかに循環論である（初期の批判者はこのことに気づいていたが、ほどなくして沈黙させられた）。人間の知力は助けがなければ無限を考え出すことはできなかっただろうというデカルトの誘惑的な主張は、われわれの「無限なるもの」の概念は、きわめて大きな規模、連続的系列の意識の延長であるという単純な洞察の前に屈服する。啓蒙運動の理神論のような設計に基づく議論は、宇宙と時計制作の原始的類比を分析しなくてはならない。そのような議論は、ダーウィンの学説と天体物理学によって、完膚なきまでとは言わぬまでも、論破された。われわれが神々を自らの原形的イメージで創造したことは、十分にまともな議論である。われわれは、「大地母神」あるいはシナイ山の激烈な怒れる父あるいは四つの腕をもカーリー〔ヒンズー教の死と破壊の女神、シヴァの配偶神〕に従う、あるいは反抗するように「配線」されているように思われる。存在の空虚のなかで孤児となる恐怖、死に滅ぼされる恐怖、偶然性の恐怖の方が、魔的な力にみちみちているとはいえ、超自然的監視のもとにあるものとして考え出された世界よりも、耐えがたいものであったように思われる。

しかし次の事実に変わりはない。言葉は言葉に終わる。絵は絵である。彼方の世界へのパスワードはありえない。反駁できない論理学者ゴルギアスが示したように、自らの否定の裏〔換質命題〕を伴わないような命題はありえない。あるいは、カントやウィトゲンシュタインが厳密に、かつ悲しみをまじえて教えてくれたように、神の存在を合理的議論、人間の言葉によって論証しようとする試みは、不条理なものとなる運命にある。厳密に考えれば、すべての神学は、たとえどれほど深遠あるいは雄弁であろうと、冗言である。

弁神論の挫折はもっと暗澹としている。挫折は無数である。神のもとでの人間の苦しみを理解可能なものにしようと奮闘してきた人々は、またもや、われわれのなかで最も賢明で霊感にみちたものであった。彼らは現実の残忍さと不正を受容可能なものにしようと奮闘してきた。不当な苦しみというディレンマほど、苦悩にみちた発見、治療的夢幻を誘発してきたものはない。心理的洞察、修辞の妙技――深淵の上でのピルエット〔バレエの爪先回転〕――に際限はない。弁明の目録はいつまでも続く。

苦しみは人間の自由、自由意志という特権の必要条件である。人間男女は生得的かつ遺伝的に過失があり、エデンの園の恩寵に恵まれた状態からの転落が烙印として刻まれているが、「ああ、幸運なる過失よ（*o felix culpa*）」、救済、救世主の償いにあずかれるのだ。罪なくして許しがありうるだろうか。この世の不正、隷属、欠陥に耐える人々は、あの世で償いを受けるだろう。われわれの限界づけられた精神にとっては暴虐、不当なミゼール〔悲惨〕と思われるものは、神にのみわかり、最後の黙示録的な瞬間にのみ開示される包括的で慈悲深い設計の極小の部分にすぎない。苦痛、喪失、屈辱は啓発的である。われわれのなかの最良のものを抽き出すからである。時が経つうちに、善と報償の総計は、拷問と剥奪のそれをはるかに上まわるだろう。われわれの短い人生の笑いたくなるほど微量の灰の山に明白な公正さを不平まじりに要求するヨブは、そしてわれわれは何者であるのか。この嘆願的取引は何千年と続いている。

われわれをどこまで遠くへ連れていくのか。ドストエフスキーよりもはるか昔に、子供をたったひとりで拷問にかけること、不具の子供をたったひとりで餓死させることは、公正で哀れみ深い神という概念そのものを論破するか否かを知りたいと要求した人々がいた。何らかの遺伝子的欠陥で障害があり気が狂う人間の誕生を何が正当化するのか。果てしなく続く自然災害、疫病、飢餓、殺戮、それをわれわれは「歴史」と称しているが、それにどのような、道徳とまでは言わないにせよ、理由づけができるというのか。なぜ――ソクラテスはその難問に対し曖昧な態度をとっている――まともな男女が嘲弄され、塵になるまですりつぶされ、暴君、邪悪な者、サディストが栄えるのか。どのような誠実さ、どのような道徳的嫌悪が、自殺を「唯一の深刻な哲学的問題」（カミュ）とするのか。切迫感に多少はあるし、個人の危機感に多少はあるが、これらの問題は日常的なことであるし、そうあるべきである。

二十世紀の残虐行為はそれらに新たな鋭さを与えた。計画的拷問、何百万人の罪のない男女子供の殺戮、町全体が計画的に燃やされる放火、「キリング・フィールド」における何千人もの生き埋め、歯止めのない物質的誇示と、殺人的窮乏や飢餓や病気との隣り合わせの共存、前代未聞の規模で行われている子供に対する経済的性的搾取、これらのことは、弁神論の虚偽、むなしさをまたもやさらけ出した。私はかなり長いあいだ、神は何らかの後退、「疲労」状態にある、神は人間の協力を必要としている、神は「まだ」現われていない、神はやっと現われつつあるという推測にしがみついていた。今やそのような比喩は、私には多少おめでたく思われる。そのような比喩は言語に内在するうっとりさせるメロドラマである。チェチェン族によるベスランの学校占拠の三日目、子供たちは苦しい喉の渇きで死にかけていた。小便も出なくなった。二日間、彼らは全能の神に祈った。返答はなかった。最後の日、彼らはハリー・ポッターとそのお気に入りの魔法使いに助けを求めた。このことは、人間の置かれた状況の真相に一番近いように思われる。このほうが、「アウシュヴィッツ以後の神」の窮極的な慈悲と正義を示そうとするしばしば反感を招く努力よりもはるかに大きな威厳をもっている。人間の罪深さと神の命令への不従順が罪をもたらしたという確信（このラビ的偽善の実例はガス炉へ行く戸口で聞かれた）で、人は冷ややかな嫌悪感に圧倒される。一方では果てしなく続く雄弁で巧妙な言葉、言葉、言葉。他方には、窒息死する子供、拷問にあう者、避けられる疾病と飢餓で死にゆく者の悲鳴。狂信的憎悪の底無しの貯蔵庫が内部から自分たちで宗教を組織した。党派的殺戮がまたもや今日の秩序となった。かつて無神論者の暴徒の群があっただろうか。

私に何か権威のある返答は論外として、何か提供できる独創的な返答があると考えることは、いつも私には厚かましいことと思われた。私の理解力、私の頭脳は、こういう課題には向いていない。それが核心かもしれない。われわれが「神」として言及するものに対応する何か実体、何か「真理機能」があるとしても、これらのものは、われわれの把握力とそのような把握力が不可避的に明確化されるときの語法によって近づくことのできない秩序と構成をもったものだろう。われわれは、自分たちが何について語っているのかわからないだろう。われわれの抽象的定義、われわれの象徴的隠喩的言い換えとつり合う神は、まず崇拝するに値しないだろう。そのような「神」は、画家が神を描いた絵と同じくらい神人同形的で、神の彫像と同じくらい痛ましいほどに人間的であろう。禁欲的婉曲表現と具象からのスピノザ的抑制——スピノザほど純粋なものはない——も、われわれの口ごもりや理性の哀切さを越えるものではない。われわれはどうにか、われわれの精神と感情のコンパスで「神」を包むことできると信じることは、鏡の家に住むことである。これは「否定的神秘」ではない。自然科学、数学における根源的問題にはいかなる解決の手段もないように思われる。われわれの宇宙の起源、ありうる終末、何百万もの他の「宇宙」がある蓋然性のようなますます先鋭化する問題を問う能力はわれわれにはある。われわれは時間の属性と時間の発端を巧みに扱うことができる。これらのことは、聖アウグスティヌスの大胆さ以上の確実性を提供しない。仮説は依然として仮説であろう。こんなにも小さく仕切られた道具である人間の大脳皮質が、解答不可能な問題を提示できること、決定不可能で解決不可能な問題を活発に提示できるということは大脳皮質の驚異である。私を畏怖の念でみたすのはこの逆説、つまり無制限の制限という感覚、日常の圧倒的未知という感覚である。われわれの疑問を待ち構えるのは、診断される生活の一瞬一瞬であって、概念化できない、あるいは無力な神ではない。われわれは問い続け、間違い続ける生物なのだ。

　直感は弱々しく一時的なものだが、私はそれにより多少正気を保って生きようとしてきた直感を大事にする。社会思想家マックス・ホルクハイマーは、原罪の概念を、人間がかつて抱きえた最も発展性に富む洞察と呼んだ。その概念を、事実と見なす、神話ではないものと見なすのは、原理主義者か「リテラリスト」だけだろう。どのような歴史的人類学的レヴェルにおいても、原罪の概念は、おとぎ話に見出されるしばしば理解しがたい意味以外の意味はもちえない。受け継がれる根源的罪という概念は、道徳的に不愉快きわまるものである。しかし私は、何か最初の大破局の予感と記憶を、説明はできないけれど、判読しないわけにはいかない。初めから何かひどい失敗をしたのだ。無意識のマグマのどこかに、そのような惨事――このディザスター〔惨事〕という語には星々の落下という意味がある――、記憶に取り込むことのできない記憶が埋め込まれている。われわれはまるで創造の歓迎されざる客であった。あるいはそうなったかのようである。まるで存在がわれわれを歓迎されざるものにしたかのようである。このことは、われわれが今日地球を荒廃させ、エデンの園の最後の非難がましい痕跡を根絶しようとするときの自殺的憤激を説明するかもしれない。遠いはるか昔〔ライト・イアーズ・アウェイ〕の、あるいはむしろ、「遠くて暗いはるか昔〔ダーク・イアーズ・アウェイ〕」の、何か回復不可能な追憶がわれわれに重くのしかかる。この暗示は、人間の苦しみをいかなる合理的な意味でも正当化しないし、道徳的理想の繰り返し起こる敗北を認可しない。しかし悲しみを教える偉大な人々にはわかっていたように、この暗示は、人が生きることと折り合うのを実際可能にする。つまり、「何度も何度も敗北し、それからよりうまく敗北する」（ベケット）ことを可能にする。しかしこれもまたあまりにも楽観的かもしれない。

私は理性の脆弱さが脳裡から離れず、パニック状態になるほどだ。実質的にはいつでも、身体的損傷、麻薬、老齢化が理性を損なう、あるいは破壊する。生まれながら精神障害のある子供、アルツハイマー病のため訳のわからないことをしゃべる年老いた配偶者、彼らが、合理性の奇蹟的な複雑さと幸運の枠を形作る。これらのことは、神の存在を、人間的見地から納得することを私に禁じる。宇宙の一部の、一兆回折り重ねられたもののなかのわれわれの極微の希望と苦悩に耳傾ける神など論外である。組織化された宗教は、理性を汚染し、理性を狂気へとねじ曲げかねない。愛情あふれるキリストの名を借りていかに多くの組織的虐殺が行われたか、いかに多くの巡礼者がメッカで殺されたか、いかに果てしなく殺戮が儀式や伝承の幼稚な細部をめぐって行われたか。聖詠歌を歌って回る正統派ユダヤ教徒は憎悪の名人であり、跪拝するキリスト教徒、額手《ぬかて》札をするイスラム教徒、彼らは、人間の常識の徐々たる浪費の前史である。祈りのなかであろうと、神学論文のなかであろうと、神の意志と属性に関する言明は、自己充足的同語反復である。それらは、代数学や形式論理学の同語反復とは違い、感情の無限の力を喚起する。しかし、その点ではセックスも飢餓も強欲も同じく作用する。

私が抗いがたい強烈さで感じるようになったことは神の不在である。とは言っても、否定神学や「デウス・アブスコンディトゥス〔隠れたる神〕」のいくぶんソフィスト的意味ではない。この感情を明瞭な言葉に置き換えられるとは私は思わない。空虚の創造は、どんなものをも切り裂くほど大きな内破的圧力を生み出す。私が感じる空虚は莫大な力をもっている。この空虚は、私を、私がとうていみたすことのできない倫理的知的要請に直面させる。それは——これが一種のつぶやきにすぎないことはわかっているが——未知のものであふれんばかりのニヒリズムである。それは、私の存在の不安を、死を概念化しようとする私の哀れな試みを、きわめて小さな空間である私の精神と意識の限界にまで縮小してしまう。しかしこの感情は私にこけおどしをさせない。それは、またもや言葉足らずだが、愛の核心にある悲しみと深淵とに関係している。おそらくそれは、盲人がこの世の幻影的な昼間をこつこつと歩いていくときの生きている暗闇に似たものなのだ。「非 - 神」についての瞑想は、認可された神学と崇拝の瞑想に劣らぬくらい激しい、あるいはつつましい、あるいは歓喜にみちたものになりうる。それが愚行や憎悪を誘発することはないと、私は信じている。畏怖すべきは不在の神である。

私が熱を込めて提言したいのはこういうことである——信仰あるいはその欠如は、人間のなかで最も私的なこと、最も慎重に守られる要素である、あるいはそうあるべきだということである。魂もまた私的な部分をもたなくてはならない。公にすることは、信仰を取り返しのつかぬほど安っぽくし歪めてしまう。成人信者は神と二人だけになることを求める。私が神の至高の不在と一体になろうと格闘しているように。すでに私はあまりにも多くのことを言いすぎてしまった、言いそこねてしまった。

古くからののろいの言葉にこんなのがある——「わが敵が本を一冊出版しますように」。いま私はそれにこう付け加えよう——「彼が七冊出版しますように」。

（1）一九五九年一月、アメリカ帝国主義および国内の大土地所有者・買弁ブルジョアジーの利益を代表するバティスタ独裁政権を打倒し、キューバの完全独立と社会主義への道を切り開いたのがキューバ革命。共産党ではなくカストロら急進的知識人の武装組織「七月二十六日運動」が指導権を握り、農民を主力とする人民軍の進撃によって権力を奪取した点に特色がある。

（2）〔アントニオ・デ・オリヴェイラ・〕サラザールは、ポルトガルの政治家、コインブラ大学財政学教授（一八八九―一九七〇）。一九二六年カルモナ将軍がクーデタに成功、二八年大統領になると、彼を蔵相に任命。三二年以降首相。三三年イタリア・ファシズムに範を得た憲法を公布。国庫、陸軍を再編。国民連合党一党独裁の保守的権力政治をおしすすめた。第二次世界大戦中は中立を保ったが、四二年以降スペインと緊密な友好関係をもち、また戦前のイギリスに代って合衆国に接近した。五一年カルモナ大統領が死亡すると、臨時大統領をつとめた。

（3）パウンドはアメリカの詩人（一八八五―一九七二）。西部のアイダホ州に生まれ、四歳のときに合衆国造幣局の試金分析係となった父に連れられて、東部のフィラデルフィアに移った。のちの金融制度に対する関心はこのとき培われたのかもしれない。一九二〇年代の前半まで、パウンドは英米の新しい文学運動の中心的存在であったが、二四年以降はイタリアのラパッロに移って、十年来の長編詩『キャントーズ』の完成に専心した。これは断片的なイメージや挿話のつぎはぎによって、古今東西の文化の一大パノラマを築き、その文化創造の意志をたずねた現代の叙事詩の試みである。一九二〇年代からパウンドはイギリスの経済学者ダグラス少佐の「社会信用制度」理論に共鳴していたが、ムッソリーニの政治に社会改良の夢を仮託した。『第五期の詩篇』（一九三七年）はパウンドの経済的関心に密着しており、詩とプロパガンダとは紙一重となっている。しかしなかには第四五篇の「ウスラ〔利子〕」の絶唱のように、ブレイクのような預言者的ヴィジョンにまで高めているものもみられる。

（4）　マイモニデスは、中世ユダヤ教の賢者、哲学者、医者（一一三五―一二〇四）。アリストテレス哲学とユダヤ教との総合に明確な方向性を与えた。神を人間との関わりにおいて諸機能を有するとする人間中心主義の認識を二義的として退け、唯一神の前ではあらゆる人間は無に等しいとし、神への無条件の信仰を人間存在の根幹とした。彼の形而上学の第一命題は、神が存在することであり、アリストテレスの哲学の意義は、人間を神認識に導くことではなく、人間が絶えず神認識として誤信してしまうものから人間の神認識を浄化することにある。

（5）　聖アンセルムスは、中世の代表的な神学者、哲学者（一〇三三―一一〇九）。アンセルムスの思索の最大の特徴は、信仰と理性的探究の関係を自覚的に確立したところにある。その関係を表わす有名なことばが「理解（知解）を求める信仰」、「我信ず、しかして理解せん（理解せんがために信ず）」である。すなわち、彼は、権威に依拠して信ずるのみで理性的探究を軽んじる態度、および理性的探究に立脚して信仰に異議を唱える態度の双方を諌めて、まず信ずるところから出発した上で、自己の信の根拠を、聖書の権威に頼ることなく探究するという姿勢を提唱した。理性的探究のこのような位置づけは、以降のスコラ哲学・神学に大きな影響を与えたため、彼は「スコラ学の父」と呼ばれる。

（6）　デルウィーシュ〔ダルウィーシュ〕は、イスラム教の熱狂派修道僧。神秘主義から出発し、十二世紀頃から神と神秘的に強く結びつく宗教上の指導者の下に一団の修道僧が集まり、神を念じつつ恍惚状態に入り、信徒たちをひきつけた。ことに中世においては宗教的・政治的に大きな役割を果たしたが、今日でも正統派イスラムからは必ずしも認められない形で、なおもイスラム地域に根強く存続している。

（7）　エックハルトは、中世ドイツのスコラ学者にして思弁的神秘主義の代表者（一二六〇頃―一三二八）。その思想はスコラ学と神秘主義との結合とも言うべきものであり、原始論と秘蹟論にもっともよくその特徴が現れている。それによると、エックハルトはどこまでも万物の「始原」を探究していき、神のペルソナ的属性を超えて「神性」にまで「突破」していった。人間の霊魂は「魂の火花」と呼ばれる「魂の根底」において、神に触れることができる。そのとき霊魂のうちには、秘蹟の現在において、「神の子の誕生」が生じる。「魂の根底における神の子の誕生」はエックハルトの教説の中核を形成するものである。これによって、究極的には神の子たるキリストと霊魂との神秘的合一、さらに倫理的には、それに倣って生きることの重要性が繰り返し説かれている。

（8）〔クラウディオ・〕モンテヴェルディは、イタリアの作曲家（一五六七―一六四三）。十六世紀の各種の音楽、またフィレンツェの単音体音楽を調和し、それに近代的意味における管弦楽を加え、劇的要素と音楽的要素とを巧みに結合し、正しい意味での歌劇の創始者と見なされる。

（9）〔ジャーコモ・〕レオパルディは、イタリアの詩人（一七九八―一八三七）。厳格なカトリックの家に生まれ、家庭で教育を受け、少年時代にすでにギリシャ、ローマの古典を読了し、またイギリス、フランス、スペイン、ヘブライの諸外国語に通じた。十七歳頃から脊髄が彎曲し始め、肉体上の苦悩は生涯去らなかった。彼は、イタリア詩壇の主流をなしていたアルカディア派が凋落し、ロマン派はまだ起こらない中間期にあって、古典派の代表的詩人であった。晩年は、ヴェスヴィオ山麓に隠棲し、貧困のうちに没した。

（10）アリストテレスの『形而上学』に次のような記述がある。「さて、動かされて動かすものは中間的なものにすぎない以上、それ自身はもはや動かされることなしに他を動かすという何ものかが、永遠なるものであり、実体であり、現実態であるという仕方で、存在するのである。――／さて、「欲求されるもの」（A）と「思惟されるもの」（B）は、そのような仕方で（欲求や思惟を）動かす。すなわち、それ自身は動かされることなしに、他を動かすのである。そしてこの「欲求されるもの」と「思惟されるもの」とは、それらの第一のものにおいては、同一なのである。／というのは、（a）単に見かけの美は、感性的欲求を動かすのであるが、しかし「まさに美であるもの」は、知性的欲求を動かす第一のものなのである。ところで、それが美しいと判断されるのは、われわれが欲求するゆえにではなく、否、それが美しいと判断されるがゆえに、われわれは欲求するのである。すなわち、知性がなす思索こそが、始源（原理）なのである。」訳者（川田殖・松永雄二）は、次のように注記している。「「それ自身は動かされることなしに他を動かす」というのは、まず、それが始源・原理（アルケー）であり、それを動かすいかなる先行する原理もないことを示す。しかし、それがいかなるものによっても動かされないということは、まさに「それ自身は不動でありながら、他を動かす」ことを、意味する。問題はそのことがいかにして可能であるのかであり、そこで次の「欲求されるもの」と「思惟されるもの」の場合が語られるのである。」

（11）カール・バルトは、スイスの神学者（一八八六―一九六八）。初期の代表作『ローマ書』（一九一九年）によって世に知られ、弁証法神学運動の指導者となった。神の啓示の絶対性、神の言葉の超越性を主張した。「神と人間の関係」という神学の主題において、神の主権的性格を強調した。一九三四年にヒトラーとナチス国家に反対する教会が集まり、第一回告白教会会議を開き、バルトの起草になる「バルメン宣言」を発表する。一九三五年国外追放、大学罷免の処分を受ける。

訳注の作成にあたっては以下の事（辞）典を利用させていただきました。感謝申し上げます。

『岩波哲学・思想事典』、『岩波西洋人名辞典増補版』、『キリスト教大事典改訂新版』（教文館）、『イギリス哲学・思想事典』、『英米史辞典』、『リーダーズ・プラス』、『英国を知る事典』（以上研究社）、『増補改訂新潮世界文学辞典』、『集英社世界文学大事典』、『日本大百科全書』（小学館）、『新編西洋史辞典改訂増補』（東京創元社）、『英米法辞典』（東京大学出版会）、『世界大百科事典』、『心理学事典』（以上平凡社）、『イギリスの生活と文化事典』（大修館）、『聖書事典』（日本基督教団出版部）。*Oxford Dictionary of National Biography*, *Encyclopedia Americana International* (Scholastic Library Press), *Cambridge Guide to English Literature*.

個別の書籍にあたった場合はそれぞれの注の部分に記しましたが、その他に以下の翻訳を利用させていただきました。

ジョセフ・ニーダム『中國の科學と文明』（思索社）、『アリストテレス』（「世界の名著」8、中央公論社）。

訳者あとがき

本書は George Steiner, *My Unwritten Books*（New Directions, 2008）の全訳である。

著者ジョージ・スタイナーは、一九二九年四月二十三日、ユダヤ系オーストリア人の子としてパリに生まれた。父親はオーストリア中央銀行の法律顧問を務める法律・経済の専門家だった。一九四〇年、父親の機転により、ゲシュタポの追及を逃れてニューヨークへ脱出した。すぐれた亡命者が教鞭をとっていたリセで古典教育を受け、シカゴ大学に進学して一年で学士号を取得し、ハーバード大学で修士号、ローズ奨学生として留学したオクスフォード大学で博士号を取得した。『エコノミスト』誌編集員、プリンストン高等学術研究所研究員、ケンブリッジ大学特別研究員、ジュネーヴ大学英文学・比較文学教授、オクスフォード大学客員教授を務めた。現在もケンブリッジ大学チャーチル・カレッジの特別研究員である。彼のコズモポリタンとしての半生は『G・スタイナー自伝』（*Errata*, 1997. 工藤政司訳、みすず書房）に詳しい。精悍なイメージの強い彼も、今年で傘寿を迎えたわけである。刊行される度ごとに話題となり、その多くが邦訳された彼の長篇評論や評論集も、次の一覧に見る通り、本書で十四冊目になる。

1　*Tolstoy or Dostoevsky: An Essay in the Old Criticism*, 1959（『トルストイかドストエフスキーか』、中川敏訳、白水社）

2　*The Death of Tragedy*,1961（『悲劇の死』、喜志哲雄・蜂谷昭雄訳、筑摩書房）

3　*Language and Silence: Essays on Language, Literature and the Inhuman*, 1967（『言語と沈黙』、由良君美ほか訳、せりか書房）

4　*In Bluebeard's Castle: Some Notes Towards the Redefinition of Culture*, 1971（『青髭の城にて』、桂田重利訳、みすず書房）

5　*Extraterritorial: Papers on Literature and the Language Revolution*, 1972（『脱領域の知性』、由良君美ほか訳、河出書房新社）

6　*After Babel: Aspects of Language and Translation*, 1975（『バベルの後に』、亀山健吉訳、法政大学出版局）

7　*Heidegger*, 1978（『ハイデガー』、生松敬三訳、岩波書店）

8　*On Difficulty and Other Essays*, 1978

9　*Antigones: How the Antigone Legend Has Endured in Western Literature, Art and Thought*, 1984（『アンティゴネーの変貌』、海老根宏・山本史郎訳、みすず書房）

10　*Real Presences: Is There Anything in What We Say?*, 1989（『真の存在』、工藤政司訳、法政大学出版局）

11　*No Passion Spent: Essays 1978-1995*, 1996（『言葉への情熱』、伊藤誓訳、法政大学出版局）

12　*Grammars of Creation: Originating in the Gifford Lectures of 1990*, 2001

13　*Lessons of the Masters*, 2003

14　*My Unwritten Books*, 2008（本書）

その他に『主の年』(*Anno Domini: Three Stories*, 1964)、『ヒトラーの弁明』(*The Portage to San Cristóbal of A. H.*, 1981. 佐川愛子・大西哲訳、三交社)、『証拠と三つの寓話』(*Proofs and Three Parables*, 1992)、『スポーティング・シーン——レイキャヴィックの白い騎士』(*The Sporting Scene: White Knights in Reykjavic*, 1973) などの中篇小説集、小説、チェス論があり、先に言及した『自伝』と、慶応義塾大学が招聘した折の滞日記録集『文学と人間の言語——日本におけるG・スタイナー』(三田文学ライブラリー、一九七四年) がある。また、ホメロス論集の編集、ホメロスの英訳アンソロジー、世界の詩の英訳アンソロジーの編纂も手がけている。

遺言めいた本書のタイトルではあるが、スタイナー氏のますますの健筆を期待しつつ、とりあえず半世紀に及ぶ「文明批評と人間批評とが文学を素材として燃えあがる、独自の批評」(由良君美) をふり返ってみたい。

デビュー作『トルストイかドストエフスキーか』でスタイナーは、「新批評」が盛んな五〇年代にすでに、自ら「旧批評」の立場をもって任じ、芸術作品の中には「思想の神話体系」「混沌とした体験に秩序を与え、解釈を行おうとする果敢な精神的努力」が集約されていると考え、そのような意味ですぐれた作品を「称賛」し、作品について深い思索をめぐらすことで「再創造の仕事」にたずさわり、読者との間に「仲介の労」をとるのを批評家の責務とすることから出発した。スタイナーは芸術家としてのトルストイとドストエフスキーのいずれかに軍配を上げるのではなく、二人を「二組の仮説、二組の根本的な存在論が対決して解決しない論議」を示す例、「西欧思想上の重大な分裂」を示す例として取りあげる。

「叙事詩の伝統を受け継ぐ第一人者」であり、「理性と事実に陶酔していた精神の持ち主」であり、「田園風景と牧歌的雰囲気を描いた大地の詩人」であり、「真実を渇望し、真実を過度に追求する自分自身および周囲の人々を滅ぼ」し、「人間の運命を歴史的に時間の流れの中で見ていた」トルストイと、「シェイクスピア以後の演劇的気質を示す大作家のひとり」であり、「合理主義を非難し、逆説を好」み、「言語の分野において近代的大都会を構築した大建築家にして大市民」であり、「真実にそむいてもキリストを敬愛し、絶対的理解に疑惑を抱き、神秘に加担」し、「人間の運命を同時代的にまた演劇的力感の躍動する一時的停止状態において見ていた」ドストエフスキーを対比的に論評する。

スタイナーが『言語と沈黙』で語るところによると、現代の文学批評が哲学的宗教的なかたちでの想像力をとりおとしてしまっていること、この欠落が大文学の大半との接触を断たせてしまっていることを、この評論では論じたかったということである。さすがのポリグロット・スタイナーも、ロシア語は解さないそうだが、翻訳でもここまで深い読みができるのかと思わせる力作である。スタイナーの、解決しえない対立に着目する批評は、『アンティゴネーの変貌』で顕著なかたちで繰り返される手法であるが、程度の差こそあれ、彼の批評に一貫する姿勢である。『言葉への情熱』によると、「完璧な読書行為」に潜在しているのは、「応答の書を書きたいという衝動」である。ペーパーバック文化のもたらした「パートタイムの読書、半読者」をスタイナーは嘆く。なぜなら、「読書行為が真正のものとなるのは、ひとりの作家を総体として知る時、つまり、われわれが、彼の「失敗作」に、たとえ不満気味であれ特別の憂慮をもって向かい、われわれ各自に現前する作家像を解釈する時に限られる」からである。

『トルストイかドストエフスキーか』も、両作家の日記・書簡・異稿は言うに及ばず、同時代の評論や歴史的背景も射程に入れて論じたものである。英語、ドイツ語、フランス語に同程度に通じているからこそ可能な力業である。「理論」のために作家を「つまみ食い」する昨今の批評がなんとけちくさく見えてくることか。

『悲劇の死』でスタイナーは、悲劇は、自然と人間の魂の中には、人間精神を狂わせたり破壊したりしようとしている神秘的で制御できない力がこもっているという前提に立っており、この世には理性で捉えられるような究極の正義は存在しないとする世界観に支えられている、と述べた。また悲劇はわれわれに理性と秩序と正義との領域は恐ろしく限られていること、われわれの科学や技術の力がどれほど進歩しても、この領域は広がりはしないことを教えてくれる、と言う。人間の内と外には、「他者」、世界の「他者性」、「隠れた、あるいは悪意ある神、盲目の運命、地獄の誘惑、われわれの内なる獣の血の激しい怒り」が四つ辻でひそかにわれわれを待ち受けている、と言う。「それはわれわれを嘲り、破滅させる。ある稀な場合には、それはわれわれを破滅させた後で、理解できない平安に導いてくれることもある。」スタイナーは、西欧文明における想像力の働き方の中心にあった神話、人々の精神のあり方を規定してきた神話は、個々の天才が産んだものではなく、長い時間にわたって蓄えられた沈澱物が結晶化したものであり、民族の原初の記憶や歴史的体験を集めて、なじみのあるかたちにまとめ上げたものだ、と言う。「ホメロスやアイスキュロスの寓話の背後には一千年以上のリアリティがあった。魂の遍歴というキリスト教的イメージは、ダンテやミルトンが利用する以前に、すでに古いものとなっていた。」古典的・キリスト教的世界秩序が衰え始めた時、その後に生じた空白は、個人的創意の産物によって埋められなかった、と言う。

この評論は、ラシーヌ以降の悲劇の衰退を中心に、死ならびに神の現前についての隠喩が、西欧の想像力には、もはや昔のようには分からなくなったこと、隠喩自体が変わってしまったことを論じている。緻密なラシーヌ作品の分析では、一語一語のニュアンスにわたり、スタイナーのフランス語の知識が発揮されている。語のニュアンス、文体のリズムへのこだわりは、英語、ドイツ語、イタリア語、古典語の作品についても同様で、凡庸な読者はスタイナーの語感を信用して従うしかないという歯痒さが残る。

ユダヤ人スタイナーとしては当然のことながら、なぜアウシュヴィッツが起こったのかという問いが彼の思索の中心にある。『言語と沈黙』で論じられるのは、二十世紀の大きな野蛮行為（強制収容所、核兵器の使用、何百万人という人間に対する政治的抑圧）が、高度の文明をもつ社会から躍り出てきたパラドクスである。「ゲーテの世界もアウシュヴィッツを阻む力はなかった。」産業社会の大衆の、新しい半可通の教養もさることながら、それに加えて、高度の文明が深い形而上学的社会的アンニュイを培い、このアンニュイが否応なしに、全体主義的な幻想と戦争に向かって爆発したのではないか、近代の「進歩」の基礎にある知的客観性の訓練が、われわれの感受性を非人間的なものにし、具体的な可能性を把握する能力をなくさせてしまったのではないか、とこの評論では述べられている。しかし、後で見るように、原因をめぐる考察は生涯にわたって繰り返し試みられている。

「人間をまもる読書」の中の、「活字の世界にたえず親しむよう教育されたことが、虚構の人物や感情に深く批判的に自己を投入しうることが、逆に現実世界の直接的感覚をにぶらせ」、「隣人の不幸に対してよりも、文学作品の悲しみのほうに、するどく反応するようになる」という一節は、人文教育にたずさわる者を震撼させる爆弾発言だが、これもスタイナーに終生つきまとう強迫観念であるようだ。

「ジェルジ・ルカーチと悪魔の契約」では、現代の批評家は二重の危険にさらされていると言う。「経済・社会・政治の諸問題の激しい勧誘に抗することは道義上の理由から困難」であり、「もしも野蛮の流行と政治的自滅とが目前に迫っているとすれば、美文学についての随筆を草するなどということは、どちらかといえば、余技」であるという第一のディレンマ。「同時代の主役的冒険〔実証的な知識の獲得、科学的事実への精通、説明可能な真理の開発など〕に加わることはできない」という第二のディレンマ。「己に誠実な批評家であれば、自分の判断にはなんらの永続的な価値はなく、明日には逆転されるかもしれないことを知っている。」スタイナーは同時代の先端的学問を貪欲に理解しようとしてきたし、われわれも彼による紹介という恩恵に浴してきたわけだが、その当人の発言だけに切実さが伝わる。スタイナーはルカーチを高く評価しているのだが、ルカーチの次のような信念には就いていけないのは当然であろう。文学批評は「人間の生存を形成するための、中心的・戦闘的な戦力」であり、「批評は、批評独自の峻厳さと精度とをもつ科学である。批評的判断の真実性は検証可能である。」

文学の可能性についても、次のように疑問符で結ばれている。「文学というものが期待の劇的表現であるかぎり、また可能なものの光に照らしての現実的なものの批評であるかぎり、文学に対する要求は存続するであろうか。文学は歴史的存在としての人間の不完全性に根ざすものではないのか。現実的なものが直観と行動の全容量を満たしたり動員したりする時、人は自分の空想を虚構《フィクション》に託することに同意するだろうか。」

『脱領域の知性』には、ナボコフ、ベケット、ボルヘスなどの脱領域的作家をめぐる論考のほかに、副題にある「言語革命」をめぐる長い論文が三篇収められている。最後の「脱教養主義時代の文化」では「諸科学の精神的エネルギーと思弁形式とを、想像力の通常の生活に編入する」脱領域的知性の必要を訴えている。「言語動物」では、人間が未来時制を文節できる能力、「前方を夢見る」能力をもっていることが、人間を比類ない存在にしており、この能力は文法とは切り離せない関係にあるという、スタイナーの生涯にわたる主張が力強く述べられている。

『青髭の城にて』は、T・S・エリオットの『文化の定義への覚書』に対する反感、つまり「あの大量虐殺によって、キリスト教の性格そのものが、キリスト教のヨーロッパ史での役割が、すでに問題とされていた時点で、どうしてキリスト教的秩序のための弁明をくどくどしく述べたてることができたのか」という反感に発するものである。スタイナーによれば、あの大量虐殺は、「自然な感覚的意識の、多神教的でアニミスティックな本能の欲求の、長い間抑圧されていただけにそれだけ徹底的な、反射作用なのである。」『言葉への情熱』のスタイナーは、磔《はりつけ》にされたメシアに対するユダヤ人の「否」によって残されたキリスト教の癒えない傷を認められなければ、ユダヤ人憎悪というキリスト教の「永続的な精神異常」に対する洞察は得られないであろう、と言う。ユダヤ人がユダヤ人にとどまるその度合いにぴったり応じて、この否認は変更されてはならないのであり、ユダヤ人の生活と歴史の持続により絶えず確証されなくてはならないと、ユダヤ人としての自らの立場を明言する。また、ユダヤ人自身も、ユダヤ教の核心からのキリスト教の発生の問題（発生の論理、心理的歴史的妥当性）に取り組まなければ、ユダヤ教の目的意識、存続の神秘と義務の把握において、いかなる内的進歩もありえない、と言う。

風変わりなタイトルに託してスタイナーが提起したのは、ある種の専門分野が、はたしてその研究を今のまま続行していってよいのかという問題である。「もしかしたら、次の扉を開くことは、人間の正気も道徳の限界も砕け、人間存在そのものが危ぶまれる、そういう現実に扉を開くことなのかもしれない。」たとえば、人間の大脳皮質の形質について、神経・化学的、心理・生理学的研究を続行した結果、人種間の憎悪も、戦争の必要性も、かつてフロイトが示唆した自己破壊の衝動も、すべては遺伝的な事実だと判明するのであれば、こうした研究の自由は反省されるべきではないか、とスタイナーは問いかける。抽象的な真理、とくに自然科学の道徳的に中立な真理がやがて西欧人を麻痺させ、あるいは破壊するかもしれないという考えは、すでにフッサールの『ヨーロッパの危機』のなかで予見されていた、と言う。青髭の城にあって、たとえその最後の扉が人間の理解も支配力もおよばぬ現実に通じる扉であろうと、いやそれだからこそ、きっとわれわれは最後の扉を開けるだろう、とスタイナーは予見する。神話的な円環運動を選び、悠久の昔に定まった真理をめぐって忍耐強く生きのびた原始社会と違い、近代は直進的な前進運動を選びとった以上、「扉を開け続けることは、われわれがわれわれであることの、それは悲劇的な、われわれの存在証明のあかしなのだ」。

『バベルの後に』のスタイナーは、言語と時間の関係の二重性、すなわち、言語は時間のなかで生起するが、また同時に、言語はみずからの生起する時間を作り出すという二重性を指摘する。とくに仮定法未来は魔力をもっているように思われる、と言う。しかし未来について発言する能力は、より大きな範疇の下位のものであるにすぎない。さまざまな形の未来形は、非‐事実性、および、反‐事実性の表現という、より大きな枠組みの一例にすぎないからである。「未来時制は、虚構を目指す言語能力の一部であって、『現に事実であるもの』を超え、それに背こうとする人間の言語の能力の中心に位置している。」人間の本質を、「前に向かって夢見る」能力として捉え、「現にあるもの」を「いまだあらざるもの」と解する能力であるとするエルンスト・ブロッホを、スタイナーは称揚する。われわれが「偽」を主として否定的なものとみなしているかぎり、また、われわれが反‐事実、矛盾、条件法の多様な表現方法を論理的に正統でない特殊な様式と捉えているかぎり、言語と人間の行動の関係を理解することはできない。言語というものは、あるがままの世界を人間が受け容れることを拒むための主要な道具立てなのである、と言う。こういう拒絶がなければ、そして「反‐世界」を人間の心に不断に作り出してゆくことがなければ、「われわれは現在形という踏み車を永久に回し続けることになってしまうであろう」。

『ハイデガー』でスタイナーは、こう考える。『存在と時間』は、ハイデガーが名づけるところの西欧思想における「存在‐神学的」偏向、つまり、どうしても超越者の推論に帰着し、真理と倫理的価値をなんらかの抽象的な「彼岸」に設定する偏向に対するところの内在的存在論である。伝統的に存在とは無時間的なものであり、プラトン以来形而上学において存在探究は、恒常的なもの、時の流れの変化のなかにあって永続的なるものの探究であった。ところが、ハイデガーの書物の表題は、存在それ自体が時間的であること（「存在にして時間」）を暗示している。『存在と時間』は、われわれが「時間を生きる」ということの不可分の統一性を証明しようとしているのだ。存在を何か現前にあるもののようにみなしてきたのは形而上学的思考の誤りであった。存在を「そこにある」ものとして「客観的に見る」ことが人間を根こぎにしてしまう。「物象化」とか「疎外」とかは、己の家を奪われた万華鏡的状況に貼りつけられた当今流行のレッテルにほかならない。

スタイナーの評論の真骨頂は、次のように哲学と文学を一望のもとに俯瞰する時の広い視野に発揮される。「大地の脈管から引き出さねばならぬ暗い力強さに助けを求めるハイデガーの祈念、血と民族の命運の神秘へのほとんどあからさまな彼の信念、商業的なものへの侮蔑、これらはみな一から十までD・H・ロレンスのヴィジョンに、エルンスト・ユンガーなりゴットフリート・ベンなりの語彙に対応するものを見出すことができる。ハイデガーが田舎道の音の適合性を称揚し、手仕事の香気に熱烈に応えて、市場や株式取引所の安っぽくてけばけばしいベニヤ板を嘲笑する時、彼はイェイツや、アメリカの都会脱出運動からオルテガ・イ・ガセット（初期ハイデガーの崇拝者）やF・R・リーヴィスの車大工の店に至る広範囲な人びとの直観なり学説なりと完全に合致しているのである。」

『アンティゴネーの変貌』でスタイナーは、ソポクレスの『アンティゴネー』に描かれた争いをこうまとめている。「普遍と特殊、女性的な暖炉の空間と男性的広場の空間、現実内在的価値と超越的価値の核をめぐってそれぞれ結晶した、倫理的実体の二つの極、こうした対立項衝突の弁証法が今や、死者（ポリュネイケス）の遺体をめぐって行われる男（クレオン）と女（アンティゴネー）の争いに集約される。」

人間の条件の内なる五つの永久的葛藤（男と女、老年と青年、社会と個人、生者と死者、人間と神ないし神々との間の対立）すべてを表現したのは『アンティゴネー』だけである、とスタイナーは言う。なぜ永久的葛藤かというと、これらは相互に定義しあうという葛藤の過程において自己を定義するからであり、自己定義と、自己の輪郭を脅かされつつ、それを超えて「他者」を認識する対話＝闘争とは切り離しえないからである。ソポクレスが「発明した」、あるいは定式化したこの対決が、西欧の哲学、政治理論、法学、倫理学、詩学の主導的モチーフのひとつであったことを、ヘーゲル、ヘルダーリン、キルケゴールの著作の読解と、ギリシャ語原典の緻密な読解によって論証する。「主要なギリシャ神話は、われわれの言語、とくにわれわれの文法の進化のなかに刷りこまれているのではなかろうか。……われわれは話す時には退化した神話を話しているのである。だからわれわれの文化と心性に、オイディプスとヘレネー、エロスとタナトス、アポローンとディオニュソスが棲みついているのである。」

『真の存在』では、解説と批評が優勢を占める現代の文化の風潮が、「アレキサンドリア的」、「ビザンチン的」と形容される。古代ギリシャ時代のアレキサンドリアや、下ってローマ帝国時代から中世にかけてのビザンティウムで、書記法研究、説教、語彙注釈、司法などの技術と理念が詩的、審美的創造性よりも重んじられたことを指している。スタイナーは、評論、批評、解釈がいっさい禁じられている無媒介性の社会を想定する。「想像上のこの社会では、まじめな書物や絵画や音楽について語ったり、書いたりすることは法に抵触する饒舌」とみなされる。

スタイナーの考え方の根底には、芸術には、批評や学問的解釈によっては到達できないものがあるという認識がある。作品を棚上げした現在の「文学研究」に苛立つスタイナーの、作品そのものとの対峙を促す過激な挑発である。彼によれば、一八七〇年代から一九三〇年代にかけて、ヨーロッパ、中央ヨーロッパ、およびロシア文化において、言葉と世界の間で交わされた契約が破棄された。この「契約の破棄」は、西欧の歴史においてきわめて数少ない正真正銘の精神革命のひとつを構成し、現代性そのものも定義づけている。薔薇、という言葉をあたかも植物的現象と考えているかのように用いたり、どんな言葉にせよそれに、絶対に近づき得ない本質の「真理」に替わるもの、つまり代替物としての役割を課すことは濫用であり、言語に虚偽の外皮をかぶせることだと考えられるようになった。マラルメは言及の盟約を否認し、無言及性こそ真の天才と言語の純粋性を構成するものだと主張した。その結果、厳密に哲学的意味論的な意味において存在論的ニヒリズムが生まれた。言葉と世界の間の契約の破棄と、マラルメやランボーに観察される自我の解体は、ニーチェの「真理」や「真理を語ること」の破壊、およびフロイトの行なった表象性批判に論理的展開を見出した。

さらに脱構築がその結果を引き出したと、スタイナーは言う。脱構築はわれわれに、超越的理解可能性もなければ、決定できる理解可能性もありえないと教える。継続する個性や、認識的に首尾一貫した倫理的に責任のある自我の神学的形而上学的に仮定された原理が解体される。したがって「神の言葉以降」の脱構築的記号論の誘惑の力は、理論的結果として必然的に虚無主義になると言う。

それに対してスタイナーは、芸術行為とその受容や、有意味な形式の経験には、現前の仮定があると主張する。「解釈上の意見の相違や修正には際限がない。しかし、真剣に取り組まれたところでは、異なった意見を述べる過程で争点がしだいに絞られてはっきりしてくる。……神が存在するかしないかの問題がいっさいの現実性を失い……無意味であると認められ感じられるようになって初めてわれわれは、科学的で世俗的な世界に住むようになるだろう。知識階級の意見は程度の差こそあれこの新たな自由に入ってきている。それにとって空虚さはまさしく空虚さにすぎない。一般の感情は後に続くだろう。さもなければ宗教的原理主義とキッチュのイデオロギーを切望する事態が憂慮される。神の問題を忘れることが生まれかけている文化の特徴ということなのかもしれない。」

『言葉への情熱』は、『ハイデガー』以後の一九七八年から九五年までの十七年間に行われた講演、折にふれて書かれた書評や序文をまとめたものであるが、いずれも密度が高く難解である。印象に残るものを数篇取り上げてみたい。

「ヘブライ聖書〔旧約聖書〕への序文」と「英訳ホメロス」は、英語賛歌とも言うべきものである。スタイナーによれば、十六世紀から十七世紀にかけて、英語は、新語や「語彙的文法的構成の多様性」、「意味の音楽」の点で、以後並ぶもののない最盛期にあった。そして、ティンダルから欽定訳聖書までの、聖書の英訳と英語自体の成熟との共生関係を指摘している。「英語における二つの最も重要な構築物」として、シェイクスピアと欽定訳聖書を挙げ、その他に、ギリシャ語、ラテン語、イタリア語、フランス語の原典を「国家的な宝物収集品」に収めた「翻訳という極限的魔力」（チャップマンによるホメロス、ゴールディングによるオウィディウス、フローリオによるモンテーニュ、アーカートによるラブレー）にふれている。スタイナーは、「言語が顕著に自覚的なものに変えられるのは、翻訳の過程のなかでのことであり、その過程を通じてのことである」と言う。なぜなら、「翻訳は、言語に、形式的通時的内省を強制し、歴史的、口語的、隠喩的諸道具の投資と拡大へと向かわせる」からである。

「厳密な技術」も翻訳をめぐる考察であるが、至高の翻訳とはいかなるものであるかに言及している。至高の翻訳とは、原文に「空間的時間的共鳴の新しい広がり」を与え、原文を照らし出し、原文をいわばさらなる明晰さ、より大きな衝撃へと駆り出す「原文への生きた返還」を行う、と言う。原文との相互作用の過程はさらに深みに達する。「偉大な翻訳は原文に、すでにそこにあったものを与える。内包的意味、倍音的と背景音的要素、意味作用の潜在性、他のテクストと文化の類似性、それらとの劃定的対照……を外在化し、目に見えるように配備することによって原文を増大する。」言い換えると、創造されたものを、その原初性、つまりその本質と存在の先行性を確認し表明するために再創造すること、存在に存在性を与え、すでに完全であるものを十分に実現するような仕方で、創造されたものを再創造すること、これが責任ある翻訳の目的である、と説く。

「エデンの園の古文書館」は、辛口のアメリカ文化批判である。「われわれが歴史という名前によってもったいをつけている残酷で愚鈍な塵芥」を、不十分とはいえ埋め合わせてくれるのは、ソクラテス、モーツァルト、ガウス、ガリレオのような天才の存在である、というのがスタイナーの確信である。しかし、このような確信は、教育のあるアメリカ人の圧倒的多数には、退廃的である、あるいは政治的社会的に危険な戯れ言でさえあるという印象を与えるだろう。アメリカの高級文化の支配的な装置は保管の装置であり、学問と芸術の施設は、西欧文明の雑多なアレキサンドリア図書館、大きな記録保管所、商品目録、カタログ、倉庫、がらくた部屋である、とスタイナーは断じている。

『創造の文法』は、主として『バベルの後に』と『真の存在』に基づく一九九〇年のグラスゴー大学での連続講演である。超越的なものへの志向を人間から根絶しようとする現代への、スタイナーの苛立ちがその口吻に感じられる。ちなみに表題の「文法」という語には、「知覚と内省と体験の組織」、「他者と意思伝達するときの意識の神経構造」という広い意味が与えられている。

スタイナーは『創造の文法』でも言語と真理の問題にふれている。二十世紀になって、「確定的な意味」は、科学の場合のように、その真偽が経験的に立証できる命題にのみ属するとされ（ポッパー）、真理は形式論理学や数学の増殖的同語反復の一関数となり（カルナップ）、絶対的内的無矛盾性は不可能なものとなった（ゲーデル）。それに伴い、神学的形而上学的陳述は、虚構の物語や詩と同じ審級に位置するものと考えられるようになった、と言う。言葉の力の衰退、言語と真理の乖離が起こったのである。ユダヤ人のテクストの特権化という遺産に対して、デリダに典型的に見られるように、内部から異議申し立てが行われるようになったのも二十世紀であった。二十世紀のユダヤ教は、数学・物理学の「非言語」により真理・意味と折り合いをつけている、と言う。

きわめて神学的な前提に立つ神の創造行為と人間の創造行為の類推的同一視も現代では衰退し、芸術はクリエーション〔創造行為〕ではなくインヴェンション〔創作行為〕とみなされるようになった。創造行為の所産としての「古典」は絶えざる展開と変容の過程にあるのに対し、創作行為の所産としての現代芸術は、瞬間的な輝きを放つものの、短命でご都合主義的で、本質的には静態的である、と言う。永続性を目指し死に対向する芸術、という「幻想」から自らを解放すべく、現代芸術は、エンタテインメント、一時的なカーニヴァルを標榜し、自己破壊により死を懐柔しようとしている。「ダダと三人の厳粛な道化師たち――デュシャン、シュヴィッタース、ティンゲリー――が、古代以来支配的であったポイエーシスの概念の終焉を表している。」彼らの芸術は、神学的なものの衰退と感性の溶解現象と共生し、かつそれを促すものであると断じる。超越的なもの、もしくはデモーニッシュなものと結びつきうる孤独が敬遠されるのも現代である、とスタイナーは言っている。

ここまで、スタイナーの著作を概観してきたが、昨年になって彼がたどりついた本書は、なんと「書きたかったが書けなかった七冊の本」をめぐるエッセイである。

ニーダムとその大著『中国の科学と文明』を批評する「中国趣味について」、ダンテの同時代人チェッコ・ダスコリの「妬みについて」、生理機能と精神がいちばん肉薄する領域である「エロスの舌語」では自らの性体験を大胆に語り、「ユダヤ人について」はこの問題を論じきれなかった後悔の弁とも読める。

多くの国で学び教えた自身の体験に基づく「学校教育について」では未来のリテラシーにまで言及し、「人間と動物について」では「人間の残酷さ、色欲、強欲な縄張り意識、傲慢さは動物界のそれを凌駕する」と論じつつ、歴代の愛犬を回想している。

最後に置かれた「論点回避」は、プライヴァシーと知的執念を自らの政治学の核心にすえた姿勢を示すと同時に、「プラトン主義的アナーキスト」を自称するスタイナーの面目躍如たる一篇と言えよう。長年にわたる思索と批評の営為も、さまざまな問題の結論を出すには至っていないようだが、それでも、スタイナーの知的格闘と活発な精神は、この一冊に感じ取れると思う。

本書の翻訳に際しては、冒頭の三章を磯山甚一が、続く二章を大島由紀夫が、終わりの二章を伊藤誓が担当し、初校以降の仕事は伊藤が行なった。磯山担当の三章については、勤務する文教大学の諸先生、中国語は蔣垂東氏、フランス語は田辺武光氏、山本卓氏、ドイツ語は野原章雄氏、イタリア語は山崎俊明氏のご協力を得た。ここに記して感謝申し上げる。また、みすず書房編集部の尾方邦雄氏からは、数々の貴重な助言をいただいた。御礼申し上げたい。

二〇〇九年八月

訳者代表

著者略歴

(George Steiner)

1929年パリに生まれる．1940年，ゲシュタポの追及を逃れてニューヨークへ脱出．シカゴ大学で学士号，ハーヴァード大学で修士号，オクスフォード大学で博士号を取得した．『エコノミスト』誌編集員，プリンストン高等学術研究所研究員，ジュネーヴ大学教授などを務めた．現在は，オクスフォード大学客員教授，ケンブリッジ大学チャーチル・カレッジ特別研究員．英語，ドイツ語，フランス語を話す環境に育ち，イタリア語，古典語にも通じるポリグロットにしてポリマス．古典古代から現代までの文学・哲学・芸術・科学にわたる該博な知識を基盤に独自の世界像を提示する脱領域的知性．主著に『トルストイかドストエフスキーか』『悲劇の死』『言語と沈黙』『青髭の城にて』『アンティゴネーの変貌』『バベルの後に』『真の存在』『言葉への情熱』などがある．

訳者略歴

伊藤誓〈いとう・ちかい〉1951年生まれ．東京教育大学大学院修士課程修了．首都大学東京大学院人文科学研究科教授．イギリス小説専攻．著書に『ロレンス文学のコンテクスト』(金星堂)『スターン文学のコンテクスト』(法政大学出版局)．訳書　ロッジ『バフチン以後』，リード『旅の思想史』，ホルクウィスト『ダイアローグの思想』，フライ『大いなる体系』，フレッチャー『思考の図像学』，スタイナー『言葉への情熱』，イーザー『解釈の射程』(以上，法政大学出版局) ほか．

磯山甚一〈いそやま・じんいち〉1951年生まれ．東京教育大学大学院修士課程修了．文教大学文学部教授．エリザベス朝演劇専攻．訳書　グリーンブラット『悪口を習う』，イングリス『メディアの理論』(共訳)，アダム『時間と社会理論』(共訳)，ウェイレン『シェイクスピアは誰だったか』(共訳)，バートレット『ヨーロッパの形成』(共訳)，ヴィラ『政治・哲学・恐怖』(共訳) (以上，法政大学出版局) ほか．

大島由紀夫〈おおしま・ゆきお〉1951年生まれ．東京教育大学大学院修士課程修了．東京海洋大学海洋工学部教授．モダニズム文学専攻．訳書　ファークノリ／ギレスピー『ジェイムズ・ジョイス事典』(共訳，松柏社)，シャンク『現代アメリカ演劇』(共訳，勁草書房)，ゲイ『フロイトを読む』(共訳)，ミラー『読むことの倫理』(共訳)，フラー編『心理学の七人の開拓者』(共訳)，ハイド『トリックスターの系譜』(共訳) (以上，法政大学出版局) ほか．

ジョージ・スタイナー
私の書かなかった本
伊藤　誓
磯山甚一訳
大島由紀夫

2009年 9月 8日　印刷
2009年 9月18日　発行

発行所 株式会社 みすず書房
〒113-0033 東京都文京区本郷5丁目32-21
電話 03-3814-0131(営業) 03-3815-9181(編集)
http://www.msz.co.jp

本文組版 キャップス
印刷・製本 中央精版印刷

ISBN 978-4-622-07486-1
[わたしのかかなかったほん]